तृन धरि ओट

तृन धरि ओट

अनामिका

वाणी प्रकाशन

वाणी प्रकाशन

4695, 21-ए, दरियागंज, नयी दिल्ली 110 002

फ़ोन : +91 11 23273167 फ़ैक्स : +91 11 23275710

शाखाएँ

अशोक राजपथ, पटना 800 004, बिहार

कॉफ़ी हाउस कैम्पस, महात्मा गांधी मार्ग, इलाहाबाद 211 001, उत्तर प्रदेश

महात्मा गांधी अन्तरराष्ट्रीय हिन्दी विश्वविद्यालय, वर्धा 442 001, महाराष्ट्र

www.vaniprakashan.com
marketing@vaniprakashan.in
sales@vaniprakashan.in

Trin Dhari Ot
by Anamika

ISBN : 978-93-5518-391-0
Novel

पेपरबैक प्रथम संस्करण 2023

मूल्य : ₹ 299

आर. टेक ऑफ़सेट प्रिंटर्स, दिल्ली-110 032 में मुद्रित

वाणी प्रकाशन का लोगो मक़बूल फ़िदा हुसेन की कूची से

अनुक्रम

खण्ड-I : गुप्त पत्राचार

खण्ड-II : सीतायण : कुछ क्षण-चित्र

(सीता की पाण्डुलिपि)

बालकाण्ड

लंकाकाण्ड

निष्कृति खण्ड

खण्ड-III : उत्तरायण

खण्ड-I
गुप्त पत्राचार

गुप्त पत्राचार धरती का जल से

स्त्री देह के सौन्दर्य का तेज वहन कर पाने की योग्यता अर्जित करने में पुरुषों को अभी कई जन्म और लगेंगे!

यशःकाया

वाल्मीकि देव की कुटिया, अर्द्धरात्रि!

अयोध्यापति को सीता का प्रणाम!

ज्वर आ गया था? पवनदेव ने बताया। अब कैसे हैं आप? पवनदेव कल इधर से होकर गुजरे। वाल्मीकि की कुटिया तक आते-आते सबके चरण श्लथ पड़ जाते हैं! ऋषि की कुटिया निदाध-दग्ध प्राणियों के लिए एक बड़ी छाँह है। अद्‌भुत है इसका आकर्षण! पाँव एकदम से थमक जाते हैं।

ऊपर से आपके मनहर बच्चों का खिंचाव! दोनों के पाँवों में हिरणों ने अपनी कुलाँचें भरी हैं, आँखों को खंजन ने चंचलता उधार दी है। हाँ, उधार ही माँगी थी मैंने चंचलता ताकि समय पर वापस लौटा सकें। चंचलता लड़कपन की ही शोभा है। युवावस्था तक इनकी आँखों में धीरोदात्त नायकों का ठहराव आ जाना चाहिए।

हैं तो आपके ही बेटे। आँखों में और चित्त में आपका वाला ठहराव, आपकी गहराई, वत्सलता, दूरदर्शिता आनी ही चाहिए!

भौतिक रूप से बिछुड़ते हुए हमने जो प्रण लिया था, आपको भी याद होगा। तभी आप भी चिट्ठियाँ लिखते हैं—राज-काज से समय चुराकर। छोटा-से-छोटा फ़ैसला लेते हुए मेरी राय लेना नहीं भूलते। मैं राज-काज, नीति-रीति क्या जानूँ? पर जो समझ में आता है, बता ही देती हूँ।

हनुमान जब आपके पत्र लाते हैं, मैं सारे काम-काज ताख़ धर इस घने जंगल के गहनतम प्रदेश में चली जाती हूँ और उसी शाल-वन की छाँह में बैठकर पत्र पढ़ती हूँ जहाँ आप रात्रि के तीसरे पहर मेरी वेणी दुबारा बाँधते थे—चम्पक की लड़ियों के साथ।

प्रकृति के कुछ रहस्य गुह्य ही रहने चाहिए। हनुमान के सिवा कोई नहीं जानता हमारे इस गुप्त पत्राचार की बात! हाँ, मैंने बच्चों से कुछ नहीं छुपाया। उन्हें तो सब कुछ बताना ही था, वरना वे आपके बारे में क्या सोचते! उन्हें मैंने कुछ दिन पहले ही कहानी सुनाते-सुनाते सब समझा दिया। बताया उन्हें कि आप तो सिंहासन भाइयों को सौंपकर मेरे साथ ही वापस वन की राह लेने लगे थे। वो तो मैंने ही जिद ठानी, शपथ दिलायी आपको, कई-कई रात जागकर समझाया कि आपके लिए आपके लोगों की आँखें तरसी हुई हैं। आप जैसे विशिष्ट पुरुष के संस्पर्श की आवश्यकता सार्वजनिक जीवन की अस्त-व्यस्तताओं को भी उतनी ही सघन होती है, जितनी निजी जीवन के सहचरों को।

निजी जीवन में माता-पिता का तो कोना अब ख़ाली ही है। अपने भाइयों के अभिभावक भी आप ही हैं। रहा मेरा और मेरे बच्चों का सवाल तो मैं धरती की बेटी, ये धरती के दौहित्र-इनके लिए पूरी धरती अपना हरा-भरा आँचल फैलाए हुए बैठी है यहाँ। स्वयंसमर्थ धरा की स्वयंसमर्थ बेटी मैं कुछ दिन अपने आदिवासी भाई-बहनों में रमकर रहूँगी या फिर, वाल्मीकि से शास्त्र-चर्चा मे मगन रहूँगी-मेरे दिन कट ही जाएँगे। इतनी विराट् है धरती माँ, इतने गझिन सृष्टि के रहस्य। सब समझते-बूझते, पढ़ते-लिखते कट ही जाएगी ये ज़िन्दगी!

बाबा जनक आये थे मुझको बुलाने कि अयोध्या का हड़कम्प रामजी को सँभालने दो, मायके आकर कुछ आराम करो-मैं ही नकार गयी। मैंने कहा-"बाबा, मैं विदेह की बेटी, देह तो वहीं आग में वार आयी। बेशक वह जली नहीं, क्योंकि वह आपकी यशःकाया थी। बेटी की देह बाप की यशःकाया ही होती है। वह तो जस-की-तस दमकती रही, पर मेरा ही उससे जी भर गया।

सुन्दरता बड़ा मूल्य होगी, अवश्य होगी, पर स्त्री-देहमें क़ैद सुन्दरता बड़े झमेले करती है। युद्ध और जाने कितने लटर-पटर! स्त्री-देह के सौन्दर्य का तेज वहन कर पाने की योग्यता अर्जित करने में पुरुषों को अभी कई जन्म और लगेंगे!

राम जैसे योग्य पुरुष के एकनिष्ठ प्रेम का अमृत चखा, दो बच्चे हुए-देह का सुन्दर उपयोग हो ही गया। बाकी तो पुनरावृत्ति ही है। अमृत की एक बूँद ही क़ाफी है, बाबा!

एक बेटी की माँ होने के सुख से मैं वंचित रही ज़रूर, पर बेटों में मैंने अच्छी बेटियों के सब गुण भरे। फिर जैविक मातृत्व ही सब कुछ नहीं होता-यह भी मुझे पता है। तो जंगल में जितनी भी बच्चियाँ हैं, ऋषि-पुत्रियाँ, आदिवासी बच्चियाँ, राक्षस जनजाति की बच्चियाँ-सब मेरी बेटियाँ ही तो हैं!

देह से ऊपर उठा जब यह प्रेम तो ही यह प्रज्ञा जगी कि प्रेम तो एक ऐसा महाभाव है जो किसी एक व्यक्ति, एक राष्ट्र, एक निमित्त को निवेदित नहीं होता, वह तो बस होता है-जैसे आकाश में अनन्तता होती है और जल में प्रांजलता... अहैतुक! अशेष! एक के बहाने सारी दुनिया अच्छी-अच्छी-सी लगे तो ही समझो कि प्रेम सार्थक हुआ।

राम के प्रेम ने मुझमें यह महाभाव जगाया कि सामीप्य आत्मिक होता है, भौतिक नहीं। मैं आपकी बेटी, विदेह की बेटी-इस बात का मर्म नहीं समझ पाती तो भला कौन समझता?"

ठीक जवाब दिया न पिता को आपकी सिया ने?

सादर
सिया

हृदय का दर्पण

अगर मेरी बात काटकर तुम अपने विवेक से नहीं चलती और लक्ष्मण-रेखा नहीं लांघती तो लंकादहन और रावण-वध का वह महासंकल्प कैसे पूरा होता जो मेरे जीवन का ध्येय था!

अयोध्या का शयन कक्ष
सन्ध्या

प्रिय सीता,

मर्यादा भी एक बन्धन ही है, एक महादुर्ग। दुर्ग महिमामय लग सकता है, किसी बड़े प्रयोजन का अधिष्ठाता। पर तात्त्विक रूप में तो वह उसी तरह का एक पिंजड़ा है जिस तरह का पिंजड़ा यह मानव-काया, जिसमें प्राण के पंछी कभी यह निबुक रहे हैं, कभी वह, कभी एक-दूसरे को निहार रहे हैं तो कभी फाफड़ से आकाश।

बचपन से ही मेरे चारों तरफ़ वह महाप्रयोजन इस दुर्ग की नींव तानता रहा, जिसे मर्यादा कहते हैं! माता कौशल्या के गर्भ का चुनाव तो मैंने किया था। सृष्टि का हर जीव अपने पिछले जन्म के संस्कारों और आगामी जन्म के प्रयोजनों के अनुसार ही अपने माता-पिता का चयन करता है, ऐसा शास्त्र कहते हैं और मैं भी मानता हूँ। तो कौशल्या माता के गर्भ की ओर मैं खिंचा-बस, इतना भर चुनाव मेरा था।

उसके बाद तो आगत-विगत के उस घेरे में ही पुरुषार्थ करता गया, जिसे नियति कहते हैं! रघुकुल रीत के अनुकूल जो रीति-नीति बतायी गयी, घर की बड़ी सन्तान होने के नाते जो दायित्व सौंपे गये, प्राणपन से निभाता गया।

बचपन से ही लगातार आस-पास वालों से अपने विषय में जो टिप्पणियाँ सुनता है आदमी, उसके अनुसार ही उसके अवचेतन में आत्मछवि गढ़ती चली जाती है।

बचपन से अपनी आज्ञाकारिता और परोपकारिता के इतने बखान सुने कि धीरे-धीरे अपने बारे में मेरी यही धारणा बनती चली गयी कि मैं सचमुच ही विश्व-कल्याण के लिए जन्मी एक धीरोदात्त आत्मा हूँ जिसे आत्महित के ऊपर लगातार लोकहित को प्रश्रय देना है। मर्यादा भी है तो एक घेरा ही। माया का घेरा। तभी कहते हैं कि हृदय का दर्पण हो जाना ही मुक्ति है। दर्पण में सब परावर्तित होता है, पर कुछ टिककर नहीं बैठता-न आकार, न विचार। तुम तो विदेह की बेटी हो और अभी जिनके आश्रय में तुमको छोड़ा है, वे तुम्हारे धर्मपिता वाल्मीकि भी सिद्ध व्यक्ति हैं, उनके हृदय जैसा हृदय, मुकुर जैसा हृदय मेरा अभी भी नहीं है।

ख़ासकर तुम्हारी छवि तो उससे जाती ही नहीं। तुम्हें याद है-हर यज्ञ के समय, (छोटी पूजा के समय भी) गुरु वशिष्ठ शुरू में तुम्हें मेरे दाहिने बिठाते थे और कहते थे कि धर्मपत्नी बायीं ओर का सिंहासन यानी हृदय स्थान या अनाहत चक्र प्रतीकात्मक रूप से ख़ाली करे, देवताओं के सम्मान में वहाँ से उठकर दायीं ओर आ बैठे तो ही पूजा-यज्ञ के समय एक-एक अंग के अधिष्ठाता महाभाव यानी कि देवता अंगों में आ विराजते हैं, वहाँ विराजकर आशीष देते हैं और फिर आकाश मण्डल में कूच कर जाते हैं। उनके प्रयाण के बाद ही पत्नी का सिंहासन उसे वापस मिलता है और वह दाहिने से उठकर वामा-भाव में दुबारा स्थापित कर दी जाती है, यानी सीधा हृदय में।

बारह बरस के ही तो थे हम। अभी बाल-भाव पूरा गया नहीं था। हमें यह सब खेल जैसा ही लगता और आज तुम्हें बताऊँ मैं कि देवताओं के लिए भी तुम्हारा हृदय-सिंहासन ख़ाली करके उठ जाना मुझे खटक जाता था। मन-ही-मन पल्लू पकड़ लेता था मैं तुम्हारा! देवता भी हँसते होंगे कि अजब प्रेमी है।

हाँ, प्रत्यक्ष संसर्ग के वर्ष कम ही रहे, पर जिस महाप्रयोजन के निमित्त तुमने लक्ष्मण-रेखा लाँघी, उसका मैं सम्मान करता हूँ। अगर मेरी बात काटकर तुम अपने विवेक से नहीं चलती और लक्ष्मण-रेखा नहीं लाँघती तो लंका-दहन और रावण-वध का वह महासंकल्प कैसे पूरा होता जो मेरे जीवन का ध्येय था।

लक्ष्मण-रेखा मेरे मोह का घेरा था, तुम त्रिपुरसुन्दरी भाव में उसको लाँघ गयी ताकि मैं संकल्प पूरा करने की शक्ति पा सकूँ।

कितने कष्ट सहे हमने। मैं लगातार छटपट, गतिमान, तुम लगातार सुस्थिर, कष्टजड़ित। अशोक वाटिका में प्रतिष्ठित शोक की महामूर्ति। पर जो थोड़े-से वर्ष हमने जंगल में, हज़ार विपदाओं के बीच भी, सांद्र दाम्पत्य का अनुपम सुख भोगते हुए बिताए-उसकी स्मृतियाँ इतनी सघन हैं कि भौतिक दूरी भी हमें एक क्षण अलगा नहीं पाई। विरह समुद्र-भाव से हहाता जरूर है, पर यादें रामेश्वरम् का पुल साध लेती हैं।

हमारी सन्तान गर्भावस्था से ही इस पवित्र आश्रम में पली हैं, इतने शास्त्रार्थों के बीच वीरमाता की कोख में पली हैं-यही सोचकर सन्तोष करता हूँ। सुनता तो यही आया हूँ कि सन्त की कुटिया से बढ़कर आसन्नप्रसवा और सद्य:प्रसूता के लिए कोई तीर्थ नहीं। फल-मूल, ऋषि-कन्याओं का साथ, ध्यान-मनन और शास्त्र-चर्चा-स्वर्ग तो इसी में है।

मैं राज-काज के प्रबन्धन में पूजा-भाव से ही लगा हूँ, पर तुम्हारी मंगलमूर्ति के प्रत्यक्ष साथ के बिना मेरी हर पूजा अधूरी लगती है।

अशेष नेह,

राम

एक पत्र लव-कुश को

दुनिया में कोई भी चीज़, कोई घटना ऐसी नहीं होती जिसका एक शुभ, एक शुभेतर पक्ष न हो। इसलिए समान भाव से सुख-दुःख देखने-झेलने का तर्क बनता है।

ये दोनों पत्र पन्द्रह बरस पहले के हैं। उस समय लव-कुश दो बरस के ही थे। आज उनको पिता के पास राजधानी गये सात महीने बीत गये। इन दिनों लगता है, राम बहुत व्यस्त हो गये हैं। कुछ राजकाज में, कुछ बच्चों को राजनीति सिखाने में ही सारा समय जाता होगा। तो अब पत्र कम ही आते हैं!

बहुत याद आती है तो मैं ही कभी-कभी पवनदेव के हाथ पत्र पठा देती हूँ, पर इसकी उम्मीद नहीं करती कि पत्रोत्तर आयेगा ही! कभी अचानक सिर पर बाल-घन बरस जाते हैं जो मन उत्फुल्ल हो सोचता है कि आ गया उत्तर। किसी जंगली फूल से तेज़ गन्ध उठती है, आधी रात को कुरूलिया पाखी बोल उठते हैं तो राम के ही उत्तर के रूप में गन्ध-ध्वनि आदि का भाष्य कर लेती हूँ। आज बारिश घनी हुई तो बच्चों को पत्र लिखा।

प्राणधन, मेरे लव-कुश,

बहुत दिनों बाद आज घनघोर बारिश हुई-वह भी रात में। पर्णकुटी टपक रही है। जंगल के सारे पशु-पक्षी दम साधे बैठे हैं। यह बूढ़ा साँप अब कहीं नहीं जाता। साँपों को मृत्यु का पूर्वाभास हो जाता है। जब उन्हें प्रकृति सन्देश देती है कि प्रयाण की घड़ी आ गयी, कोई कोना ढूँढ़कर वे शान्त लेट जाते हैं, कुछ खाते-पीते नहीं, न फण ही उठाते हैं! प्रकृति से पाये हुए प्राण धीरे-धीरे प्रकृति

को निछावर करते वे ज़रा भी उद्विग्न नहीं होते। मेरे पैताने कुण्डली मारे यह गेहुँअन लेटा है। चींटियाँ अभी तो उधर नहीं जा रहीं, पर जिस दिन इसके प्राण पूरे रिस जाएँगे-वे चारों तरफ से इसे घेर लेंगी।

प्राण! पंच प्राण जैसे एक घोंसले से पाँच चिड़ियाँ आकाश की ओर उड़ें, पर एक साथ नहीं, बारी-बारी से, धीरे-धीरे। प्रकृति में सब कुछ लयबद्ध है—साँसों की तरह ठाह-दुगुन-चौगुना, बारिश की बूँदों ने तीनों लयें साध रखी हैं। ऋषि वाल्मीकि की कुटिया में दीपक जला हुआ है-प्रकाश की किरणें बंकिम होकर मेरी दीवार का एक कोना उजागर किये हैं!

राजभवन जाते हुए जो वल्कल वस्त्र तुमने उतारे थे-उसी कोने में तहाए रखे हैं-और वे भोजपत्र भी जिन पर तुम्हें मैंने अक्षर-ज्ञान कराया था। अक्षर! वर्णमाला के वे बावन अक्षर शरीर में अलग-अलग ऊर्जा-केन्द्रों पर अलग-अलग ध्वनि-प्रपात छोड़ते हुए झिलमिल अक्षर! आज्ञाचक्र पर हं क्षं, विशुद्धि पर सारे स्वराक्षर, अनाहत पर कं, खं, गं, घं, ङं, चं, छं, जं, झं, ञं, टं, ठं, डं, ढं, णं, पं, फं, बं, भं, मं, मणिपुर पर तं, थं, दं, धं, नं, यं, रं, स्वाधिष्ठान पर लं, वं, मूलाधार पर शं, षं, सं, हं। ये अक्षर इसलिए कहलाते हैं कि इनका क्षरण नहीं होता। ये सृष्टि की मूल ध्वनियाँ हैं।

एक बार विचार की तरंग उठी, सृष्टि मूर्तिमान हुई तो कुछ सनातन निनाद हुए-इन सनातन निनादों को अलग-अलग शब्दों में सजाने से दुनिया की सारी भाषाएँ बनीं। सोने में खोट मिलाए बिना जैसे गहना नहीं गढ़ा जाता, शुद्ध अक्षरों में कुछ खोट आ मिला, कुछ माया आ मिली तो वाग्जाल प्रकट हुआ भवजाल में। आकाश में माटी मिलाए बिना, आग में पानी और हवा गूँथे बिना सृष्टि प्रकट कहाँ होती?

प्रकट जो भी होगा-तुम्हारी तरह जोड़े में ही होगा और दोनों की वृत्तियाँ अलग होंगी-पूर्णत: विरोधाभासी! इसीलिए भाषा के कई पक्ष होते हैं और सृष्टि के भी। और दुनिया में कोई भी चीज़, कोई घटना ऐसी नहीं होती जिसका एक शुभ, एक शुभेतर पक्ष न हो। इसलिए समान भाव से सुख-दु:ख देखने-झेलने का तर्क बनता है। शुभेतर में शुभ का संधान एक विशेष तरह की दृष्टि, प्रांजल दृष्टि की माँग करता है जो सधी हुई देह में सहस्त्रदल कमल की तरह खिलती है; खिलती है, सहज प्रफुल्ल भाव से खिले मन का प्रतिबिम्ब बनकर।

किसी के पीछे पड़ जाना, सबकी खाट खड़ी करना, स्वयं को श्रेष्ठ, दूसरों को अधम जानकर शेख़ियाँ बघारा करना, अधिकार और कर्त्तव्य में सही सन्तुलन न बिठा पाना ऐसी तामसी वृत्तियाँ हैं, जिनसे ग्रस्त कोई व्यक्ति सहज प्रसन्न रह ही नहीं सकता और इससे प्रकृति का सन्तुलन भी भंग होता है।

मगर इस सन्तुलन-भंग के भी दोनों तरह के परिणाम हैं। अच्छा परिणाम यह कि इस क्षोभ से गतिमान होता है विश्व। क्षोभ न होगा तो संसार न होगा। परम सन्तुलन की स्थिति लीन होने की स्थिति है, दुबारा सब किरणें समेटकर कालरात्रि या काली के गर्भ में अन्तर्भुक्त हो जाने की स्थिति।

तुम दोनों कैसे हो? पिता का ध्यान रखना। मैं तो अपनी माँ-प्रकृति की गोद में एकदम निश्चिन्त हूँ। वन की बच्चियों को पढ़ाना शुरू किया है। तरह-तरह के पेड़ों, पशु-पक्षियों से मिलते-बतियाते दिन कैसे कट जाता है, पता ही नहीं चलता। शाम को तरह-तरह की देवियाँ और ऋषि-पत्नियाँ मुझसे मिलने आती हैं। बीच-बीच में वाल्मीकि नाना से शास्त्र-चर्चा भी होती ही रहती है।

तुम्हारे साथ जन्मे हाथी के बच्चे बड़े हो गये, तुम्हारे साथ बोए वृक्ष फलों से लद गये। कभी-कभी उनकी छाया में सुस्ता लेती हूँ।

अभी घनघोर बारिश हो रही है। लकड़ियाँ गीली मिलेंगी, पर चिन्ता नहीं। सूखे पत्ते हैं ढेर सारे, फिर कंद-मूल भी हैं।

शतशः आशीष,

माँ

राम-राज्य की चुनौती

देहिक-दैविक-भौतिक तापों से जनजीवन मुक्तकर देने का संकल्प राम ने बहुत हद तक पूरा किया, पर पूर्णता पूर्णचंद्र की भाँति बहुत देर तक अचल रह नहीं पाती, यह तो सृष्टि की मूल विडम्बना रही ही है!

अर्घ्य-आसन, मधु-पर्क के पात्र-रात की बरसात में सबका पोर-पोर भीग गया था। फिर सूर्योदय की लाली से जब आकाश रँग गया, मुझे इस वनवास-काल में मेरे सबसे निकट रही मातृस्वरूपा ललितेश्वरी का ध्यान आया। वे भी बगल के पकाड़ की गहन गुफा में अकेली ही रहती हैं, परम प्रसन्न। उनके विद्वान पति और ऊँची चोटियों पर तपमग्न बैठे हैं। जब जी आता है, वे उनसे मिल आती हैं, फिर नीचे आकर सात गाँवों का अपना राजपाट सँभालती हैं।

मेरे मन की गुत्थियाँ सुलझाने में उनकी बड़ी भूमिका रही है। मातंगी नाम की एक और प्यारी-सी आदिवासी बच्ची है जो एकतारा बहुत अच्छा बजाती है। इस जंगल के एक-एक पशु-पक्षी, एक-एक पेड़-पौधे की भाषा समझती है मातंगी। उसी ने मुझे ललिता माँ से मिलाया था। वैसे, ऋषिप्रवर, वाल्मीकि भी उससे बहुत स्नेह करते हैं।

जब मातंगी आश्रम आती है-तरह-तरह के क़िस्सों से अपनी डलिया भरे। तोते तो उससे ऐसे हिले हैं कि दूर-देश की बातें उसके कन्धों पर बैठकर उसको बता देते हैं। फिर वह उनके इतने रोचक क़िस्से गढ़कर मुझको सुनाती है। कहने को मातंगी का कोई अपना नहीं, पर गाँव में सब घर उसके हैं। खुली हवा के झोंके-सी वह सब जगह आती-जाती है, सबके काम में हाथ बँटा देती है और सबके दुख-सुख से एकात्म हो जाती है।

पर सबसे ज़्यादा उसे प्यार करती हैं उसकी दादी माँ। सब कामों से निश्चिन्त हो वह उनकी ही गोदी में सो जाती है।

यह पूरा पहाड़ी गाँव मातृ-सत्ता में विश्वास रखता है। सबसे बड़ा भूमिखण्ड सप्त मातृकाओं के अधीन है। इन सात बहनों ने विवाह नहीं किया, पर कई अनाथ बच्चे मिलकर पाल दिये और खेती-बाड़ी ख़ूब अच्छी सँभाली।

निचली पहाड़ी पर कुछ घर वृत्ति नामक जनजाति के हैं। यह एक मज़ेदार गाँव है जहाँ कुछ लोग अतिशय शान्त, कुछ ज़रूरत से ज़्यादा उद्धत हैं। इस गाँव में ज़्यादातर क़िस्से गाँव के अलाव पर ठिठोली के शाश्वत् प्रसंग रचते रहते हैं।

वैसे तो राम-लक्ष्मण ने हमारे वनवास के समय ही ज़्यादातर राक्षसों का वध कर डाला था, पर कुछ राक्षस वृत्ति जनजाति के साथ मिल-जुलकर इसी गाँव में बस गये और अब उन्हें अलग से पहचानना मुश्किल हो गया है। वे कभी-कभी भयंकर उत्पात मचा देते हैं। मार-काट, लूट-पाट, अपहरण की वारदातें जंगल के रास्तों पर एक साधारण बात है।

नगर के लोग शाम के झुटपुटे में इधर से गुज़रने में डरते भी हैं। कुछ लोग इसे राम-राज्य की चुनौती बताते हैं-दैहिक-दैविक-भौतिक तापों से जनजीवन मुक्त कर देने का संकल्प राम ने बहुत हद तक पूरा किया, पर पूर्णता पूर्णचन्द्र की भाँति बहुत देर तक अचल रह नहीं पाती, यह तो सृष्टि की मूल विडम्बना रही ही है। इसलिए सजग चौकसी ज़रूरी है।

दैहिक-दैविक-भौतिक तापों से अपने साम्राज्य के एक-एक जीव को मुक्त रखने का संकल्प लेने वाले राम का अपना ही मन इतना उत्तप्त है कि वे बार-बार जलसमाधि की बात करते हैं और मैं उन्हें रोकती हूँ। मैं धरती में समा जाऊँ, वे जललीन हो जाएँ-जो जहाँ से आया है, उसी तत्त्व में लीन हो जाए-यह तो एक दिन होगा ही, पर लीला कुछ देर और भी चले तो मुश्किल क्या है। इतनी मुश्किल से एक मूर्ति गढ़ी जाती है, आदर्श की एक प्रतिमा, उसका होना परिवेश में एक प्रेरक स्पन्दन भरता तो है ही। यह ठीक है कि मूर्ति का भौतिक शरीर टूट भी जाए तो इसके द्वारा छोड़ा गया प्रभा-वृत्त एक अदृश्य मूर्ति के रूप में बहुत देर तक वातावरण में अपनी भाषिक ऊर्जा भेजता रहता है, पर देह का भी अपना महत्त्व है ही।

कल अयोध्या से कुछ सैनिक आये थे-फिर से बवालियों का सर उसी तरह कुचलने जैसे पहले कुचला था, पर मैंने अपनी ज़िन्दगी में इतनी मार-काट देखी है, और उसका नतीजा भी कि मुझे ऐसा लगता है कि हिंसा से कोई सिलसिला नहीं टूटता, शिक्षा से टूट सकता है। ऋषिवर वाल्मीकि का जीवन इसका साक्षात् उदाहरण है। इसलिए मैं नयी पीढ़ी के अधिकांश बच्चों में शान्ति और प्रेम के पाठ प्रसारित करने में लगी हूँ और मातंगी के साथ ललिता देवी और वाल्मीकि की वरद् छाया मेरे कुछ प्रयोग सफल भी कर गयी है।

यह बात राम को बतानी ज़रूरी है-लिखती हूँ, एक पत्र उनको भी लिखती हूँ!

शान्ति और प्रेम

मैं शान्ति और प्रेम के स्त्रीसम्मत उपाय राक्षस बच्चों पर आजमाना चाहती हूँ! सुशिक्षा की आँच में ही इनकी हिंसक वृत्तियाँ हमेशा के लिए गलेंगी!

रघुकुलनायक राम को मेरा प्रणाम पहुँचे!

अब तो आपके दोनों लाडले आपके साथ हैं! इन दोनों में धीरोदात्त नायकों के गुण तो सहजात थे, क्योंकि ये आपके बेटे थे, एक धीरोदात्त नायक के बेटे, पर धीरललित नायकों के भी कुछ गुण मैंने इनमें भरे!

कला-साहित्य और संगीत में आपकी विशेष रुचि पनपे, इसका कोई अवसर प्रकृति ने आपको नहीं दिया! बचपन से ही राक्षस-वध की तैयारी! गुरु वशिष्ठ ने आपके मन में बैठा दिया था कि आपका जन्म राक्षस-संहार के लिए ही हुआ है। प्रकृति पर संस्कृति की विजय स्थापित करने के महाप्रयोजन से आपको इस तरह संदीप्त रहना पड़ा कि ललित कलाओं की ओर आप प्रवृत्त नहीं हो पाये, पर आपके दोनों बेटे युद्ध-कला के साथ-साथ ललित कलाओं में भी प्रवीण हैं!

जब आपका मन अवसाद से घिरे, लव की रुद्रवीणा सुनिये या कुश की कविताएँ-आप पुलकित हुए बिना रह न पायेंगे! पहले ये काम आपके लिए मैं किया करती थी, अब मेरी ये दोनों सन्तानें आपका अवसाद हरेंगी।

एक छोटा-सा निवेदन यह था कि पहाड़ों से घिरे जिस चम्पकारण्य में आपने मुझे छोड़ा है, वहाँ दस्यु या राक्षस-प्रकोप के शमन के लिए और सैनिक टुकड़ियाँ आप न भेजें, पूरा जनजीवन अस्त-व्यस्त हो जाता है। मैं शान्ति और प्रेम के स्त्रीसम्मत उपाय इनके बच्चों पर आज़माना चाहती हूँ!

सुशिक्षा की आँच में ही इनकी हिंसक वृत्तियाँ हमेशा के लिए गलेंगी! सुशिक्षित बच्चे अपने अभिभावकों के चरित्र का परिष्कार कर सकते हैं। ऐसा विश्वास मेरे मन में घर कर गया है। लंका की अशोक वाटिका में यह प्रयोग मैंने राक्षस-सन्तानों पर किया था! बैठे-बैठे मैंने उन्हें बहुत-सी कलाओं में निष्णात किया, बहुत-सी कहानियाँ सुनायीं। वे आँख गोलकर सुनते और घर में जाकर अपने माता-पिता को बताते! फिर धीरे-धीरे उनमें से कई मेरे मित्र भी बने और मार-काट, अफ़रा-तफ़री का बेचैन जीवन उन्हें त्याज्य दीखने लगा।

इतनी घनेरी पीड़ा और घोर अनिश्चय के समय में भी मैं धैर्य, शालीनता और सौम्यता कैसे विकिरित करती रही-इस पर उन्हें घोर आश्चर्य होता! आश्चर्य तो आपको भी होता कि हिंस्र पशुओं से भरे वन में कुश-शय्या पर सोते और कन्द-मूल खाते हुए भी मैं कभी नहीं मुरझायी। अपने माता-पिता और गुरुओं के आशीष ने ही हर बार मुझे उबारा, उनकी थमाई कला-साहित्य और दर्शन की थाती ने समृद्ध रखा! मेरे बड़ों ने मुझे सुशिक्षा का अवसर दिया-महर्षि अष्टावक्र और अन्य अनेक विद्वानों से प्रत्यक्ष शास्त्रार्थ का भी, तो मैं अपने आस-पास के किशोरों को यह अवसर क्यों न दूँ।

साम-दाम दण्ड-भेद-इन चार रणनीतियों में पहले दोनों मुझे आजमा लेने दीजिये अपने शैक्षिक प्रयोगों से, दण्ड-भेद आपका जिम्मा है! उसकी तैयारी रखिये-आपातकाल के लिए, पर उसे दैनिक प्रयोग का माध्यम न बनाइये! वैसे भी साम-दाम के बाद ही दण्ड-भेद का प्रयोजन बनता है! क्या आप ऐसा नहीं सोचते?

सादर,
सीता

मातृत्व

युद्धक्लान्त और स्वार्थाक्रान्त इस आवेग-शासित धरती पर किसानों के धैर्य से प्रेम और शान्ति की हरीतिमा संचरित करना ज़रूरी है।

आज आश्रम की सफ़ाई के बाद आसिन की धूप में देह मोड़ लेटी ही थी कि कहीं से उछलती-कूदती मातंगी आ गयी! महर्षि वाल्मीकि अयोध्या गये हैं। वहाँ अगले मास एक बड़ा यज्ञ प्रायोजित है-हमारे गाँव से भी बहुतेरे आदिवासी वहाँ जाने को समुत्सुक हैं। पक्षियों ने भी मानो अपनी उड़ान की दिशा बदल ली है!

लव-कुश मास-भर बाद अट्टारह साल के हो जायेंगे! उनका राजकीय प्रशिक्षण पूरा हो गया! राजमहल के अन्य भाई-बहनों से भी उनके सम्बन्ध स्नेहिल रहें-इस पर मैं विशेष ज़ोर देती रही, पर कुश को कोई बात छनाक लग जाती है। एक साँस में वह सारे प्रत्युत्तर दे देने की योग्यता रखता है-उसके लिए मैं पवनदेव से विशेष आशीष भेज रही हूँ कि वह स्वयं पर नियंत्रण करना सीखे!

मुझे ध्यानलीन देखा तो मातंगी चुपचाप सामने बैठ गयी, और तब तक चुप ही बैठी रही जब तक मैंने स्वयं को प्रकृतस्थ कर उससे गाँव का हाल-चाल लेना शुरू न किया!

"क्या तेरा भी जी करता है अयोध्या हो आने का? शम्बूक दादा तो जा ही रहे हैं, उनके शकट पर बैठ ले! पन्द्रह-बीस दिन लगेंगे। मौसम सुहावना है-पथ भी उतना दुर्गम नहीं रहा! सड़क के दोनों ओर तमाल के घनेरे वृक्ष लगा दिये गये हैं, सुना है।"

"मेरा कहीं जाने का जी नहीं करता, सीता मैया! तुम ही मेरी काशी-अयोध्या हो! चलो, अन्दर चलकर लेटते हैं! तुम मुझे अपने बचपन की कहानियाँ सुनाओ! मिथिला नगरी के बारे में बताओ!"

मातंगी अभी छोटी ही है, पर सड़क पर पली संवेदनशील लड़कियों की तरह मानव-मन की गहरी पारखी! वह मुझसे अपना दिल बहलाने नहीं आयी, मेरा मन बहलाने आयी है-यह सोचती हुई कि मेरा जी अपने बच्चों से मिलने को कितना ज़्यादा उत्सुक होगा! दो महीने पहले मेरा आशीर्वाद लेने आये थे, पर उस समय उनका कूटनीति-प्रशिक्षण चल ही रहा था तो आराम से चेहरा भी न निहार भी पायी कि जाने की घड़ी आ गयी।

मेरा कुछ बोलने का मन तो नहीं हो रहा था, पर कभी-कभी मुँह खोलना सीलन-भरी कुटिया का दरवाज़ा खोलने जैसा होता है। सीलन निकल जाती है धीरे-धीरे। वह मेरे प्रति इतनी संवेदनशील थी तो मेरा भी दायित्व बनता था कि मैं उसके प्रयास का मान रखूँ और कुछ-कुछ बताऊँ उसे अपने असामान्य बचपन के बारे में!

कुश की चटाई खींच हम माँ-बेटी की तरह अगल-बगल लेटे और लगी मैं कुछ-कुछ बोलने। शुरू में शब्द शिथिल थे-पहले आषाढ़ की बदली जैसी टिप-टिप, टुप-टुप, झिझकती हुई बूँदें, फिर तो जैसे शब्दों की झड़ी लग गयी। नैहर का प्रसंग ही ऐसा होता है! हालाँकि मैं राजा जनक और उनकी महीयसी पत्नी की गर्भ-जायी बेटी नहीं थी, पर आत्मा की गर्भ किसी सामान्य गर्भ से ज़्यादा उर्वर और उदार है-यह कौन नहीं जानता? मेरे पालन-पोषण में उस निःसन्तान दम्पती ने कोई कसर नहीं रखी, फिर उनकी अपनी भी सन्तान हुई-उर्मिला, तब भी मेरा मान वैसा ही बना रहा।

मेरे बचपन का यह विराट् अनुभव ही मेरे मन में यह बात सहज उतार गया कि जैविक मातृत्व से भी बड़ा है दृष्टि का मातृत्त्व, जो धीरे-धीरे अर्जित किया जा सकता है-युद्धक्लान्त और स्वार्थाक्रान्त इस आवेग-शासित धरती पर किसानों के धैर्य से प्रेम और शान्ति की हरीतिमा संचरित करना ज़रूरी है।

लव-कुश मेरी गर्भ-जायी सन्तानें हैं-मेरे एकल मातृत्व का सहस्रदल कमल, पर धरती की बेटी मैं-धरती के अपने समस्त खट्टे-मीठे अनुभवों का सार यह मानती हूँ कि राम के भय से वृत्ति-जनजाति में छुपी बैठी राक्षस जाति

के बच्चे भी मुझे इतने ही भोले-भाले लगते हैं, जितने अपने बच्चे और दूसरे पशु-शावक। मेरा यह दृढ़ विश्वास है कि बचपन से ही इन्हें सार्थक शिक्षा दी जाए, मूल्यप्रवण सरस शिक्षा तो पारिवारिक संस्कार के रूप में अर्जित या परिवेश-प्रेरित इनकी आपराधिक वृत्तियाँ धीरे-धीरे तिरोहित हो जायेंगी।

प्रेम और धीरज से कम-से-कम अस्सी प्रतिशत बच्चों के जटिल संस्कारों की निर्जरा की जा सकती है, इसी विश्वास के साथ ऋषिप्रवर वाल्मीकि के आश्रम के द्वार मैंने राक्षस सन्ततियों के लिए भी खोल दिये। दस्युराज रहे वाल्मीकि का अपना जीवन ही इसका साक्षात् प्रमाण है कि निर्जरा, कायाकल्प और आत्मक्रान्ति कठिन अवश्य हैं, असम्भव नहीं!

"सुना है, सीता माँ, मायावी रावण की आत्मा नया शरीर पहनकर आपके आस-पास अब तक भटक रही है! शम्बूक बाबा तो ज्ञानी-ध्यानी हैं। उनकी अनुभवसिद्ध आँखें हवा में उकेरे उद्वेलन भी पढ़ लेती हैं और उन्हें आर-पार सब दीखता है! कई बार उन्होंने रावण की छाया नये कमनीय रूप में आपके आस-पास मँडराती देखी है-ख़ासकर तब जब आप पौधों को पानी दे रही हों, रुद्रवीणा बजा रही हों या ध्यान में मग्न कुछ लिख रही हों, वह चुपचाप कुछ दूर पर मोहाविष्ट बैठ जाता है-कभी किसी मृगछौने के रूप में, कभी पक्षी के! शम्बूक बाबा उसे दूर से ही पहचान लेते हैं और आपकी सुरक्षा में आस-पास ही बने रहते हैं।"

"आभार उनका! पर वानप्रस्थ तक आते-आते कोई भी स्त्री इतना आत्मबल तो अर्जित कर ही लेती है कि किसी का मोह काटती हुई उसे सही रास्ता दिखा सके, उन्नयन करा सके उसका! सच पूछो तो, मातंगी, रावण भी मुझको अब अपना बच्चा ही लगता है। जैसे-जैसे मेरे भीतर की कटुता घुलती गयी, दृष्टि प्रशस्त हुई, मैंने यह जान लिया कि रावण-जैसे किसी दानव की ज़िद या झक का समाधान भी सहज संवाद से सम्भव है।

वनवास के लिए पहली बार आयी तो मेरी उम्र बारह बरस की ही थी। हर तरह की जड़ी-बूटियाँ पहचानती हुई अब मैं यह तुमसे निस्संकोच कह सकती हूँ कि दुनिया की हर वनस्पति में औषधि बन सकने की सम्भावना है, जैसे दानव-तक में देवत्व की! यह बात सबसे पहले अष्टावक्र का शास्त्रार्थ सुनते हुए मैंने जानी थी!"

"हाँ, यह कहानी तो रोचक है। वहीं से शुरू करिए अपनी जीवन-गाथा!"

"जीवन ने तीन गौरवशाली साम्राज्यों का अन्तः पटल क़रीब से देखने का अवसर जो मुझे दिया, उसके अनुभव से इतना तो कह ही सकती हूँ कि राजा अगर विदेह हो जाए तो उसे किसी पर ज़बर्दस्ती करने की ज़रूरत नहीं पड़ती। उसका स्वाभाविक आकर्षण इतना बढ़ जाता है कि लोग प्रेमवश उसके अधीन हो जाते हैं! यह कुछ ऐसा है कि पेड़ अगर छतनार हो जाए और तरह-तरह के फूलों-फलों का आगार तो लोग उसकी टेक खुद ही ले लेते हैं।

मेरे पिता विदेह थे तो उनके आस-पास की हवा ही अलग थी! मेरी माँ के प्रति उनका एकनिष्ठ प्रेम उन्हें तब भी राजरानी बनाए रखता जब राज-पाट छिन जाने की नौबत आती! प्रेमी पति के हृदय पर उसका एकच्छत्र साम्राज्य है, ऐसी आश्वस्ति किसी स्त्री को एक अलग तरह का ठाठ देती है, इस बात का अनुभव जितना मुझे है, मेरी माँ को भी था।"

मिथिला

हर चुनौती एक अवसर भी है-अपनी प्रच्छन्न सम्भावनाएँ ढूँढ़ निकालने का अवसर, स्वयं को दुबारा जन्म दे देने का अवसर! सन्तान का जन्म माँ का नया जन्म तो है ही!

"हमारी मिथिला में सैन्यशक्ति और लूट-पाट के धन का शासन नहीं था। प्रेम और सांस्कृतिक विरासत ही हमारा असल धन थे! हर घर की दीवार पर तरह-तरह की उदात्त तस्वीरें और हर द्वार पर सुभग अल्पनाएँ ग्रामवधुएँ ही भाँति-भाँति के वानस्पतिक रंगों से बना लेतीं। हर घर गोबर से लिपा-पुता रहता। लोग स्वाभाविक रूप से विनोदप्रवण थे। उनकी भाषा में लालित्य और बाँकपन था। हर एक कोस पर एक जलाशय, जलाशय में मखाने की झाड़ियाँ, पानी-फल सिंघाड़ा, कमल और कमलिनी, हंस और हंसिनी के जोड़े, भाँति-भाँति की मछलियाँ!

लोग पान के शौक़ीन थे! लौंग-इलायची का बीड़ा मुँह में दबाकर भी ज़्यादा देर चुप न रह पाते! मुँह उठाकर कुछ-कुछ बोलते जाने का क्रम बना रहता! पीक फेंकी भी जाती तो इस तरह की भूमि पर या दीवार पर कभी हाथी का चित्र उभर आये, कभी हंस का! मिट्टी के घरों में कभी-कभी सेंध भी लगती, पर सेंध लगाने वाला चोर भी इस बाँकपन से सेंध लगाता कि दीवार पर कोई चित्र छूट जाए-कमल का या फिर हिरण का! चौर कला भी चौंसठ कलाओं में एक कला थी ही!

हमारा राजमहल भी कोई बड़ी अट्टालिका न था! राजमहल कम, वह किसी बड़े मन्दिर का परिसर अधिक लगता, हालाँकि कमरे बड़े-बड़े थे,

द्वार और गवाक्ष भी चाँदी-सोने की सुन्दर नक्काशियों से पूरित। धूप-हवा हर कमरे में अठखेलियाँ करे-इसकी पूरी व्यवस्था थी। सबसे अनूठी थी वाटिका-दुनिया के दुर्लभ फल-फूल और वनस्पतियाँ वहाँ ऐसे ठाठ से रहती थीं, जैसे मायके में लड़कियाँ!"

इतना कहकर मैं उठ बैठी! मेरे पाँवों में कुछ दिन पहले एक काँटा चुभा था! कहानी सुनाते हुए मैंने पैर पसारे। बायाँ पैर ओखल से लगा तो मैं उठ बैठी! ओखल की ओर माथा नवाया और पउती से सुई निकालकर वहाँ पाँव से काँटा निकालने का यत्न करने लगी।

इस विराम का लाभ उठाते हुए मातंगी धीरे-से बोली-

"एक प्रश्न सीता मैया मुझे बहुत दिनों से परेशान कर रहा था! सोचती हूँ, आज पूछ ही लूँ!"

"मातंगी, निश्चित ही पूछो!"

"आपने अभी मायके के ठाठ की बात की तो मुझे नये सिरे से याद आया कि गर्भावस्था के पहले महीने में ही एक धोबी के कटाक्ष का उत्तर साधते हुए राम ने लक्ष्मण के रथ पर आपको जिस वाल्मीकि आश्रम में छुड़वा दिया, वह मिथिलांचल के कितने पास है, यह तो आप भी जानती हैं, फिर भी आपके माता-पिता आपको लिवाने न आये? अपनी निर्दोष सन्तान के प्रति वे इतने निष्ठुर कैसे हो पाये?"

मैं कुछ सोच में पड़ी। मेरे हाथों की सुई ठहर गयी! काँटा कुछ ज़्यादा ही ज़ोर से टीसा होगा! मेरे नेत्र मुँद भी गये, फिर धीरे-धीरे मैं बोली-

"पिता तो सिधार चुके थे! राज पाट दूरस्थ सम्बन्धियों के हाथ था। वहाँ तो मेरी माँ ही अभ्यागत-भाव से रह रही थी! उसका ज़्यादातर समय मन्दिर में ही बीतता! जब तक मेरे पिता ने राज्य किया, माँ उनकी विश्वस्त मन्त्रिणी रहीं! राज पाट का कोई भी निर्णय उसकी मन्त्रणा से ही होता, पर मेरे दूरस्थ भाइयों ने स्त्रियों को मंत्रणा के लायक़ समझा नहीं और घर की सब स्त्रियाँ अन्त:पुरम की ओछी राजनीति की शिकार वैसे ही हो गयीं जैसे अयोध्या के राजमहल की स्त्रियाँ। बुद्धिमान व्यक्ति को मान न दो, उसकी सृजनात्मक ऊर्जा न जगाओ तो उसके उत्पात की क्षमता उकस जाती है।"

"ऐसे दमघोंटू माहौल में मैं बच्चों को जन्म क्यों देना चाहती? माँ मिलने आयी तो मैंने उसे भी यहीं रोक लिया। अब उसका वहाँ क्या काम था? वाल्मीकि के आश्रम से अधिक रमणीक स्थान क्या हो सकता था हम दोनों माँ-बेटी के लिए? हम साथ-साथ पढ़ती-लिखतीं, आश्रम में आने-वाले अन्य ऋषियों से उनकी शास्त्र-चर्चा सुनतीं! धीरे-धीरे आठ महीने बीत ही गये। खुले आकाश में, खिलखिलाते नक्षत्रों के नीचे, माँ धरती की गोद, शस्यश्यामला धरती की गोद थी, माँ थी और मैं! कहीं दूर पर रात्रि देवी, निद्रा देवी और तमपुंज का वृहदाकार रूपक काल-देवी, कालिका की महास्निग्ध और आश्वासनकारी मीठी हँसी थी कि 'सब ठीक है, हर चुनौती एक अवसर भी है-अपनी प्रच्छन्न सम्भावनाएँ ढूँढ़ निकालने का अवसर, स्वयं को दुबारा जन्म दे देने का अवसर! सन्तान का जन्म माँ का नया जन्म तो है ही!' प्रसूति-कक्ष तो कोई था नहीं! वहीं खुले आकाश के नीचे मेरी प्रसूति हुई और सब चाँद-तारे-नक्षत्र थाली बजाते नाच उठे! बुध की हरीतिमा, बृहस्पति का सुनहरा वलय, शनि की नीलिमा, मंगल की लालिमा, शुक्र के हीरक-प्रपात मिल-जुलकर चँदोवा लगे टाँगने। हवा बधाई गाती पेड़ों में बैना लगी बाँटने!

वैद्यराज

बच्ची को उसकी दादी की गोद में लिटाकर उन्होंने भेंगरिया का रस सुँघाया, कुछ पंखा झला पर बच्ची इतना डर गयी थी कि होश आने पर भी आँख खोलने को तैयार नहीं थी!

"हर भाव जैसे जुड़वां ही पैदा होता है इस धरती पर-सुख-दुख, अँधेरा-उजाला, आशा-निराशा। लव-कुश भी जुड़वां हुए और उनके संवर्द्धन-सम्पोषण में मेरी उस माँ की भूमिका भी उतनी ही महत्त्वपूर्ण रही जितनी धरती माँ की!"

"अच्छा, यह मुझको पता ही नहीं था! दादी कहती तो थी कि वह मिथिला की राजरानी से मिली हैं, पर उस समय इतनी छोटी थी कि विवरण मैं नहीं ले सकी! सिर्फ उनका रूप-वर्णन याद है। क्या सच में उनके बाल इतने लम्बे और घने थे कि उन्हें अलगनी पर डालकर सुखाना पड़ता और तीन-तीन लोग मिलकर उनकी चोटी गूँथते?"

"यह तब की बात है जब माँ राजमहल में रहती थी! जब मेरे पास बच्चे पालने आयीं, उसका जूड़ा मेरी मुट्ठी के आकार का रह गया था, पर चेहरा अब भी उतरती हुई शाम जैसा सुभग और सुन्दर था-घर लौटते पक्षी-दल का आह्लाद उसकी सुशान्त आँखों में लगातार ही गूँजता रहता था! उसकी तप:पूत उपस्थिति और सेवाप्रवणता के आगे सबका सर स्वयं झुक जाता!"

"मेरी तो कई माँएँ हैं, मातंगी, धरती माँ, अयोध्या की तीन माताएँ, माँ प्रकृति और मेरी यह माँ जिसने उसी मनोयोग से मुझे पाला, जिससे अपनी गर्भ-जायी सन्तान उर्मिला को, बल्कि उससे भी ज़्यादा सावधानी से!

मेरी सभी माँएँ महिमामयी थीं, पर इस माँ के पास सुस्पष्ट वाणी थी। उसकी अपनी वाणी, जिसने अपने सुभाषितों द्वारा रोज़ ही मुझे नया जन्म दिया।"

अभी बात परवान चढ़ ही रही थी कि दर्पदमन दौड़ता हुआ आया! यह आठ-नौ बरस का एक भोला-भाला बच्चा था जिसकी माँ तो वृत्ति कबीले की ही थी, पर पिता असुर वंश के। अभी पिछले बरस ही वे राम के सैनिकों के हाथों मारे गये।

"सीता मैया, जल्दी घर चलो! माँ की तबीयत ठीक नहीं! उसकी आँखें उलट रही हैं! जंगल में लकड़ियाँ चुनने गयी थी! शायद साँप डँस गया!"

एक झटके में हम दोनों उठ बैठीं और जड़ी-बूटियों वाली टोकरी उठाकर बस्ती की ओर दौड़ गयीं। वहाँ पहुँचने पर देखा कि वैद्यराज पहले से विराजमान हैं और उनके उपचार से नन्हे दर्पदपन की माँ होश में आ भी चुकी है!

दोनों हाथ जोड़कर मैंने उन्हें प्रणाम किया तो प्रत्युत्तर में वे उठकर खड़े हो गये। लम्बी-चौड़ी काठी और अत्यन्त सौम्य आनन वाले ये वैद्यराज इस गाँव में नये ही आये थे। पहले बहुत वर्ष उन्होंने हिमालय की कन्दराओं में तपस्या की थी और अब वहीं की जड़ी-बूटियों से जो उपचार करते थे तो ऐसा लगता है कि विकट से विकट रोगी पर जादू की छड़ी चल गयी! दूर के गाँवों से भी निढाल लोग बैलगाड़ियों पर सवार या पैदल ही गिरते-पड़ते इनके इलाज के लिए आते थे। इतने कम समय में इतनी अधिक ख्याति अर्जित कर लेने वाले इस तेजस्वी संन्यासी के यहाँ आ बसने से मैं भी कुछ निश्चिन्त हुई थी वरना इस अटट देहात में मेरी ही जड़ी-बूटियाँ लेने आते थे लोग।

हाथ-भर की दूरी पर इनके यों उठ खड़े होने की घटना पर मैं कुछ चौंक-सी गयी! राम के सिवा कोई भी आज तक मेरे एकदम सामने आकर खड़ा नहीं हुआ। यह सोचकर कि ये परेदशी हैं और आचार-व्यवहार के नियम अलग-अलग स्थानों पर अलग-अलग होते हैं, मैंने ही मन को समझाया और बायें हट कर कुछ दूर पर खड़ी हुई।

"आभार, वैद्यराज, आपके यहाँ आने से हम सब निश्चिन्त हुए।"

मेरे इस सहज औपचारिक आभार-वन्दन पर मन्द्र स्वर में बोलते हुए वैद्यराज ने दोनों हाथ जोड़ लिए, "आपके यहाँ होने से, जानकी, यह पूरा क्षेत्र पुण्यभूमि हो गया है! औषधियाँ जल्दी असर करती हैं। गायें अधिक दूध देती हैं, धरती अधिक अन्न, झरने अधिक पानी। पूरे वनस्पति जगत् में एक उमड़न-सी परिव्याप्त है। आपकी ही उपस्थिति को निवेदित यह सबका समर्पण है। देखें वे फल से लदे वृक्ष, फूलों से लदी डालियाँ। आपके चरणों में निवेदित है यह सारा परिदृश्य। आपके दर्शन हुए, मैं तो धन्य हुआ! दरअसल, चिड़ियों से आपकी कीर्ति सुनकर ही मैं इधर उन्मुख हुआ था!"

ऐसी उमड़ती-घुमड़ती-सी भाषा मैंने जीवन में कम ही सुनी थी। मर्यादित लोगों के साथ ही तो जीवन कटा। यह उमड़न मुझको अतिरिक्त लगी! मैं थोड़ा सकुचाकर लौट ही रही थी कि एक आर्त्त कण्ठ की पुकार हम सबको दहला गयी। एकबारगी हम सब-के-सब उस पुकार की दिशा में मुड़े तो दूर पर दीखा कि एक सिंह आठ-दस बरस की बालिका, विलसा को मुँह में दबाये जंगल की ओर जा रहा है और उसकी दादी विवशता में चीख़ती हुई अपने बरतन-भांडे ही उस दिशा में चलाए जा रही है!

वैसे तो गाँव के दो-एक लोग और उधर लपके। हरसू लोहार अपनी तलवार लिए लपका, पालत भील ने भी अपना तीर-कमान उठाया, पर वैद्यराज ने कमाल कर दिया! क्षण-भर में अपनी धोती कसी और बाघ की दिशा में इतना तेज़ दौड़े कि पलक झपकते उसके सामने चले आये और बिजली की फुर्ती से उसका जबड़ा अपने ख़ाली हाथों से धरकर फाड़ दिया।

जब तक यह घटना घटी, हरसू लोहार और पालत भील ने भी अपना निशाना साध लिया और बाघ की जीवन लीला वहीं समाप्त हो गयी! बेहोश विलसा को कन्धे पर लादे हुए वैद्यराज लौटे तो उनकी उन्नत पेशानी पर पसीने की बूँदें दमक तो रही थीं, पर चेहरे पर कोई विकार नहीं था-न हर्ष-विषाद, न थकान। बच्ची को उसकी दादी की गोद में लिटाकर उन्होंने भेंगरिया का रस सुँघाया, कुछ पंखा झला, पर बच्ची इतना डर गयी थी कि होश आने पर भी आँख खोलने को तैयार नहीं थी!

असल समाधान

युद्ध और हिंसा तात्कालिक शमन भले कर दें दुर्वृत्तियों का, उसका दुष्ट चक्र नहीं तोड़ पाते! असल समाधान तो बच्चों का संस्कार-प्रक्षालन है जो अच्छी परवरिश और सद्शिक्षा से ही सम्भव है।

अभी कुछ दिन पहले ही जंगल में लकड़ियाँ काटने गये विलसा के माता-पिता एक उन्मत्त हाथी के पाँव-तले दबकर प्राण त्याग चुके थे और उसकी दादी इतना सहम गयी थी कि शायद ही उसे कभी जंगल की ओर अकेली निकलने देती! पर आज दोपहर में अपने बालसखा दर्पदपन की माँ के सर्प-दंश की बात सुनी तो वह दादी को सोता छोड़कर अकेली गली में निकल पड़ी और नरभक्षी शेर को मौक़ा मिल गया जो शिकार की प्रतीक्षा में किसी पेड़ के पीछे दम साधे खड़ा था! उनका घर जंगल के सीवान पर ही था और गाँव की ओर जाती गली इसलिए भी सूनी थी कि नन्हे दर्पदपन के सर्प दंश की ख़बर गाँव में जंगल की आग की तरह फैल गयी थी तो सब-के-सब ग्रामीण उसकी ओर ही चले गये थे।

एक आश्चर्यजनक बात वैद्यराज के सन्दर्भ में सबने यह भी लक्ष्य की कि विलसा के पूर्ण स्वस्थ होने तक वे रुके नहीं। शायद उनके संध्या-पूजन का समय हो गया था! वे अचानक उठे और झोला उठाकर सुगना पहाड़ी की अपनी कुटिया की ओर मुड़ गये! उसके बाद बहुत दिन तक उनका कुछ पता न चला।

मैंने राम से इस अद्भुत वैद्यराज की चर्चा करने को लेखनी उठायी, फिर धर दी कि अभी कुछ दिन रुकती हूँ! अभी तो अयोध्या में यज्ञ की तैयारियाँ चल रही होंगी। तभी तो पिछले पत्र का भी जवाब नहीं आया था जिसमें मैंने

अनुमति माँगी थी (लंका-युद्ध के बाद राम के अनुगत होकर इसी ओर आ बसे) राक्षसों की सन्ततियों में कोमलतर वृत्तियों के प्रसार के लिए एक शान्ति पाठशाला खोलने की। इसी चिट्‌ठी में मैंने अपना दृढ़ मत व्यक्त किया था कि युद्ध और हिंसा तात्कालिक शमन भले कर दें दुर्वृत्तियों का, उसका दुष्ट चक्र नहीं तोड़ पाते! असल समाधान तो बच्चों का संस्कार-प्रक्षालन है जो अच्छी परिवरिश और सद्शिक्षा से ही सम्भव है। लंका-युद्ध के बाद इधर-उधर बिखरे हुए राक्षस परिवारों के बच्चे तो उतने ही भोले-भाले हैं जितने सामान्य बच्चे। बस, इनका सही प्रशिक्षण ज़रूरी है ताकि संचित ऊर्जा मार-धाड़ और ज़बर्दस्ती में बिखरे नहीं!

राम ने जवाब नहीं दिया। इसका एक कारण यह भी हो सकता है कि उन्हें मेरी बातें अव्यावहारिक लगी हों! कम ही पुरुष मेरे पिता की तरह होते हैं जो अपनी पत्नियों को बाल-बुद्धि मानकर उनकी बात टरका नहीं देते!

इन दिनों पिताजी की और उनके महल में बिताए दिनों की याद ज़रा ज़्यादा ही आने लगी है। क्या दिन थे। एकदम मगन रहती थी। याज्ञवल्क्य, अष्टावक्र आदि से उनकी शास्त्र-चर्चा उनकी या माँ की ही गोद में बैठकर मैं सुना करती थी। उर्मिला माँ की गोद में होती तो मैं पिता गोद में, फिर हम पारी बदल लेते। यही गोद हमारा सिंहासन थी। गोद में बैठने की उमर गयी, तब भी हर शास्त्र-चर्चा में हम चारों के आसन साथ ही बिछा करते।

ज़्यादातर बातें उन दिनों बीज-रूप में ही चित्त में पड़ीं। उनका पूरा मर्म तब ख़ुला जब मेरा सामना कठिन दिनों से हुआ, ख़ासकर अष्टावक्र की 'गीता' तो हर पग पर मार्ग प्रशस्त करती चली गयी और आज तक जब मन विषन्न होता है, उसकी बातें क्षितिज-विस्तार में सहायक होती हैं! लगता है, घुटनभरे कमरे का वातायन कमल-तड़ाग की तरफ अचानक खुला।

मैं भूमिजा

आँख मूँदकर तो मैंने अपने राम की या किसी और की बात मानी ही नहीं! हमेशा ही तर्क किया-कभी बोलकर, कभी चुप रहकर!

आज फिर बारिश थमने का नाम नहीं ले रही। इन्द्र देवता अपने तरकश के सब तीर आज ही छोड़ेंगे-लगता है! तिरछे बाणों की तरह बारिश सीधे प्राणों पर आघात करती है और स्मृतियों की ऊबड़-खाबड़ पगडण्डियाँ तड़प कर लहालोट हो जाती है! गड्ढों में पानी भर जाता है। धीरे-धीरे घास और जंगली लताएँ भी सेनानी भाव में प्रकट होकर सब रास्ते बन्द कर जाती हैं। चोट जब हल्की हो-थन से अभी छूटे दूध के फुहार की तरह झीनी, तो मिट्टी प्राणपण से सोख लेती है सारे आघात। एक बार उफ़ भी नहीं करती!

मानवती नायिका पर चुम्बनों की बौछार की तरह होती है आषाढ़ की बारिश, पर यह भादो है! इसका आघात सहा नहीं जाता! इतने प्रवेग से छूटता है पानी कि आधार पर गिरकर वापस उछल जाता है। पानी की टूटी हुई ये पँखुड़ियाँ वापस स्रोत तक उछल जाने को तैयार! इस वेगवान पानी का यों पंखुड़ी-पंखुड़ी टूट जाना-बहुत तरह की मेरी स्मृतियाँ ताज़ा कर देता है!

नारद मुनि से महर्षि वाल्मीकि ने आदर्श चरित्र के रूप में राम की कथा जो सुनी, 'रामायण' में, उसके कई अन्तराल अपनी कल्पना से ही भरे जा रहे थे वे! जब लखन लला मुझे यहाँ जाह्नवी-तट पर छोड़ गये, कुछ देर तो मैं बैठी रह गयी! सोचती रही अपने जीवन के पिछले तीस वर्षों के बारे में-आठ बरस की अवस्था में विवाह, चौदह वर्ष की अवस्था में पहला वनवास, सोलह बरस में रावण-हरण, दस वर्ष अशोक वाटिका का तप, फिर दो बरस अयोध्या में,

अट्ठाइसवें वर्ष में दूसरा वनवास, पैंतीसवें वर्ष में दोनों पुत्रों से बिछोह... और अब ये बचे हुए कुछ वर्ष! बहुत वर्ष तो नहीं जीना-दो काम और रह गये हैं-। वे दोनों पूरा करूँ और मैं भूमिजा, भूमि की गोद में जा समाऊँ!

पहला काम तो आधे से ज़्यादा हुआ ही रखा है! महर्षि वाल्मीकि की आज्ञा से अपने जीवन के कुछ ख़ास क्षण समेट कर एक 'सीतायण' लिख रही हूँ जो आगे आने वाली सब अकेली स्त्रियों और उनके बच्चों को सम्बोधित हो:

"जैसे हरसिंगार लोढ़ती हो-भूमि पर बिखरे हुए हरसिंगार लोढ़कर एक माला गूँथती हो-वैसे ही अपने जीवन के बिखरे ये क्षण चुनकर एक प्रतिसंसार रच दो! ऐसा एक उपक्रम मनुष्य-मात्र को करना चाहिए! अनुभव प्रसाद है। प्रसाद कभी अकेले नहीं खाते, हमेशा बाँटकर ही तो खाते हैं।

फिर सत्य के कई पक्ष होते हैं, जैसे चमकते हुए हीरे के कई पहलू। जौहरी हर पक्ष से उसे परखना चाहता है, इसीलिए सब अपनी कथा कहें, यह ज़रूरी है। नारद मुनि ने रामकथा का जो ढाँचा मुझको पकड़ाया है, उसमें तुम्हारे सत्य के अंतरंग पक्ष का संकेत-मात्र है। मैं अपनी राम-कथा में तुमको सम्यक् वाणी दे पाऊँगा, तभी जब तुम मेरी कल्पना को जल्पना का आधार दो! यथार्थ के बिना कल्पना इतनी ही अधूरी है जितना कल्पना के बिना यथार्थ, शब्द अर्थ के बिना या अर्थ शब्द से विरत।"

"धरती की बेटी हो-मिट्टी की बेटी। मिट्टी के बिना कोई मूर्ति गढ़ी जा सकती है भला? मिट्टी मूलाधार है! बाकी ऊर्जा केन्द्रों पर जिन तत्त्वों की अवस्थिति मानी गयी है-अग्नि, जल, पवन और आकाश-तुम्हारे बिना वे सब निराकार हैं। निराकार ब्रह्म भी प्रकट होने के लिए तुम्हारे गर्भ का ही आश्रय चाहता है।"

वाल्मीकि की इन बातों से स्पन्दित होकर 'सीतायाण' लिखनी शुरू की थी। तीन-चौथाई ही लिखी थी कि लव-कुश भी विदा हो गये और अपने जीवन का महाशून्य भरने को कृतसंकल्प मैं जंगल के बच्चों, ख़ासकर राक्षसों के अनाथ बच्चों के संस्कार-संवर्द्धन के लिए एक नयी तरह की पाठशाला बनाने में प्राणपण से जुट गयी!

पिछले पत्र में मैंने राम को राक्षसों से ताबड़तोड़ युद्ध बन्द कर देने का परामर्श दे तो डाला था, पर राम का वापस पत्र नहीं आया! पत्राचार ही तोड़

दिया राम ने, जिससे यह बात स्पष्ट होती है कि वे अभी भी मेरी इस बात से सहमत नहीं कि हिंसा आपात्काल का अन्तिम उपाय है-साम-दाम के बाद ही दण्ड-भेद! और मैं जानती हूँ-साम-दाम का सबसे सुन्दर माध्यम पाठशालाएँ हैं-यदि बचपन में ही संस्कार ठीक कर दिये जाएँ तो राक्षसी वृत्तियों का उन्नयन असम्भव नहीं!

भोले-भाले, अनाथ राक्षस बच्चों का चेहरा मुझे अपने लव-कुश का ही चेहरा दीखता है और जैसे-जैसे मेरा उनसे नाता गहराता जाता है, मन में यह धारणा दृढ़तर हुई जाती है कि यही समय है इनकी अक्षय ऊर्जा को सही मोड़ देने का-इसके पहले कि वे ध्वन्सात्मक मोड़ लें! वैकल्पिक जीवन का आधार-पाठ उनके सामने खोले बिना हम उन्हें दृष्टिसम्पन्न बनाएँगे कैसे? कैसे आश्वस्त करेंगे कि छीना-झपटी और बलात्कार अन्ततः नर्क की ओर ले जाते हैं! नर्क अर्थात् चित्त की वह स्थिति, जहाँ वह किसी करवट चैन से लेट ही नहीं पाता! स्वर्ग यानी आह्लाद की वह स्थिति जो किसी के सुख का माध्यम बनने से ही मिलती है...।

इसी दृष्टि के आलोक में राम से, रावण से, सरमा-कला-त्रिजटा-मन्दोदरी जैसी राक्षस कुलवधुओं और बेटियों से, दस महाविद्या और नवदुर्गा समेत अपनी सब माताओं से, लव-कुश से, सारी वनकन्याओं से, राक्षस-बालकों से जो मेरे संवाद-विवाद हुए-उसका एक लेखा-जोखा बनाया था! इस क्रम में कुछ कविताएँ भी लिखी थीं! महर्षि वाल्मीकि इतने उदारचेता हैं कि मेरे कच्चे-पक्के प्रयत्नों को उन्होंने असीसा और कहा-

"इनके आधार पर ही मैं अपनी राम-कथा का सीता-पक्ष विकसित करूँगा!...कभी जब थको तो अपना यह लिखा हुआ स्वयं पढ़ना। तुममें नयी शक्ति का संचार होगा कि आख़िर वह तुम ही तो थी जिसने यह सब झेला और पूरी गरिमा के साथ। जब तब झेल लिया तो अब क्यों नहीं झेल सकती?"

क्या वह घड़ी आ गयी है? राम का पत्र नहीं आने से इतनी दुखी हूँ मैं। भला क्यों? अँधेरा पसरता है, तब ही तो पक्षी घर लौटते हैं! क्या मेरे मुझ तक वापस लौटने की घड़ी आ गयी?

चलो, ठीक है! राम की सहमति मिले-न मिले, मातंगी की सहायता से यह वन-पाठशाला तो मैं चलाती ही रहूँगी! आँख मूँदकर तो मैंने कभी अपने राम की या किसी और की बात मानी ही नहीं! हमेशा ही तर्क किया-कभी बोलकर, कभी चुप रहकर! हाँ, तर्क करते हुए कभी आपा नहीं खोया, न सन्तुलन ही, और सामने वाले की हर बात ग़ौर से सुनकर विचार लेने के बाद ही धीरे-धीरे अपनी बात रखी-जैसे माँ बाबा के सामने रखती थी। मुझे विश्वास है, मेरे बाद भी मातंगी जैसी वन-कन्याएँ यह परम्परा बढ़ाएँगी।

जब तक भादो की झड़ी बन्द नहीं होती, अपनी पुरानी पाण्डुलिपियाँ ही निकालकर पढ़ती हूँ-प्राणों में प्राण लौटेंगे तभी जबकि अनुभव का अलाव जलाकर बैठे और अपने ही जीवन का पारायण व्यक्ति ऐसे करे जैसे यह किसी और का जीवन हो या किसी और की पुस्तक, चुनिन्दा क्षणों का प्रतिसंसार!

खण्ड-II

सीतायण : कुछ क्षण-चित्र

(सीता की पाण्डुलिपि)

बालकाण्ड

बचपन

जंगल की बरसात एक अजब कारावास रच देती है-जो जहाँ हैः कन्दरा में, कोटर में या कुटिया में-चुपचाप बैठ जाता है-स्वयं में स्थित होकर!

'बाल-काण्ड' होगा, पर 'बालिका-काण्ड' जैसा पद तो अवधारणा के इतिहास में नहीं है! ऐसा नहीं कि कोई काण्ड करती नहीं बालिकाएँ! मैंने भी कुछ तो किया ही-

नन्ही-मुन्नी शरारतों का हिसाब भला क्या देना!
चारदीवारियाँ बहुत फांदीं-
नियमावलियाँ ताख पर रखकर
हरदम मर्ज़ी मैंने अपनी चलायी!
कभी-कभी तो कूद जाती थी
बाबा के ऊँचे महल के परकोटे से
सीधी ही गलियों में-
घूम-घामकर लौट आती थी शाम तलक!
मिथिला की सब गलियों में मेरा घर था-
कुम्हार बाबा थे,
लोहार-वधुएँ थीं भाभियाँ।
सब कंचे खेलते हुए बच्चे साथी थे,
सब ढीलें चुनवाती लड़कियाँ-सहेलियाँ!
मैं तो नहीं जानती थी

कि कितनी सेंधें लगा रखी हैं मैंने
चोरी-चोरी उन दिलों में,
पर बाबा को सब पता होता—
उनकी वे मुस्काती आँखें बता देतीं!
ज्ञान का संज्ञान से जो भी नाता है,
वह बाबा-बेटी वाला ही है!
आँखों-आँखों में ही हो जाते कितने अनुबन्ध!
फिर गिलहरी-सी मैं अन्दर सरक जाती
छप्पन भोगों की वह थाली सजाती-
जिसको कहते हैं सम्बन्ध!
षटरस थे सम्बन्ध
छः ऋतुओं की छाँह में
ऐसे परोसकर खिलाती है ज़िन्दगी
जैसे कोई किसान की बेटी
खेत में कहीं पेड़ के नीचे
अपने बाबा को खिलाती है
पोटली में बँधे हुए
मौसमी अचारों से बोर-बोरकर
साग और रोटी!

लव-कुश के अनुरोध पर ही उनकी नानी की सुनाई कहानियाँ, खेल-खेल में समझाए गये जीवन के आधारभूत तथ्य मैंने भोजपत्र पर लिखे कि कभी जब जंगल के आदिवासी बच्चों और राक्षसों की भोली सन्ततियों के लिए कोई पाठशाला जंगल में चले तो 'संस्कृति' और 'प्रकृति' के बीच के सम्यक् संवाद की सुभग आधारपीठिका ये बन सकेंगे!

जंगल की बरसात एक अजब कारावास रच देती है-जो जहाँ है: कन्दरा में, कोटर में या कुटिया में-चुपचाप बैठ जाता है-स्वयं में स्थित होकर! आगे कुछ सूझता नही तो अन्तर्यात्रा सहज ही शुरू हो जाती है। लगता है, सामने किसी विशाल रंगशाला में एक बड़े नाटक के दृश्य मंचित हुए जा रहे हों, कभी गद्य में, कभी कविता में!

शास्त्रार्थ

मिथिलांचल में जैसे बादल बेमौसम, बात-बेबात घिर आते हैं, ऋषियों की जमात भी सहज भाव से जुटती रहती है!

उस दिन महल में विशेष रमन-चमन था! बाबा से मिलने चारों दिशाओं से ऋषि-मुनि आते रहते थे। राजा जनक की बेटियों को शास्त्रार्थ के सातों आयामों का सजग साक्ष्य सहज उपलब्ध था! मिथिलांचल में जैसे बादल बेमौसम, बात-बेबात घिर आते हैं, ऋषियों की जमात भी सहज भाव से जुटती रहती है!

विदेह को विदेह बनाने में सबसे अधिक भूमिका जिन अष्टावक्र की रही है-आज के विशेष यज्ञ में वे भी आमन्त्रित थे। 'अष्टावक्र गीता' पर उनकी चर्चा मुनि याज्ञवल्क्य से होनी थी! माँ ने मेरे और उर्मिला के सामने हरदम गार्गी मौसी का आदर्श रखा। शास्त्र और शस्त्र-दोनों में पारंगत रहें उनकी बेटियाँ-ऐसा उनका सपना था! हर शास्त्रार्थ में वे स्वयं भी बैठतीं-हिस्सा लेतीं और जो बातें मेरी या उर्मिला की समझ के परे होतीं, क़िस्से-कहानियों में उनको सरलीकृत करती हुई उनका भावार्थ हमें घुट्टियों में पिलातीं वे। रात के समय कुछ क़िस्से जो मेरे मन में आज भी घुमड़ते हैं, उनसे मैंने लव-कुछ को भी सींचा।

उस दिन गार्गी मौसी थोड़ा ज़्यादा ही हँस रही थीं। एक अजब मुस्कान उनके चेहरे पर खेल गयी जब आचार्य याज्ञवल्क्य ने उन्हें भरी सभा में यह कहा, "और अधिक प्रतिप्रश्न मत कर, गार्गी। और बोली तो तेरा सर टुकड़े-टुकड़े हो जायेगा।" वे चुप तो हो गयीं, पर इस भय से नहीं कि उनका सर

टुकड़े-टुकड़े हो जायेगा, बल्कि यह देखकर कि उनके प्रियवर का सर टुकड़े-टुकड़े हुआ जा रहा है-उनका अहंकार उनके धैर्य के कलेजे पर सवार है। शायद वे बहुत थक गये हैं। शायद भूख भी लग आयी हो। भूख में ये बावले हो ही जाते हैं!

इस आशय की कोई बात उन्होंने मेरी माँ, सुनयना से कही भी जब हाथ पकड़कर वे उन्हें भीतर ले गयीं, महल के उस हिस्से में जहाँ सिर्फ स्त्रियों और बच्चों का प्रवेश था! शास्त्रार्थ में भाग लेने आयीं ऋषि-पत्नियाँ वहीं ठहराई गयी थीं!

चूँकि मेरा प्रवेश दोनों जगह सम्भव था, मेरा और मेरी बहनों का, पुरुषों की औपचारिक विमर्श-वार्त्ता और उत्कट शास्त्रार्थ की तनातनी के बाद अन्तःपुरम् की अनौपचारिक टीका-टिप्पणियों का सुभग रस-निक्षेप हमें विशेष सुहावना जान पड़ता! जो ऋषि शास्त्रार्थ में हार जाते, उनकी पत्नियाँ घर जाने को उद्यत हो जातीं और इस कल्पना से व्यग्र कि रास्ता कठिन कटेगा! बाह्य जगत् की सारी चिड़चिड़ाहट और हताशा पुरुष अपनी सहधर्मिणियों पर निकालने के आदी हो चुके हैं! कान्तासम्मत उपदेश का प्रशिक्षण देती हैं माताएँ, पर वह भी रामबाण तो नहीं है! वर्षों जतन से पोस-पालकर सम्पुष्ट किया गया पुरुष-सुलभ अहंकार एक बार घायल हुआ तो बरसों उसकी मरहम-पट्टी करनी होती है! युद्धभूमि से लौटे योद्धाओं के घाव भर भी जाते होंगे, पर शास्त्रार्थ से हारकर लौटे ब्राह्मणों के चित्त का घाव जल्दी नहीं भरता। उनकी चोट विरासत में मिलने वाली एकमात्र पूंजी न हो जाए-इस चिन्ता में माताओं का मन अकुलाया रहता है, और मन जितना अकुलाया हो-वे उतना ज़्यादा प्रसन्न दीखने का जतन करती हैं! स्त्रियों के बीच लगातार ही चलने वाले आपसी परिहास की नाल अक्सर ही किसी गहरे सन्ताप में गड़ी पाई जाती है-यह मैंने आठ-दस वर्ष की अवस्था में भी भाँपा था।

माता सुनयना बुद्धिमती स्त्री थीं! जिन्हें भी परास्त पतियों के संग वापस घर भेजना होता, उनकी देख-रेख वे विशेष मनुहार से करतीं! तरह-तरह के सुगन्धित तेलों से उनके एक-एक अंग की अच्छी मालिश करतीं भगवन्ती नाइन और उनकी सहेलियाँ! और तेल मालिश के दौरान एक-से-एक मनलगावन कथा बाँची जाती ताकि मन किसी और वन में विचरने चला जाए!

नौ-दस दिनों तक टिकने वाले पकवान सौग़ात में साथ भेज दिये जाते, जिससे ऋषि-पत्नियाँ चौके-चूल्हे के झंझट से मुक्त हो क्रुद्ध और आहत पतियों की भाषिक परिचर्या में लग सकें।

स्वर्ण-मढ़ी सींगों वाली गायें साथ कर दी जातीं ऋषि-कुमारों के लिए, जो परास्त पिता के घर लौटने पर ज़्यादा ही सहम जाते। ऐसे में ऋषि-कन्याएँ ही बहला पातीं अपने पिताओं को क्योंकि उनके लिए पिताओं को विशेष मोह होता कि बरस-दो-बरस में ही ब्याही जाकर जाने कहाँ चली जायेंगी।

यह मोह मेरे पिता को भी हम पर था! वैसे तो वे विदेह थे, पर जब हम बहनें एक-दूसरे से लिपटकर सो जातीं, वे हमारे सिर पर हाथ फेरने जरूर आते! मेरी नींद सबसे पतली थी। उनकी आहट पर मैं उठ बैठती और गोदी चढ़ने को हाथ बढ़ा देती, पर पिछले एक बरस से वे गोद में उठाने के बदले हाथ पकड़कर उठाते और फिर हम दोनों बाप-बेटी देर तक उपवन में टहलते हुए दिन-भर की गतिविधियों पर चर्चा-वार्त्ता करते! थोड़ी ही देर में माँ भी सारे काम निबटाकर आ जातीं और चाँद निहाल होकर हमारी सुख-वार्त्ता सुनता। रजनीगन्धा कसमसाकर गमकती और हरसिंगार तो ओस-भार से सिहरता हुआ पलक-पांवड़े ही बिछा देता रस्ते पर!

बाप-बेटी

विषम परिस्थितियाँ बारिश की वह तेज़ दस्तक हैं जिससे धरती हुए मन में तीन तरह के बीज चटकते हैं।

उस दिन की स्मृति मेरे मन में गहनतम है जिस दिन यज्ञशाला की देहली पर महासुन्दरी सुलभा देवी प्रकट हुई थीं और एकान्त सम्भाषण की इच्छा राजा जनक के सम्मुख रखी थी! पूरा दरबार सजा था! माता सुनयना भी पिता के बगल के सिंहासन पर बैठी थीं! कौन है यह सर्वांग सुन्दरी और राजा से एकान्त-सम्भाषण की इच्छा क्यों रखती है-लोग चकित-भाव से सोचते बैठे थे कि पिता उठे, माँ की ओर दृष्टि फेरी मानो अनुमति ले रहे हों। माँ मुस्कुरायी। फिर पूरा दरबार लाँघकर वे अज्ञातकुलगोत्र सुन्दरी तक गये और देर तक उपवन में एकान्त-सम्भाषण करने के बाद जो लौटे तो उस महायज्ञ की घोषणा की, जिसमें देश के कोने-कोने से ब्रह्मवेत्ता और ऋषि-मुनि एक साथ न्योते गये थे। याज्ञवल्क्य आदि ने भी भाग लिया था!

कर्मकाण्ड का भाष्य ब्राह्मणों में, शास्त्रों का एकान्त चिन्तन आरण्यकों में और सहज बातचीत द्वारा सूत्र-पल्लव उपनिषदों में कैसे पिरोया हुआ है-इसका अन्दाजा मुझे नहीं हो पाता यदि मैं महीनों तक चलनेवाले उस शास्त्रार्थ का मौन श्रोता न होती! मेरा जीवन बहुत सहज नहीं होगा-इसका आभास माता सुनयना शुरू से ही करा गयी थीं, पर जितना सोचा था, उससे भी दुरूह निकला जीवन और उसे शालीनता से बिताने के मूल सूत्र मुझे वहीं मिले! तब उम्र कम थी-बहुत सूत्र समझ में नहीं आये, पर उनकी अर्थच्छाएँ बीज-रूप में भीतर ठहर गयीं। किसी गहन परिस्थिति से गुज़रते हुए पिता अक्सर कहते–

''विषम परिस्थितियाँ बारिश की वह तेज़ दस्तक हैं जिससे धरती हुए मन में तीन तरह के बीज चटकते हैं। इन्हें हमारे पौराणिकों ने तीन तरह के स्त्री-रूपकों में व्यक्त किया, क्योंकि रूपक जीवन के गहनतर रहस्य समझने में सहायक होते हैं!''

''कौन से तीन स्त्री-रूपक, पिताजी?''

''सरस्वती, लक्ष्मी और काली-तीन तरह की शक्तियाँ, तीन कालों की नियामक! सरस्वती यानी स्मृतिपोषित ज्ञान और परम्परा से प्राप्त कौशल! चूँकि इनका सम्बन्ध स्मृति और परम्परा से है, इनका बीज-मन्त्र 'ऐं' है!''

''बीज-मन्त्र मतलब?''

''सृष्टि की कुछ मूल ध्वनियाँ हैं, कुछ मूल स्पन्दनों में कीलित ध्वनियाँ जो सृष्टि के आरम्भ में एक विशेष भाव के संग फूटीं! गहन ध्यान में उनसे तादात्म्य उसी विशेष भाव में हमें स्थित कर देता है। हमारे रोम-कूप खुल जाते हैं तो वह तल्लीनता घटती है जिसमें हम जो चाहें, भीतर उतार सकते हैं। सरस्वती सारे सात्विक भावों का उदयाचल हैं। ब्रह्ममुहूर्त्त की वेला में पूरी सृष्टि उसी भाव में स्थित होती है। और गहन ध्यान में उतरो तो मन भी उसी भाव में स्थित हो जाता है! इतना गहरा तादात्म्य है मन का और चित्त का इस पर्यावरण से!''

''लक्ष्मी प्रतीक हैं वर्तमान का, भोग का और कार्यान्वयन का! भोग और कार्यान्वयन हमेशा वर्तमान में स्थित होते हैं। वर्तमान में स्थित होती हैं दुनिया की सारी अनुभूतियाँ । वे आगे-पीछे हो ही नहीं सकतीं!''

''उनकी वेला है सूर्योदय से लेकर गोधूलि की वेला यानी कि सृष्टि की सारी प्रत्यक्ष अनुभूतियों की वेला, वेला जो भौतिक कर्म-शृंखला और उससे प्राप्त वैभव को निवेदित है! 'हं' है इसकी मूल ध्वनि।''

''सूर्यादय से लेकर गोधूलि तक की वेला-इतना लम्बा विस्तार?''

''सृष्टि की पालिका शक्ति का विस्तार अनन्त है। विष्णु की पत्नी बताया गया इस महाभाव को। इसे मानवीय कलेवर पहनाया गया ताकि लोक इस आसानी से ग्रहण कर सके!''

"हमारी तरफ पूरी सृष्टि एक सुन्दर प्रतीक-कथा के रूप में बाँची गयी, एक बड़ी कविता के रूप में! अब जैसे में सूर्योदय या सूर्यास्त के समय जो लाली आकाश में फूटती है, उसे लक्ष्मी के अलक्तकरंजित पाँव माना गया। लक्ष्मी प्रकृति का राजसी भाव है-राजसी मनोवृत्तियों का निवेदक।"

"और काली?

"काली कल्पना का धुँधलका है और महामृत्यु का रहस्य, जिसमें सारा अहंकार लीन हो जाता है! कल्पना और मृत्यु हमेशा भविष्यमुखी हैं-एक धुँधलका जो कभी कोई छँटता हुआ देख ही नहीं सकता! जैसे माँ थके हुए बच्चे को अपने आँचल में ढँककर सुला देती है, अगम रात्रि भी। सृष्टि के सारे रंग जिसमें लीन होकर सो ओर खो जाते हैं-वही श्यामविवर काली है। महाकाल की पत्नी के रूप में इसका मानवीकरण किया गया और किसी गहन मन्त्रद्रष्टा द्वारा अनुगूँज के रूप में अवतरित देखा गया 'क्रीं' ध्वनि में! सरस्वती जन्म की देवी, लक्ष्मी पालन की, भोग की तो काली उत्सर्जन की। यहाँ समझने की बात यह है कि 'सत्त्व', 'रजस' और 'तमस' रूप में स्थित इन महाभावों में कोई पदानुक्रम नहीं है। तीनों बहनें हैं यानी एक ही उद्गम है उनका और तीनों अतल में भगिनी-भाव से ही जुड़ी हैं, पर किसी में कोई भाव प्रधान होता है, किसी भी में कोई और भाव! जैसे तू लक्ष्मीरूपा है, पर चाहे तो सरस्वतीरूपा सुलभा देवी भी बन सकती है, बल्कि मुझे तो ज्योतिषी यह भी बताते हैं कि जीवन के अन्तिम प्रहर में तेरा बचपन लौटेगा। तू सरस्वती-भाव में स्थित होकर ही काल रात्रिरूपा धरती की गोद में समाएगी जो तेरा उद्गम-स्थान है!"

"कौन सुलभा देवी, पिताजी? ये किसका स्मरण किया?"

"वही सुलमा देवी जो उस दिन यज्ञशाला में मुझसे मिलने आयी थीं...... और एकान्त में जिनसे मिलते हुए मैं सकुचाया था। जानती हो-वे क्या बोलीं?"

"क्या, पिताजी?"

"अत्यन्त सौम्य स्वर में वे बोलीं", 'तुम तो विदेह हो। तुमसे यह उम्मीद की जा सकती है कि मेरी देह के ऊपर जो मेरा यह उन्नत मस्तिष्क है, तुम उसको मान दो! मनुष्य उस मनस तत्त्व के कारण ही मनस्वी या मनुष्य

कहलाया जो कल्पना के रथ पर काल और स्थान के पार भी जा सकता है। तुम पुरुष काया में अवस्थित मनस्वी हो, मैं स्त्री-काया में अवस्थित मनस्वी हूँ! तुम जीवन की ओर और अपने भीतर देखने की एक विशेष दृष्टि हो, मैं जीवन की ओर और अपने भीतर देखने की एक और दृष्टि। पर हमारा मानस परकायाप्रवेश में भी सक्षम है। समय आने पर तुम मेरी दृष्टि अपना सकते हो, मैं तुम्हारी दृष्टि अपना सकती हूँ!'

''मनस तत्त्व का दुरुपयोग भी सम्भव है! अगर वह चित्त-विस्तार में सहायक होना छोड़ दे यानी सामने वाले की दृष्टि से संसार देखने की क्षमता का विकास न करे तो विभण्डक और श्रृष्यभृंग ऋषियों की तरह वह तपस्या की ज़िद से प्रकृति पर और उसके समस्त जीवों पर नियन्त्रण साध सकता है, पर यह प्रकृति के उस मूल भाव का विसर्जन है, जिसे सामरस्य कहते हैं! यह विकृति है! क्या सम्बन्ध है प्रकृति का और विकृति का-इसी का ज्ञान वेद है!'

'इस ज्ञान-चर्चा में जो भी निपुण हैं-उन्हें अपनी पुण्यभूमि में न्योतो ओर बड़ी शास्त्र-चर्चा कराओ! इसी निदेश के लिए यहाँ आयी हूँ!'

'यह पूरी सृष्टि बंजर हो जाएगी-तपोबल का ताप उसे बंजर कर देगा! अतिरेक कहीं भी ठीक नहीं-आधिपत्य की वृत्ति भी एक अतिरेक है! इस मन्तव्य से किया गया हर तप एक ज़िद है, एक हुंकार, प्रकृति के मूल-भाव सामरस्य का विपक्ष!

'यही ज़िद खण्डित करने के लिए कभी-कभी स्त्री शक्ति का उपयोग होता है जो प्रकृति की मधुरा शक्ति है!' पिता ने उनका सन्देश दुहराया और मैं दंग सुनती रही!

माँ-बेटी

तूलिका उठाकर हम अपने ही ढंग से कोई ऐपन बनाते हैं, हर स्त्री अपने ही ढंग से इसका एक उत्तर पाती है अपने जीवन में!

अगले दिन माँ मुझे दीवारों पर गेरू से चित्र आंकने की विशेष पद्धतियाँ समझा रही थी-तन्त्र से उठाए विशेष चिह्न (सर्प, कमल आदि) किस क्रम में सजाए जाएँ कि एक सुरक्षाकारी यन्त्र के रूप में घर की दीवार पर अवस्थित हों यानी मांगलिक शक्तियों के आकर्षण का नाभिकीय केन्द्र बन जाएँ-

इस बारे में माँ ही क्यों, एक-एक स्त्री तरह-तरह के सुन्दर गीत गाती हुई कुछ गुप्तज्ञान अपनी बेटियों को दे ही जाती है!

मान्यता है कि स्त्री के शरीर और मन के रहस्य प्रकृति की उद्धुर शक्तियों के रहस्य से सीधा सम्बन्ध रखते हैं-जैसे चाँद का घटना-बढ़ना, अट्ठाइस दिनों का उसका आवर्त्तन स्त्री के रजस्वला होने से सम्बन्ध रखते हैं-और उसके भावोद्वेलन से। यह भावोद्वेलन सागर में भी घटता है और कोमल-कच्चे मनवाले अन्य प्राणियों में भी-विक्षिप्तों में, प्रेमियों में और कवियों में ऐसा ही एक ज्वार-भाटा घटित होता है!

मौक़ा देखकर मैंने माँ से पूछ लिया-

"प्रकृति की मधुरा शक्ति क्या है, माँ? स्त्रियाँ इनसे अपना तादात्म्य कैसे बिठाती हैं?"

माँ ने हाथ में उठाई तूलिका रख दी और ग़ौर से मेरा चेहरा देखने लगी! फिर हल्का मुस्कुराकर उसने उसी तूलिका से मेरे माथे पर एक स्वस्तिका आँकी और कहा-

"तूने शान्ता की कहानी सुनी है क्या? किसी ऋषि-पत्नी ने बाँची?"

"नहीं, पर उस दिन पिताजी बातों-बातों में बोले कि माँ तुझे ये बताएंगी कि प्रकृति की मुधुरा शक्ति क्या होती है!"

"एक तरह से देखा जाए तो यह प्रश्न बहुत गूढ़ है और हर स्त्री का जीवन इस प्रश्न की एक अलग व्याख्या है! जैसे कि तूलिका उठाकर हम अपने ही ढंग से कोई ऐपन बनाते हैं, हर स्त्री अपने ही ढंग से इसका एक उत्तर पाती है अपने जीवन में! हाँ, यह तो मैं भी सोच रही थी कुछ दिनों से कि देह के रहस्य तुझे समझा दूँ और प्रकृति की मधुरिमा का कम-से-कम एक पक्ष तो तेरे सामने उद्घाटित हो ही जाए!"

"देख बेटी-ये जो चाँद बनाया है मैंने गेरू का-और ये जो सूरज बनाया है-और ये तारे बनाए हैं-एक अजब जैविक आकर्षण में यानी कि मोहपाश में वे बँधे हैं। एक तरफ कर्मों की धुरी पर वे अकेले नाच रहे हैं, दूसरी ओर एक अटूट बन्धन में मिलकर भी नाच रहे हैं, जैसे वसन्तोत्सव पर हम स्त्रियाँ एक गोल घेरा बना अशोक वृक्ष के चारों तरफ नाचती हैं!"

"कभी-कभी ऐसा होता है कि अपने अक्ष पर नाचती-नाचती चेतना ग्रहपथ के अन्य ग्रहों से बिल्कुल निरपेक्ष हो जाती है-स्वयं में स्थित-आत्मस्थ। जो माधुर्य बाहर विकिरित हो रहा था, सहसा भीतर बहने लगता है-खासकर जब हम रजस्वला होती हैं या किसी बाहरी आघात से किंचित उद्विग्न, उस समय बहिर्मुखी होने की इच्छा नहीं होती, किसी और को निवेदित होने की भी नहीं होती! बस, अपने साथ होने का जी करता है। और कुछ करने का भी जी नहीं करता! इस महाचेता एकान्त में हम स्वयं ही स्वयं को एक नया जन्म देती हैं। इस तरह हमारी कई 'अस्मिताएँ' हो जाती हैं! 'एकोडहं बहुस्याम' की स्थिति हमारे भीतर घटती है। और दुर्गा के दस हाथों की तरह या दस महाविद्याओं की तरह हम दस दिशाओं में परिव्याप्त हो जाती हैं। अलग-अलग व्यक्तियों से या अपने ही पुरुष के अलग-अलग आयामों से हम अलग-अलग रूप में मिलती हैं। मिलती हैं अपने ही व्यक्तित्व में अन्तर्भुक्त अलग-अलग आयमों से और अलग-अलग त्वराओं, अलग-अलग रूप-मुद्राओं में!"

''सुबह में चाँद, शाम को सूर्यदेवता जैसे अपनी रश्मियाँ स्वयं में समेट लेते हैं-एक समय आता है स्त्री के जीवन में-विशेषकर रजोमुक्ति के आस-पास जब रजस्वला होने के ठीक पहले वाली स्थिति हमारे चित्त का स्थायी भाव बन जाती है और अपनी सब किरणें भीतर ही धारण हम बिल्कुल मौन हो जाती हैं-ठीक प्रकृति की तरह। प्रकृति बहुत नहीं बोलती और बोलती भी है तो इशारों में, चिड़ियों की बोली में या बादल की गर्जना में, बिजली की तड़क में, आँधी के उद्वेलन में, फूलों की चटकन में, नदी की उमड़न में, सागर के आलोड़न में, पर्वत पर खिली वनस्पतियों के प्रकाश में-पश्यन्ती की भाषा बोलती है वह-बस एक इशारा!''

''तो माँ, क्या प्रकृति के इस अधखिले मौन से एकाकार होना ही स्त्रीत्व का चरम है?''

''चरम तो यह पुरुष का भी है, बेटी, पर पुरुषों के गोरखधन्धे जल्दी नहीं टूटते! उनके अहंकार का निवेश हर अर्जित वस्तु में इतना अधिक होता है कि बन्धन कटते-कटते देर लग जाती है! तुम्हारे पिता जैसे पुरुष अपवाद ही हैं!''

''क्या मैं ऐसे पुरुष से मिलूँगी? क्या मेरा पुरुष ऐसा पुरुष होगा?''

इस बात पर माँ के हाथ रुक गये। उसने अपनी विशाल आँखें उठाकर मुझे देखा और देर तक देखती ही रही। उसकी आँखों में पानी था, पर उसने मुझको अँकवार लिया। शायद वह मौन प्रार्थना कर रही थी!

पुष्पवाटिका

स्वयंवर का निमन्त्रण उनके बच्चों के लिए भेजूँ और उसी अन्यमनस्कता में वे किसी राह चलते सिद्ध को धनुर्भंग की ख़ातिर भेज दें तो बेटी ग़रीब के घर भी जा सकती है! निर्धन घर सिद्धों का भी हो तो वहाँ बहू लगातार खटती ही रहती है। घर के कामों से मुक्ति मिले तो प्रतिभा किसी और ठौर खिले!

अगले दिन वसन्त पंचमी थी! मैं और मेरी तीनों बहनें उद्यान से फूल चुनने गयीं। महर्षि अष्टावक्र दोपहर तक पधारने वाले थे। सबको चौके में जाकर माँ से कुछ नये मिष्ठान्न बनाना सीखना था! माँ कहती थी कि सबसे पहली यज्ञशाला चौका ही है।

अचानक हरसिंगार चुनना छोड़कर माण्डवी एक गिलहरी के पीछे दौड़ने लगी। श्रुतकीर्ति भी उसके पीछे लगी। उर्मिला ने मेरी ओर मुड़कर कहा-

"क्या यह सच है, दीदी कि शिव का वह धनुष जो यज्ञशाला में रखा है, पोंछा लगाते हुए तुमने बायें हाथ से उठाया और दूसरी ओर रख दिया ताकि गोबर ठीक से लीप सको मूल स्थान पर? माँ पिताजी से कह रही थी तो मैंने सुना और भौंचक रह गयी! वह धनुष तो सौ पहलवान मिलकर भी टस से मस नहीं कर पाते, फिर तुममें यह शक्ति कहाँ से आयी?"

सुनकर मैं थोड़ी लजा गयी, बोली–"शक्ति विनय से आती है! शक्ति का कोई और स्रोत नहीं! मैं धरती के गर्भ से जन्मी एक अनाथ लड़की! कोई तो मुझे यहाँ फेंक ही गया होगा! अनाथ की नाथ प्रकृति ही होती है और प्रकृति क्षतिपूर्ति के सिद्धान्त पर विश्वास करती है, उर्मि! ये तो भला हो तुम्हारे

माता-पिता का कि वे अब मेरे भी माता-पिता हैं, पर कभी-कभी मैं सोच में पड़ी हुई प्रकृति की गोद में अकेली भी जा बैठती हूँ और प्रकृति उसी तरह मुझसे कई रहस्य ऐसे साझा करती है, जैसे बच्चियों के बाल काढ़ती हुई कोई सामान्य माता!"

''दरअसल कोई भी यन्त्र उठाने की एक ख़ास तकनीक होती है। यन्त्र मन्त्र का शरीर है। कठिन-से-कठिन यन्त्र का कोई एक हिस्सा थोड़ा दुर्बल होता है या इतना सम्वेदनशील कि वहाँ हाथ लगाते ही वह स्पन्दित होकर उठने-उठने को हो जाता है, अपना प्रकृत स्थान छोड़ने को उद्यत। एक ख़ास कोण, एक प्रविधि होती है यन्त्र-नियोजक की।''

''मुझे पता है, वह कौन-सा बिन्दु है जहाँ किसी ख़ास कोण से हाथ लगायें तो धनुष उठ बैठने को उद्यत हो जाता है।''

''और जो पिताजी ने यह ठान लिया है कि जो वह धनुष उठा लेगा, उसी का हाथ तुम्हारे हाथ में देंगे-इस निर्णय से क्या तुम खुश हो? कोई देह से बलशाली हो, किन्तु मन से टेढ़ा तो क्या होगा? तकनीक का जानकार हृदय से भी स्वच्छ हो, इसकी क्या आश्वस्ति?''

''यह कोई मामूली धनुष नहीं है। प्रकृति माँ का मेरुदण्ड है। माँ कहती है, प्रकृति है स्त्री। यह झंकृत हो यानी स्वयं ही अपना मान तोड़ने की स्थिति में आये-ऐसा स्पर्श किसी पुरुषोत्तम का ही तो होगा।''

''देश-विदेश के बलवान तुम्हारे स्वयंवर में शामिल होने आ रहे हैं। लंकापति रावण ने भी आने की आज्ञा पिताजी से माँगी है। यह बलवान और विद्वान-दोनों है, पर उसका अन्त:पुर तो पहले से हर तरह की स्त्रियों से खचाखच भरा है! इतने लोगों का मान एक ही परिसर में कसमसाते रहने को विवश हो तो परिवेश में कितना तनाव फैल जाता होगा न-अविश्वास से हवा ही बोझिल हो जाती होगी। हमने तो ऐसा संशय-मलिन परिवेश देखा नहीं, दीदी! बाबा एकनिष्ठ वैरागी हैं! तुम्हें भी ऐसा ही कोई मिले, हाथ जोड़कर विनती करती हूँ! आओ चलो, मन्दिर हो आते हैं।''

''वो देखो, उधर से वे दोनों मुनिकुमार चले आ रहे हैं-राजा वशिष्ठ की छाया में नीलकमल और रक्तकमल का एक जोड़ा बढ़ा आ रहा है हमारी तरफ़! वे कौन हो सकते हैं?'' अचानक मेरे मुँह से निकला।

"अभी पता करती हूँ।" कहती उर्मिला तो राजप्रासाद तक दौड़ गयी जहाँ स्वयंवर की तैयारियाँ ज़ोर-शोर से चल रही थीं। इधर मेरी आँखें नीलकमल पर मुग्ध भ्रमर की तरह खिंच रही थीं और अज्ञात आवेग में पूरा शरीर ऐसा झंकृत हो रहा था, जैसे बरसों की सोई वीणा पर कोई प्राचीन राग जागा हो! हृदय धड़कने लगा था, आँख से ओस की बूँदें टपकने लगी थीं।

तभी एकदम से कोयल कूकी। कोयल की दिशा टोहती सांवले युवक की आँखें उठीं-उसी पेड़ के नीचे तो मैं खड़ी थी जहाँ कोयल बोली थी! मेरी अश्रुपूरित आँखें जिधर देख रही थीं, उधर से आँखें कोयल की दिशा में उठती-उठती मेरी आँखों में ठहर-सी गयीं। मेरी पलकों पर अटकी बूँद में कोयल की कूक एक मीठी टीस छोड़ती हुई जरा काँपी, वे दोनों भार्गव नयन भी जरा काँपे! इस बूँद से उन नीलकमल आँखों का परिचय पुराना था-ऐसा लगा! फिर मेरी पलकें अनायास ही झुक गयीं मानो यह क्षण मूँदकर अपने भीतर समो लेना चाहती हों! आगे क्या हुआ, मुझे याद नहीं! एक हल्की मूर्च्छा मुझको वहीं पेड़ के नीचे बैठा गयी! नींद खुली तो मैं प्रासाद के भीतर थी और अपने भीतर के उस रंगमंगल के सात दरवाज़ों के पीछे। मन इतना उद्विग्न था कि खाना-पीना कुछ भी अच्छा नहीं जान पड़ता था।

तकिये में मुँह छुपाकर रह-रहकर सिसकती हुई क्या जाने कितनी विचित्र दीखती होऊँगी! सब दंग थे क्योंकि आज तलक मुझे खिन्नमन किसी ने नहीं देखा था। मैं तो सर्वदा प्रसन्न रहने और प्रसन्न दीखने के लिए ख्यात थी! आम बालिकाओं-सा मान-मनौवल मैंने कभी पसारा नहीं। हमेशा इस बात के प्रति कृतज्ञता से भरी रही कि इस महल ने मुझे आश्रय दिया है। यह मेरा घर नहीं है, मगर फिर भी मैं यहाँ हूँ तो मुझे हवा-पानी की तरह ही रहना चाहिए!

वैसे भी बहुत अधिकार जताना मुझे कभी नहीं आया! विदेह की बेटी बनकर रहने के कारण भी चित्त को यह सहज आध्यात्मिक प्रशिक्षण मिला कि कहीं भी अगरधत्त भाव से नहीं रहना है!

पर जबसे वह नीलकमल देखा था, मन में भभूके उठ रहे थे। लग रहा था कि पाँव पटककर कहूँ-'और कहीं नहीं देखना मुझे, और कहीं नहीं जाना! चाहे यह जो हो और जैसा भी हो-जिस दिशा जाए, मुझे भी लिये जाए!

मैं इसके साथ की पथिक की भली! अब कोई स्वयंवर नहीं। मन-नही-मन मैंने इसी का वरण कर लिया।'

उर्मिला को मेरे मन के रहस्य का थोड़ा आभास हो गया था। उसने दीए से दीया जलाया। माँ को बुला लाई।

माँ मेरे सिरहाने बैठी। ज्वरग्रस्त मेरी पेशानी पर चन्दन-पानी की पट्टी रखी और धीरे-से बोली-

"अब जबकि सारे अतिथि पधार चुके हैं, स्वयंवर टल तो नहीं सकता, लेकिन तेरे जानने की बात यह है कि गुरु वशिष्ठ के साथ आये वे दो किशोर मुनिकुमार नहीं, अयोध्या के राजकुंवर हैं। उन्हें तुम्हारे पिता ने स्वयंवर में निमन्त्रण तो नहीं भेजा था, आये वे दर्शक की ही तरह थे, पर उनमें जो बड़ा है-यानी नीलकमलस्वरूप राम-वह गुरु की आज्ञा से स्वयंवर में शामिल हुआ है।''

एक बार को तो मैं उठ बैठी, पर दूसरे ही क्षण मेरे प्राण फिर सिहर गये, ''वह तो किशोर ही है, उससे क्या धनुर्भंग सधेगा? किसी विधि एक बार मिलना हो जाता तो उसे तकनीक बता देती।.....पर यह तो न्याय-सम्मत नहीं होगा! इससे उसके स्वाभिमान को भी चोट लग सकती है।''

मुझे विचारमग्न देख माँ ने कहा-

''ये दोनों साधारण किशोर नहीं है, बेटी! परमवीर हैं-शस्त्र-शास्त्र-दोनों में पारंगत! इन्होंने अकेले ही बहुतेरे दस्युओं को मार गिराया जो मुनियों की तपस्या में बाधक बनते थे।"

"फिर इन्हें निमन्त्रण क्यों न भेजा गया?'' मैं बोली।

''इसके पीछे एक कहानी है। यह तब की बात है जब तुम्हारे पिता विदेह नहीं हुए थे और दूसरे राजाओं की तरह आखेट उनके भी मनोविनोद का साधन था!

''अयोध्या की सीमा के जंगलों में एक हिरण पर उन्होंने तीर चलाया जो ग़लती से लग गया गाय को! हिरण जंगल का होता है, उसे मारकर वनदेवी से माफ़ी माँगनी होती है, जैसे पेड़ की डाल काटकर पेड़ से! गाय किसी व्यक्ति की सम्पत्ति होती है। व्यक्ति का सन्धान मुश्किल था तो उन्होंने अयोध्या के

राजा के पास दूत भेजा कि आपकी प्रजा के किसी नागरिक की गाय मैंने मार डाली-भूल से ही, लेकिन मार तो डाली। इसकी जो सज़ा होगी, मैं स्वीकार कर लूँगा! दशरथ व्यस्त थे, उन्होंने कहा-मेरे राज्य का कोई भी व्यक्ति जो समय देने को तैयार हो, उसे सादर ले जाओ। वह जो न्याय करेगा, ठीक ही करेगा''

''मेहतर जाति का एक व्यक्ति सफ़ाई का काम समेट कर घर लौट रहा था। राजा जनक के दूत के साथ वह जाने को तैयार हो गया! गाय का मृत शरीर इतने दुलार से उसने छुआ कि मृत गाय भी उठकर बैठ गयी। अब उसने फैसला किया-'गाय तो फिर से जी उठी, आपसे कोई अपराध नहीं हुआ! निश्चिन्त घर जाएँ! यही मेरा फ़ैसला है।'"

तब से तुम्हारे पिता के मन में बैठा है कि राजा दशरथ के राज्य में सभी सिद्ध हैं। स्वयं वे बहुत व्यस्त रहते हैं! स्वयंवर का निमन्त्रण उनके बच्चों के लिए भेजूँ और उसी अन्यमनस्कता में वे किसी राह चलते सिद्ध को धनुर्भंग की ख़ातिर भेज दें तो बेटी ग़रीब के घर भी जा सकती है! निर्धन घर सिद्धों का भी हो तो वहाँ बहू लगातार खटती ही रहती है। घर के कामों से मुक्ति मिले तो प्रतिभा किसी और ठौर खिले!"

''यही सोचकर उन्होंने अयोध्या नियन्त्रण नहीं भेजा, पर देख-कुमार गुरु वशिष्ठ के साथ कहीं और जाते हुए दैवयोग से यहाँ रुक गये तो इसको नियति का इशारा ही मानें।" यह सुनते ही मैंने माँ की गोद में सिर छुपा लिया और तरह-तरह की कल्पनाओं में डूब गयी।

धनुर्भंग

दम्भ और आशंका के बीच झूलता हुआ आदमी जितना दयनीय दीख सकता है, वे दीख रहे थे!

धनुर्भंग की घड़ी मेरा मन पूर्णिमा का महोदधि हुआ जाता था!

चारों तरफ नरपुंगव छाती फुलाए हुए, मूँछें लहराते हुए बैठे थे! दम्भ और आशंका के बीच झूलता हुआ आदमी जितना दयनीय दीख सकता है, वे दीख रहे थे! उनके बीच धीर-भाव से बैठे राम ऐसे दीखते थे जैसे के उत्तप्त तमालवन के सरोवर में निश्चिन्त खिला हुआ नीलकमल!

लोग हुंकारते हुए आते और खिसियानी बिल्ली बने सभागार के दूसरे द्वार से निकल जाते। वापस पलटकर देखने का हौसला भी न होता, क्योंकि धनुष उनके अभिमान-सजग हाथों के स्पर्श से हिलता भी न था! सिर्फ एक व्यक्ति था-डील-डौल में सबसे ऊँचा और उतना ही अभिमानी, उसके स्पर्श से धनुष ज़रा-सा स्पन्दित हुआ। उसकी उम्मीद जगी, पर उम्मीद में हुंकार आ मिली तो धनुष जैसे रूठ गया! फिर से वह दृढ़ और अटल हो गया मानो करवट बदलकर सो ही गया हो। यह दृश्य कुछ ऐसा था जैसे चूहे की उछल-कूद से शेर जरा-सा सुगबुगाये और फिर उसको पीठ पर उछलता-कूदता छोड़कर वापस सो जाए!

उर्मिला ने बताया- ''यह वीर अनामन्त्रित ही आया था-लंका नामक स्वर्णनगरी का राजा-शिव का महाभक्त, फिर भी अभिमानी। ज्ञान और तप का अहंकार और भी दुर्वह होता है! हारकर भी उसने हार नहीं मानी और सभा छोड़कर गया भी नहीं! चुपचाप कोने में बैठ गया-ठीक राम के पास!''

राम जब उठे, उनका कमनीय किशोर शरीर देख वह व्यंग्य से हँसा। मेरी छाती सिहर गयी! सन्तुलित कदमों से चलते हुए राम आये! कोई हड़बड़ी नहीं, कोई उद्विग्नता नहीं। मैं हर्षविभोर हो गयी जब दण्डवत लेटकर उन्होंने पहले तो धनुष को प्रणाम किया, फिर गुरुजनों को। एक बार आँखों के कोर से मुझे देखा और एक झटके में धनुष यों उठाया जैसे कोई रूठकर जमीन पर लेटे वृद्ध पितामह को गोद में उठा ले और प्यार से उनकी ज़िद तोड़ दे कि बहुत हुआ, अब औषधि पी लो और ज़िद छोड़ो!

वृद्ध पितामह की वह ज़िद ही थी जो टूटी थी, कोई मान नहीं टूटा था। फिर भी सन्त परशुराम पैर पटकते हुए आये और खरी-खोटी सुनाई कि धनुष उठाने की बात थी, वह तोड़ा क्यों गया!

जब तक पिता ने अपने अमोघ अस्त्र यानी विनय से उन्हें मना न लिया, मेरी माँ, मेरी बहनें देव मनाती रहीं, मनौतियाँ माँगती रहीं! लक्ष्मण की उमगन शान्त करने में गुरु वशिष्ठ लगे, पिता ने पास बिठाकर उनको इन शब्दों में आश्वस्त किया-

''वह कोई संकल्प नहीं था, जिसका टूटना अपराध हो!'' यह परम्परा का वह हिस्सा था जो सुयोग्य हाथों के स्पर्श से स्वयं ही टूटने को उद्यत हो जाता है! हर परम्परा देश-काल-सापेक्ष होती है! एक निश्चित समय पर वह मृत्युंजय महामन्त्र के फूट-फल की तरह स्वयं ही सूखकर लतर से विलग होने को समुत्सुक हो जाती है-शर्त बस इतनी-सी होती है कि नयी परम्परा की उँगलियाँ वि.यावनत हों और विगत के प्रज्ञा-पक्ष का सार हृदय में धारण कर सिर्फ़ थोथा ही उड़ाने के विवेक से उद्दीप्त। मृत्यु के बाद शरीर ही तो अग्नि को अर्पित किया जाता है, आत्मा या कर्मों से जुड़ी सार्थक स्मृतियाँ वहीं डाल पर बैठे सुपर्णा पक्षी के धैर्य से सब लीला निरपेक्ष भाव से देखती हैं! अगर पुरानी परम्परा से कुछ ग्रहण ही न किया जाए, तो हर बार ककहरे से शुरू करना होगा! इसीलिए परम्परा का रूढ़ि-पक्ष ही तोड़ना होता है और वही तो टूटा है-वह भी विनयपूर्वक!

''आपसे क्या कहना, गुरुवर, आप तो स्वयं जानते हैं! शैव-परम्परा की तप-परम्परा गार्हस्थिक वैष्णव परम्परा को अवसर दे रही है कि अब मैं कुछ

देर संसार से किनारा करता हूँ, कुछ देर तुम ही सँभालो-मर्यादित करो वह अगाधता जो शिवमुखी यानी मृत्युमुखी है। मृत्यु अहंकार की-यह शैवमत है, पर संसार खिलना और खेलना भी चाहता है तो यह लीला तुम्हें समर्पित!... यह चक्र चलता रहेगा!''

''आप तो समझते ही हैं, हमारे यहाँ अध्यात्म एक प्रतीक-कीलित कविता ही है-एक रूपकात्मक वितान जिसकी कई व्याख्याएँ सम्भव हैं! इसीलिए हरि अनन्त, हरि कथा अनन्ता!''

पिता की बातें सुन परशुराम मृदुल हो गये, जैसे सूर्य की रश्मियों से पहाड़ की चोटी पर हिमशिला एकदम पिघल जाती है!

अयोध्याकाण्ड

रीतियाँ-नीतियाँ

आप भूल रहे हैं, आर्यपुत्र, एक कमनीय स्त्री-काया में आरूढ़ है आपकी सिया, और संसार अभी इस योग्य नहीं हुआ कि एक कमनीय स्त्री काया की ममता को ममता की तरह ही स्वीकारे। इसलिए प्रौढ़ावस्था तक इसकी ममता तिनके की ओट लेकर ही लोकाभिमुख हो, यह आवश्यक है।

धूम-धाम से, रीतिपूर्वक हमारा ब्याह हो ही गया! रीतियाँ हों, नीतियाँ हों-उनका लालित्य देखते बनता है, लालित्य जिसकी अधिष्ठात्री देवी ललिता है-दस महाविद्याओं या अपरा शक्ति का सर्वाधिक सन्तुलित स्वरूप, जिनसे इस निविड़ वन में मुझे लगातार भावाश्रय मिला है, क्योंकि भावरूप में हर तरफ वे ही तो हैं। प्रकृति का मूलभाव यही सन्तुलन है जो उसे पुनर्नवा करता जाता है!

प्रकृति का हर अवयव एक योगिनी है-जहाँ कहीं जलाशय है या हरियाली या प्रकाश का झरना या हिरणों की कुलांचें या हवा का झोंका-वहीं योगिनी-भाव में एक स्पन्दन नाच रहा है। चौंसठ योगिनियाँ चौंसठ आयाम है प्रकृति का-कुछ उग्र, कुछ सौम्य और उनके बीच सन्तुलन साधती बैठी हैं चन्द्रमा की सोलहवीं कला: आधी प्रकट, आधी प्रच्छन्न। यही मूल है प्राकृतिक ऊर्जा की-यानी मूलाधार की, यही है मेरी माँ, सृष्टि के सब चर-अचर की माँ! हमें जन्म देकर यह हमारे ही मेरुदण्ड के नीचे के गुहा में किसी आसन्नप्रसवा-सी गुड़ी-मुड़ी होकर सो जाती है, पर जब हम इसके लिए विकल होकर इसको पुकारते हैं, यह जगती है और हमें अपनी छाती से लगाकर अपनी अमृतधारा से सींच देती है!

मेरे विवाह की घड़ी इसी ने अपना आँचल मेरे सिर पर फैलाया था और धान का लावा निहुँचती हुई स्त्रियाँ एक स्वर में मंगलगीत गाने लगी थीं:

आज मंगल के दिनवा सुभेहो सुभे

अगे चिउँटी-तरेनवा सुभेहो सुभे

चींटी से लेकर तरेगन (तारों) तक को एक ही पाँत में बिठाती ये औरतें एक अलग तरह का सामगान रच रही थीं इस धरा पर! मेरी अनेक माँओं में एक माँ धरती भी थी-उसकी उमगन देखते बनती थी मेरे विवाह की घड़ी!

एक मेरा ही मन था जो रह-रहकर उद्विग्न हो रहा था-स्वयंवर से निराश लौट रहे उन हारे योद्धाओं के लिए, जो धनुष तोड़ नहीं पाये थे! अगर मैं अपनी धरती माँ और पराशक्ति दस महाविद्यायाओं की तरह अगाध हो पाती तो इन सबके माथे का पसीना पोंछकर सुला लेती आँचल में जैसे पड़ोस के बच्चों को भी मुहल्ले की माँएं सुला लेती हैं जब उनकी अपनी माँ कहीं काम में उलझी हो!

मेरे पिता मेरी आँखों में रह-रहकर उमग गया यह भावांतरण आसानी से पढ़ सकते थे! उन्होंने ही तो बचपन से मेरे मन में यह बात बिठा रखी थी कि मैं अखिल सृष्टि की माँ हूँ-हर हारे-थके की माँ, कोई मेरे लिए पराया नहीं! पर माँ इस बात पर उन्हें रह-रहकर बरजती-"आप भूल रहे हैं, आर्यपुत्र, एक कमनीय स्त्री-काया में आरूढ़ है आपकी सिया, और संसार अभी इस योग्य नहीं हुआ कि एक कमनीय स्त्री काया की ममता को ममता की तरह ही स्वीकारे। इसलिए प्रौढ़ावस्था तक इसकी ममता तिनके की ओट लेकर ही लोकाभिमुख हो, यह आवश्यक है।"

मंगलगान

जो बस गया, समझो रच ही गया-हथेली की मेहँदी की तरह, बल्कि उससे भी गहरा-किसी गोदने की तरह। सिर्फ इसलिए कि वह कहीं और से आया है-कोई पराया नहीं होता! लोकगीत तो पथिकों से भी हृदय-संवाद कर लेते हैं! इस चलायमान जगत् में कौन है जो कहीं और से नहीं आया?

सड़क पर पड़ी मिली या खेत में कहीं फेंक दी गयी अज्ञातकुलशील बच्चियों से मेरा तादात्म्य गहनतर होता है-यह सभी समझते हैं! एक मैं ही नहीं, मेरे-जैसी जितनी बच्चियाँ जनक के राजपरिसर में दुहिता-भाव से पली थीं-वे सब मेरी पक्की सहेलियाँ थीं! उनके संग मिलकर मैंने सामा-चकवा के न जाने कितने गीत गाए थे, नट-नाटिन और गोधन के गीत-

राजा भैया चलनन अहेरिया
सीता बहिनी देली असीस हो न!

चूँकि मेरा कोई सगा भाई नहीं, दुनिया के सब पुरुष मेरे भाई हैं! मेरा भाव-बिन्दु सहज फैलकर गहन नाद बन गया है और नाद कभी किसी एक ठौर बँधकर रहना नहीं जानता-अखिल ब्रह्माण्ड के प्रति भगिनी भाव में जुड़ा हुआ वह लगातार कण-कण असीसता रहता है-कमर बांध शिकार पर चले भाई को और उसे भी जिसका आखेट वह करने चला है! स्त्री की ममता दोनों तरफ़ है-इसलिए हर पात पर कँपकँपाते ओस की तरह उसका मन लगातार एक महीन कम्पन अंकवारे रहता है! यही उसकी शक्ति है और उसकी कमज़ोरी भी!

वस्तुतः हमारी शक्ति ही हमारी कमज़ोरी का उत्स है और इसका विलोम भी सत्य है यानी हमारी कमज़ोरियाँ हैं हमारी शक्ति का उत्स!

जब मेरा शगुन अयोध्या से आया तो मेरी सब सहेलियाँ मिथिला के कोने-कोने से उमगी चली आयीं और सौग़ातें घेर बैठ गयीं! इन सहेलियों में एक थी विद्योत्तमा, जिसके मानस-पिता मिथिला के प्रसिद्ध लोकगायक थे और सरस कवि भी: पं. जनार्दन भट्ट। वे मिथिला के नहीं थे-नटों की एक टोली के साथ यहाँ आये और फिर एक कुशल नटी के साथ ब्याह रचाकर यहाँ बस ही गये! कितना सुन्दर शब्द है-रच-बस जाना! जो बस गया, समझो रच ही गया-हथेली की मेहँदी की तरह, बल्कि उससे भी गहरा-किसी गोदने की तरह। सिर्फ इसलिए कि वह कहीं और से आया है-कोई पराया नहीं होता! लोकगीत तो पथिकों से भी हृदय-संवाद कर लेते हैं! इस चलायमान जगत् में कौन है जो कहीं और से नहीं आया?

लोकगीतों की धुन पर विद्योत्तमा अपने पिता के संग (प्रसंगानुकूल) नये-नये तरह कवित्त गढ़ लेती थी। जनार्दन भट्ट ने प्रौढ़ा नटनी से ब्याह किया था। रीझे तो उसकी कला पर बचपन में ही थे, पर ब्याह की स्वीकृति नटनी ने जीवन-संध्या में दी क्योंकि उसे चाहने वाले और भी बहुत थे और लगातार वह परीक्षक-मुद्रा में रहती थी! कोई पूरी तरह उसे जँचता नहीं था! एक बार जब रस्सी से गिरकर उसने कमर तोड़ ली और सेवा-सुश्रूषा के लिए जनार्दन भट्ट ही बचे, तब जाकर मन पिघला मानवती का! पर अब अपनी सन्तान तो हो नहीं सकती थी तो खेतों में पड़ी मिली विद्योत्तमा को ही अपनी सन्तान की तरह पाला जैसे राजा जनक ने मुझे!

विद्योत्तमा ने मैथिल विवाह के सब अवसरों के लिए अलग तरह के गीत गढ़ रखे थे और सब सखियों के साथ ढोलक पर थाप देती जब वह तानें उठाती तो कबूतर की तरह ग्रीवा मोड़-मोड़कर लोग उधर ही देखने लगते! राम तो नतनयन ही मुस्का देते विनोद आदि किन्हीं विदग्ध प्रसंगों पर, जिनसे कि उसके गीत लबालब भरे होते, पर मेरे देवर और दूसरे बाराती आँखों से तरह-तरह की भाव-मुद्राएँ बरसाते। कटाक्ष का जवाब कटाक्ष से देने को लक्ष्मण विशेषकर अकुला जाते और भरत-शत्रुघ्न की आँखें स्त्री-जीवन के मार्मिक प्रसंगों पर भर आतीं, जिनसे ये गीत अनुस्यूत थे।

विदाई

उड़ान और फैलाव कोई परिमिति नहीं मानते! वे आकाश-तत्त्व को निवेदित हैं, पर धरती पर डग धरने हैं तो नाप-नापकर।

घूँघट की झीनी ओट में सब तमाशे देखती हुई मैं मन-ही-मन अकान रही थी कि कैसे लोगों के बीच जीवन कटना है, किससे कैसे निभाना होगा, किसको क्या जँचेगा! मेरी माँ बचपन से हर आशीर्वाद में एक ही वाक्य उचारती- "प्रसन्न रहो, प्रसन्न रखो!"

प्रसन्न रखना इतना आसान होता तो प्रसन्न रहना भी ज़्यादा कठिन नहीं होता स्त्री-समाज के लिए, और फिर इतने सारे दुःख अनन्य सहेलियों की तरह जत्था बाँधे हर तरफ से उसको घेरे नहीं रखते, जिनका संकेत विद्योत्तमा के गाए हर गीत में था! मैं ग़ौर से सब देख-सुन रही थी-परिछन के गीत, आम-महुआ ब्याह के गीत, नैना जोगिन के गीत, कन्या निरीक्षण, मातृका पूजन, कान लगने और गोणाध्याय के गीत!...और अन्त में वही विदाई जो जीवन का मूल भाव है! योग वियोग की खड़ाऊँ हो मानो-धरती पर पाँव टिकाकर कुछ देर खड़ा हो जाने का स्तम्भ, पर खटाऊँ तो खड़ाऊँ है न, कोई कितनी देर पहने? अन्ततः तो आत्मस्थ होना ही होता है! उपानह उतारकर अपने भीतर ही पालथी मारकर स्थिर होना होता है!...मेरा चिन्तन-प्रवाह फिर से लगा जैसे मुझको लपेटने।

मेरी माँ, धरती आत्मस्थ होने का यही भाव है! स्वयं में ही लौट आने का भाव! भीतर थिरा जाने का भाव, कालिका भाव जो अमावस्या में जगता है

या गर्भ के भीतर रहते हुए हर शिशु में! शारदीय नवरात्रि के पहले तीन दिन इसी को समर्पित होते हैं!

बाक़ी तीन दिन लक्ष्मी के दिन हैं-ऐश्वर्य में लीन होने के दिन! सूर्य का प्रकाश लोढ़ने के दिन जो चाहते हैं कि गर्भ से या तामसी भाव से बाहर आये वृक्ष और फूल-फलों से लद जाए! जितने दिन राम के साथ रहूँगी-इसी भाव में रहूँगी!

फिर मैं बँट जाऊँगी-मेरा एक हिस्सा जो काया है, वापस धरती के गर्भ में समा जायेगा! और दूसरा हिस्सा जो मेरी आत्मा है-पूर्ण सरस्वती भाव में आकाशलीन हो जायेगा। चन्द्रमा की किरणों-जैसा उसका प्रकाश सबका मन-मस्तिष्क शीतल करेगा-विद्या के अमृत से! मुक्ति वहीं तो है!

पर यह मैं क्या सोच रही हूँ! बन्धन की घड़ी मुक्ति की बात क्यों जनम रही है? ऐसा मेरे साथ अक्सर ही हो जाता, फिर स्वयं को ही चिकोटी काटनी पड़ती।

विदा की घड़ी मारक थी! मिथिला की एक-एक वनस्पति से, सब जीवों से गले मिली! पता नही क्यों लग रहा था, अब आना न हो सकेगा!

दूर मेरा बाल-बन्धु, चन्दन, खड़ा था, कुम्हार चाचा का बेटा! मिट्टी के कड़ुए में दही और बड़ी-बड़ी आँखों में आँसू छुपाये! कुछ देर मैं उसके पास रुकी!

जी हुआ, उससे भी गले मिलूँ और समझाऊँ कि नेह सिर्फ माटी नहीं होता, नेह चांदनी भी होता है! फिर माँ की समझायी बात याद आयी कि स्त्री-देह में पैदा होने की अपनी सीमाएँ हैं! एक-एक पाँव नापकर धरती पर धरने होते हैं! धरती पर चलने के अपने नियम हैं! उड़ान और फैलाव कोई परिमिति नहीं मानते! वे आकाश-तत्त्व को निवेदित हैं, पर धरती पर डग धरने हैं तो नाप-नापकर-। अयोध्या के राजभवन में प्रवेश करते हुए तो राह में टोकरियाँ बिछा दी गयी! टोंकरियों में पाँव धरते हुए हम सब बहनें कतार में बढ़ीं! साथ में विद्योत्तमा भी आयी थी-लोकनी दाई माँ के साथ।

नयी गृहस्थी के सुभग खटराग

देह और दैहिक ऐश्वर्य से जुड़ी सब वस्तुएँ समाज के नियमों के अनुसार ही नियोजित हों तो झमेले कम होते हैं, वरना सारा जीवन अपने परिवेश से संघर्ष करने और उसके ताने सुनने में ही निकल जाता है।

यह तो भला हो लोकनी दाई माँ का कि राजमहल की अन्य स्त्रियों के संग जल्दी ही घुल-मिलकर उन्होंने अवधी सीखी और मुझे भी सिखा दी ताकि मुझे और मेरी बहनों को उनसे अन्तरंग बातचीत साधने में कोई बाधा न हो! मैथिली से क़ाफी अलग थी अवधी की प्रकृति! 'पाँच कोस पर पानी बदले, आठ कोस पर बानी' के तर्क से बोलियाँ बदल ही जाती हैं, साथ ही आचार-विचार भी! उनमें नये ढंग से स्त्री को व्यवस्थित करने की भूमिका उसके पुरुष की ही होती है!

राम ने विवाह के दूसरे-तीसरे दिन से अयोध्या के राजमहल की गूढ़ बातें समझानी शुरू कीं और मैंने स्वयं भी लक्ष्य किया कि कितना अलग होता है उस घर का वातावरण, जिसका प्रधान पुरुष एक पत्नी का होकर न रहा हो! तीन-तीन रानियों की यह गृहस्थी इतने ऐश्वर्य के बाद भी अक्सर घटाच्छन्न रहती थी: अव्यक्त तनाव की तनातनी से गुमसुम। अव्यक्त असन्तोष की उमड़-घुमड़ दाबे नहीं दबती-दोनों हाथों से लुटाए हुए मोतियों के दान के बावजूद, बावजूद दासियों के हास-परिहास की तरंगों के!

सुमित्रा माँ के मायके की आर्थिक और सामाजिक स्थिति उतनी अच्छी न थी, और कौशल्या माँ का रूप-लावण्य लम्बी बीमारी जल्दी ही सोख गयी थी।

फिर भी इन दोनों पर दिव्य-सुन्दरी, परम तेजस्विनी कैकयी माँ हरदम नकेल ताने रहतीं! दशरथ बाबा शायद ही कभी इनके रनिवास में भोजन कर पाते! दरबार से सीधा बुलाकर कैकेयी माँ उन्हें अपने ही कक्ष लिये आतीं। चूँकि राजकाज के काम में भी उनका ही परामर्श चलता, उनके पास करने को बहुत सारी बातें होतीं! वे अक्सर उद्यान में साथ ही टहलते और समदुख-भोगिनी दोनों अन्य रानियाँ अपने गवाक्ष से उन्हें आपस में इतना खुश देखती हुई एक लम्बी उसाँस भरकर रह जातीं!...

राम ने इनके दु:ख से विगलित होकर ही एक पत्नीव्रत धारण किया था। विवाह की रात ही मेरी चूड़ियाँ घुमाते हुए वे धीरे-धीरे बोले थे-''तुम्हें वह दारुण दु:ख कभी नहीं झेलना होगा जो मेरी माँ को झेलना पड़ा! मैं कभी किसी और स्त्री की ओर आँख उठाकर देखूँगा भी नहीं! एकनिष्ठता की अपेक्षा सिर्फ स्त्रियों से की जाती है, पर स्त्री-पुरुष दोनों जब तक एकनिष्ठ नहीं होते, उनका मन, उनका जीवन, उनके बच्चों का जीवन बिखरा-बिखरा ही रहता है और धीरे-धीरे वे स्वयं उन लोगों की आँख में भी गिर जाते हैं जिनके आकर्षण में कभी आवेगान्ध हुए थे! तन-मन-धन से किया गया पूर्ण समर्पण ही हमारी लौ ऊर्ध्वमुखी रख पाता है! हवा में इधर-उधर बिखरी चिनगारियाँ लौ का सातत्य नहीं जानतीं!''

"वैसे भी ओस चाटने से कहीं प्यास बुझी है?" मैंने सहमति जताई, "जो बातें मनुष्य को अन्य प्राणियों से अलग करती है-उनमें एक एकनिष्ठता है!....हाँ, पूर्व जन्मों की स्मृतियों के घाल-मेल से यदि मन एकाधिक जगह खिंचा और तल्लीन हो गया तो एकाधिक लोगों से आत्मा का रिश्ता निभाया जा सकता है, पर समानान्तर भौतिक रिश्ते बनाना तरह-तरह के दुष्टचक्रों का जनक होकर ही रह जायेगा।"

"भौतिक रिश्ते से तुम्हारे तात्पर्य क्या है, वैदेही?"

''देह और दैहिक ऐश्वर्य से जुड़ी सब वस्तुएँ समाज के नियमों के अनुसार ही नियोजित हों तो झमेले कम होते हैं, वरना सारा जीवन अपने परिवेश से संघर्ष करने और उसके ताने सुनने में ही निकल जाता है। और सबसे बड़ी बात कि जिसके लिए सामाजिक मर्यादा के बन्धन काटे गये,

उस व्यक्ति के भी सुख का कारक आप जितना हो पाते हैं, उससे अधिक उसके दुःख के कारक चाहे-अनचाहे हो जाते हैं।''

''आश्चर्य होता है तुम्हारी बातें सुनकर! तुम भी मेरी बहन शान्ता की तरह राजमहलों में पली दस बरस की लड़की हो! तुम्हारे अपने पिता एकनिष्ठ पति रहे हैं। फिर तुम्हें प्रेम-सम्बन्धों का यह जटिल पक्ष कैसे पता?''

''मेरा जीवन शान्ता दीदी के जीवन से तुलनीय नहीं, आर्यपुत्र! मैं महलों में बन्द कभी नहीं रही। पूरा मिथिलांचल मेरा घर था-उसकी एक-एक गली, एक-एक घर मेरा अपना घर, सभी परिजन-पुरजन मेरे स्वजन। सब घर की स्त्रियों के लिए मेरी माँ अपने दरवाज़े खुले रखतीं! वे अपने जीवन की सारी गाथाएँ जो माँ से आकर सुनातीं तो माँ उनको खोएंछे में अपने प्रज्ञा-कोष से कोई-न-कोई सुनहरी सीख रखती ही जिनसे हम चारों बहनों की झोली भी अनायास भर जाती! धुर बचपन में जो भी कानों में पड़ता है, वही आत्मा का पाथेय बन जाता है!''

''तो क्या तुम्हें गलियों में, हर घर में आया-जाया करने की अनुमति थी? अकेली भटक पाती थी तुम हर जगह? सबसे खुला सम्भाषण कर पाती थी?''

''मैं मिट्टी की बेटी हूँ, राजकुंवर! मिट्टी धूप, हवा हर घर की होती है और कहीं की नहीं होती!''

''तुम सौन्दर्य की मूर्ति हो, वैदेही! बोलती हो तो अधरों से रस टपकता है! इस प्यासी दुनिया में कौन भला ऐसा होगा जो तुम पर आसक्त न हो! तुम्हें भी कोई अच्छा लगा?''

''क्यों नहीं? दुनिया में हर फूल अपनी तरह से सुन्दर है। हर व्यक्ति में कुछ-न-कुछ ऐसा है जिस पर ध्यान धरते हुए उससे प्रेम किया जा सके! इसी प्रमेय पर तो अनजान व्यक्ति से ब्याहे जाकर भी दुनिया के अधिकांश लोग सम्बन्ध निभा ले जाते हैं!''

''तुम मुझसे विवाह कर प्रसन्न तो हो न? जिस शालीन बालसखा, चन्दन के पास तुम विदाई के समय सहसा ठिठक गयी थी, उससे तुम्हारा कोई हार्दिक रिश्ता था क्या?''

"हर रिश्ता हार्दिक ही होता है। मैं राजकुमारी पैदा तो हुई नहीं थी कि जात-पात, विपन्नता आदि मेरे प्रेम-पथ की बाधा बन सकते। फिर मेरे पिता विदेह थे, ज्ञानी विदेह, जिन्हें चाम के परे भी देखना आता था। मैं चाहती तो किसी से विवाह कर सकती थी, वे मान जाते। पर मेरे अपने देह-मन में स्पन्दन जगा सकने लायक द्रावक उपस्थिति किसी की हो सकती है, इस कल्पना का अवकाश मुझे कभी मिला ही नहीं! जिसके लिए बही, स्नेह की गंगा बही! यदि आपका आरम्भिक जीवन शास्त्र-पारायण और शस्त्र-प्रशिक्षण में डूबा रहा, तो मेरा भी! इसके अलावा मैंने गृह-कार्य की दीक्षा ली, आयुर्वेद की भी। आपसे कुछ अधिक ही व्यस्त रहा मेरा बचपन! चन्दन मेरे सब बाल-सखाओं में अनूठा था। जीवन के अन्तिम क्षण तक उसकी स्मृतियाँ मुझे कृतज्ञ करेंगी।"

"क्या विवाह के कारण तुमसे उसकी बातचीत अधूरी रह गयी? क्या मैं उसकी नियुक्ति यहीं कहीं राजदरबार में कर लूँ? यदि वह इतना सुयोग्य है जितना तुमने संकेत दिया तो मुझे एक विश्वासपात्र मन्त्री मिल जायेगा।"

"सुपात्र तो वह है! जो कार्य सौंपा जाए, दत्तचित्त होकर करता है! आपका भरोसा वह कभी नहीं तोड़ेगा!"

"ठीक है, मैं उससे सम्पर्क साधूँगा! तुम माता सुमित्रा को देख लो! आज प्रात: तुलसी के बिरवे में पानी डालती हुई वे मुझे बहुत उदास दीखीं।"

"ऐसा करते हैं, आर्यपुत्र कि दोनों माताओं को अपने ही राजभवन में बुला लेते हैं। मेरा भी मन लगा रहेगा और उनका भी! हर नयी वधू उम्मीद की एक नयी किरण होती है उपेक्षिता प्रौढ़ाओं के लिए। युवावस्था बच्चे पालने में बीत जाती है, फिर बच्चे इतने व्यस्त हो जाते हैं तो जीवन एकदम सुनसान हो जाता है। मैं तो अनेक माताओं के आँचल में पली एक अनाथ बच्ची हूँ! धरती, नदी, वनस्पतियाँ, सुनयना माँ, मेरी मातृभाषा और अब आपकी तीन माताएँ– सब मेरी अपनी ही हैं! एक को अपनाते हुए उसके समस्त संसार को अंकवारता है मनुष्य, विवाह का मतलब यही है।"

''आपसे भी मेरी यही उम्मीद है कि मेरी सब माताएँ, सारे अर्जित सम्बन्ध आप इसी भाव से अंकवार लें जिस भाव से मैं आपके सब सम्बन्ध अंकवार रही हूँ! आज शाम ही जब बाबा दशरथ दरबार से लौटेंगे, मैं उनसे मिलकर उन्हें न्योता दूँगी कि हर दिन दोपहर का भोजन वे हमारे राजप्रासाद में ही ग्रहण किया करें!''

''मेरे मायके में कई तरह के स्वादिष्ट पकवान बनते हैं! मैं अपने हाथों से उन्हें बनाकर सब खिलाना चाहती हूँ! पकाऊँगी मैं, पर खिलाएँगी हमारी अन्य दो माताएँ-सुमित्रा और कौशल्या माता जिनके साथ बैठने का कोई अवसर उन्हें नहीं मिलता!''

"विद्योत्तमा, मेरे मायके की सहेली, विद्योत्तमा जो लोकनी दाई के साथ अयोध्या आयी है-सबसे मिल-जुलकर रहने वाली लड़की है! इतने दिनों में महल के एक-एक व्यक्ति के दुख-सुख वह समझ गयी। कैकेयी माँ दशरथ बाबा पर एकाधिकार चाहती हैं और प्रकृति ने उन्हें अद्भुत रूप-वैभव के साथ उन्नत बुद्धि कोश और हिम्मत भी दे रखी है!"

''एक वधू के रूप में मेरा यह धर्म बनता है कि मैं ऐसी स्थितियाँ पैदा करूँ कि उनकी बुद्धि मदाक्रान्त गज की तरह हर अंकुश तोड़ देने को उतावली न रहे! बहुतेरे उन्मत्त गजराज मैंने साधे हैं!" कहती हुई मैं सहसा हँस पड़ी और आर्यपुत्र ने मेरे ओठ छू लिए-कुछ ऐसे, जैसे कोई बालक खरहे के कान छूता है-मुग्ध विस्मय से।

कैकेयी माँ से गदायुद्ध

जब उनकी गदा उड़कर दूर जा गिरी, पहले तो उन्होंने मेरी तरफ देखा, फिर उन दासियों की तरफ जो भय और चिन्ता के आवेग में अपनी रानी के वस्त्र और उनका मन व्यवस्थित करने इधर ही भागी आ रही थीं-ठीक वैसे जैसे किसी अनाम लक्ष्यधारी के बाण से छितराया, विपरीत दिशा में भागता हिरणदल!

अगले दिन वाटिका में बहनों के साथ हरसिंगार लोढ़ते हुए मैंने एक नये पक्षी की मधुर तान सुनी! यह तान हम चारों के लिए नयी थी और विद्योत्तमा के लिए भी, जो इसे अकानता हुई कैकयी माता के महल से बाहर आ रही थी! स्पष्ट था कि यह पक्षी हमारी तरफ नहीं होता! तान की डोर पकड़े-पकड़े हम उद्यान के उस हिस्से में चले गये जो निर्जन-सा था! वहीं एक जलाशय के समीप माता कैकेयी गदा का अभ्यास करती हुई एकदम पसीने-पसीने दीखीं!

हम पाँचों ने उन्हें प्रणाम किया और शस्त्राभ्यास के समय उनका एकान्त भंग करने के लिए उनसे माफ़ी माँगती हुई वापस मुड़ने को ही थीं कि पीछे से आवाज आयी-

"जानकी, आप रहिए! बाक़ी लोग जा सकते हैं!"

चलते-चलते मेरे पैर अचानक थकमका गये! मेरी शिंजिनी ने मेरे तलवों से कहा-"धरती माँ से ताक़त ले ले! जाने क्या सुनने को मिले! पाँव तले की मिट्टी खिसके नहीं!"

धीरे-से मैं वापस मुड़ी और कैकेयी माँ के सामने आकर खड़ी हो गयी-

''आज्ञा, माँ!''

''सुना है, तुम भी शस्त्र-विद्या में पारंगत हो! हो जाए गदा युद्ध?''

''मैं आपकी बेटी, माता। माँ-बेटी के बीच कैसी प्रतियोगिता?''

"भयातुर हो?" उधर से व्यंग्य बाण चला।

यह सीधी चुनौती थी मेरे पराक्रम को! अब मैं इनकार करती तो यह मेरी गुरु, मेरी माँ का अपमान होता! इनकी आँखों में देखकर तीक्ष्ण-सा एक मुस्कान-बाण मारा। फिर फेंटा कसकर सीधी खड़ी हो गयी! कैकेयी माँ की दासियाँ भी दूर बैठी तमाशा देख रही थीं। एक ने मुझे दूसरी गदा थमाई, रानी को चषक-भर मधुपाक पिलाया, मलमल के मुलायम रुमाल से उनके आरक्त गाल पोंछे और अभिवादन करती हुई पीछे हट गयी!

अब मैं अपने मुँह से क्या कहूँ कि उस दिन के गदा-युद्ध में मैं हारती-हारती जो अचानक जीती, उसमें कौशल का योगदान ज़्यादा था या मेरे माता-पिता के संचित पुण्यों से मिली गुरु-कृपा का, पर मेरे दाँव-पेंच के कुशल विनियोग से माता कैकेयी चकित तो अवश्य थीं! आश्चर्य, कुतूहल और हल्की स्पर्द्धा की झाईं उनके चेहरे पर दबे पाँव आयी और चली गयी!

जब उनकी गदा उड़कर दूर जा गिरी, पहले तो उन्होंने मेरी तरफ देखा, फिर उन दासियों की तरफ जो भय और चिन्ता के आवेग में अपनी रानी के वस्त्र और उनका मन व्यवस्थित करने इधर ही भागी आ रही थीं—ठीक, वैसे जैसे किसी अनाम लक्ष्यधारी के बाण से छितराया, विपरीत दिशा में भागता हिरणदल! जीत थी यह या लज्जा धोने की तत्परता? मैं कैकेयी माँ की तरफ बढ़ी और उनके चरण पकड़कर ज़मीन पर ही बैठ गयी! दासियों को सुनाकर कहा-

''मेरी माँ भी कभी-कभी मुझसे जान-बूझकर हार जाती थी! आज से मैं आपकी बहू नहीं, बेटी हूँ!'' कैकेयी माँ ने मुझे उठाकर सामने खड़ा तो किया पर कुछ बोलीं नहीं।

वन गमन की सूचना

किसी के दरकते दाम्पत्य को सहारा दो तो अपना दाम्पत्य भी रसावेग से भर जाता है!

अगले सप्ताह राम के वनवास की सूचना दावानल की तरह फैली। कई कोमलगात, निरीह जीव भूलुण्ठित हो गिरे और पूरी अयोध्या को साँप सूँघ गया!

पिछले कई दिनों से, बल्कि उसी दिन से जिस दिन वह गदा-युद्ध हुआ था, कैकेयी माँ गुमसुम रहने लगी थीं, पर उनका क्रोध परवान चढ़ा जब दशरथ बाबा प्रतिदिन दोपहर का भोजन मेरे महल में लेने लगे-वह भी कभी कौशल्या माँ के सान्निध्य में, कभी सुमित्रा माँ के। तृप्ति से स्वयं पंखा झलती हुई ये दोनों माँएँ जिस चाव से उनको खिलातीं, वह देखकर मेरा मन निहाल हो जाता! इतने दिनों तक मन में थमकी रही बातें धीमे-धीमे पंख खोलने लगीं! साथ बीते पुराने दिनों की छाँव बाबा दशरथ की आँख में भी उभर जाती। समय निकालकर वे उनके शयनकक्ष में भी चले जाते! कभी-कभी उनके लिए उपहार भी लाते! पुराने दाम्पत्य में सिद्ध बासमती चावल की गन्ध होती हैं। पूरा घर गमक उठता है। गमलों में लगे फूल भी परमतृप्त होकर चटक जाते! शरीफ़े और अनार रस के आवेग में फट पड़ते! हवा इतराती हुई बहती!

किसी के दरकते दाम्पत्य को सहारा दो तो अपना दाम्पत्य भी रसावेग से भर जाता है! ये वे दिन थे जब श्रीराम की आँखों में मेरे लिए सौ दीए झिलमिलाते! मर्यादित तो वे थे, किसी के सामने तो सन्तुलन और औपचारिक दूरी बनाए रखते, पर एकान्त होते ही उनकी आतुर बाँहें मुझे घेर लेतीं!

मैं तो चाहती कि उनकी बाँहों का तकिया किये निस्पंद पड़ी रहूँ, पर वे जल्दी ही चंचल हो जाते-हजार गिलहरियों की चंचलता, हज़ार खंजनों की, हज़ार जल-प्रपातों का आवेग!

अभिसार के बाद वे मेरी चोटी अवश्य गूँथते, मुझे पायल और चूड़ियाँ पहनाते। मेरे बचपन के दिनों के बारे में पूछते! मुझसे मेरी कविताएँ सुनते और मैथिल गीत भी! कभी आवेग में मैं थिरक उठती तो मुग्ध नयनों से मेरा नृत्य देखते! मेरा मन सौ पंखों से हवा खेता हुआ दूर उड़ जाता। गहरी तृप्ति मेरे भीतर उतर आती। "मेरी उपस्थिति उसे द्रवित करती है, जिसे कोई आज तलक विचलित नहीं कर पाया। ऐसे मर्यादा पुरुषोत्तम को विचलित कर देने का सौभाग्य प्राप्त हुआ इस देह-वल्लरी को तो बधाई हो"-कभी-कभी अपने दर्पण से मैं कहती!

एक ही झटके में यह दर्पण टूट गया, किरची-किरची हो गयी शान्ति-सामरस्य-भरी दिनचर्या! यह भी तय हो गया कि रामचन्द्र चौदह वर्षों के लिए वनवास पर निकलेंगे-पिता के वचन का मान रखना है! प्राण जाए पर वचन न जाए! ठीक है, यही सही, पर मैं यहाँ उनके बिना इस दमघोंटू महल में अकेली करूँगी भी क्या? अगर ये जा रहे हैं तो मैं भी इनके पीछे जाऊँगी। ये वल्कल वस्त्रों में बाहर और मैं रेशमी परिधान में भीतर-यह तो बिल्कुल ही न होगा! तड़पकर मैंने सोचा और बाहर जाने को मुड़ी ही थी कि सामने से विद्योत्तमा उड़ते क़दमों से बढ़ी आती दीखी-

"सिया दी, लक्ष्मण लला ने ज़िद की तो राम उन्हें साथ लिये जाने को तैयार हो गये! यह समय आपके भी मान ठानने का है! बाहर प्रयाण की सारी तैयारियाँ हो चुकी हैं...कौशल्या माता बेहोश हैं, दशरथ बाबा निश्चेष्ट...माता की मूर्च्छा टूटते ही राम आपसे विदा लेने आयेंगे! यही अन्तिम अवसर है... आप अपनी समस्त तर्कणा और गहनतम भावोर्जा के साथ राम के सामने प्रकट हों और उनके साथ ही निकल लें इस दमघोंटू राजमहल से!"

''उर्मिला दी ने भी जिद ठानी थी, पर लक्ष्मण ने उनकी एक न सुनी! वैसे भी लक्ष्मण सुनते कब हैं? राम के सिवा वे किसी की नहीं सुनते! वे बाज़ी हार चुकी हैं-लक्ष्मण ने उनके होंठ अपने चुम्बनों से सिल दिये और उनके

पाँव पकड़कर एकदम से बाहर आ गये! आप सावधान रहिएगा! ऐसा कुछ आपके साथ न हो!''

''माण्डवी दीदी स्वयं ही शर्मिन्दा हैं सासु माँ के इस प्रचण्ड रूप से। श्रुतकीर्ति दीदी भी हतप्रभ हैं! भरत और शत्रुध्न-दोनों ननिहाल से जल्दी लौटें- इसका सन्देश भिजवा दिया है, पर दूरी का ध्यान रखते हुए यह उम्मीद असंगत जान पड़ती है कि वे सुबह श्री राम के प्रयाण की घड़ी तक लौट भी आयेंगे!''

''इसलिए जो होना है, होकर रहेगा! मैं तो कल ही लोकिनी माँ के साथ मिथिला लौट जाऊँगी-यदि आप अपने राम को साथ ले चलने के लिए तैयार कर पायें तो मैं भी अपने चन्दन के पास लौट जाऊँगी। हमारे गौने के दिन क़रीब आ रहे हैं । आपके पास सिर्फ़ एक रात का समय है। यह आप पर है कि रात चौदह बरस लम्बी होती है कि कुछ घण्टे।''

तर्क वल्लरी

कैकेयी माँ के कोप भवन का प्रतिपक्ष है मेरे पास! राजसी-तामसी हर कोप का एक सात्विक प्रतिपक्ष होता है और उस सबलतर प्रतिपक्ष का नाम है अहैतुक नेह! अहैतुक नेह ही है जो सृष्टि में चाँद-सूरज, फूल-तारे बनकर खिलता है, सात समुन्दर बन उमड़ता है!

मैंने विद्योत्तमा को गले से लगाकर आश्वस्त किया कि मैं अपनी जान लगा दूँगी राम को मनाने में,

"कैकेयी माँ के कोप भवन का प्रतिपक्ष है मेरे पास! राजसी-तामसी हर कोप का एक सात्विक प्रतिपक्ष होता है और उस सबलतर प्रतिपक्ष का नाम है अहैतुक नेह! अहैतुक नेह ही है जो सृष्टि में चाँद-सूरज, फूल-तारे बनकर खिलता है, सात समुन्दर बन उमड़ता है! सृष्टि में इसकी कोई काट न कभी हुई है, न होगी! इस अहैतुक, निष्प्रयोजन प्रेम का दूसरा नाम ईश्वर है! समय लगता है इस प्रेम के परवान चढ़ने में, पर समय का क्या है? आख़िर समय भी तो एक देवता है। देवताओं का देवता-काल देवता, जिसको कुछ भी नहीं व्यापता, न सुख, न दुख...एक ही गति से बढ़ा जाता है! तब ही तो वह देवाधिदेव महादेव है! अपने देश में हर मन:स्थिति का एक रूपक ही देवरूप में प्रतिष्ठित किया गया है! हर देवता एक मन:स्थिति और उसके ऊपर उठने का महद्संकल्प भी।"

वैसे में स्वयं को साहसी मानती हूँ, पर वनवास के पहले राम से एकान्त में मिलने का अन्तिम अवसर जैसे-जैसे पास आ रहा था, मेरे हृदय की धड़कन

तेज हुई जा रही थी! क्या हुआ जो लक्ष्मण की तरह वे भी 'साम-दाम-दण्ड-भेद' आज़माने पर उतारू हो गये और मेरी एक न चली? क्या करूँगी इस शोकाकुल राजप्रासाद में निठल्ली बैठी? कालकोठरी ही हो जायेगा राजप्रासाद! चौदह बरस? चौदह बरस तो मुझे इस धरती पर आये हुए भी नहीं बीते, पर तेरह वर्षों में अर्जित शास्त्रीय और व्यावहारिक विद्याओं का पराक्रम दिखाने की घड़ी मैं व्यर्थ जाने न दूँगी! इतना तो माँ ने बताया ही है कि हर अमंगल का मुँह किसी परोक्ष मंगल की गुप्त सुरंग की ओर खुलता है। हर चुनौती एक अवसर, किसी महाप्रयोजन का गुप्त द्वार है...तो इसी विश्वास से आगे बढ़ती हूँ! आ गये शायद-दरवाज़े पर ही अंकवार लेती हूँ उन्हें!"

एक-दूसरे की बाँहों में बँधे हुए हम जाने कितने प्रहर यों ही खड़े रहे! हमारा हर अंग आसन्न वियोग की आशंका से शिथिल हो गया था-उतना ही शिथिल जितना बाणबिद्ध पक्षी के डैने पड़ जाते हैं! सिर्फ धड़कनें एक-दसूरे के हृदय में टपक रही थीं-एक विद्युत-विदीर्ण गुफा की छत से जैसे माघ की घनघोर बरसात में बारिश की बूँदें टपकती हैं!

शब्द जबद गये थे! कुछ बोला ही नहीं जा रहा था-न मुझसे, न इनसे! बन्द दरवाज़े के पार कोई तेज़ी-से दौड़ता हुआ गुज़रा तो राम की तंद्रा टूटी और अचानक सहमकर वे बोल पड़े-"कठिन परीक्षा की घड़ी है, पर तुम्हारे सिर पर ही माता कौशल्या और बहू उर्मिला की देख-रेख का भार छोड़कर जा रहा हूँ! भरत नया राजा होगा! भूले से भी उसकी कोई अवमानना न हो, चेहरे पर कभी कोई ऐसा भाव न आये जो उसके हृदय पर मौन प्रहार भी करे! माता कैकेयी के सामने कम पड़ना— कम-से-कम तब तक जब तक तुम्हारा हृदय उन्हें पूरी तरह माफ़ न कर दे!"

"मैं उनके या किसी के भी सामने चौदह बरस बाद ही पड़ूँगी, आर्य, और उस समय भी उपदेश के लिए आप मेरे साथ होंगे।"

"तो क्या स्वयं को कोप भवन में रखने की सोची है?"

"मेरा कोप कोप भवन में आबद्ध नहीं रहने वाला! न भूलें, आर्य, कि मैं धरती की बेटी हूँ! कोई प्रासाद मुझे बाँध नहीं सकता-मैं चेतना का वह आयाम हूँ जो किसी चारदीवारी में बँध ही नहीं सकता! अनन्त हूँ मैं, राजकुंवर!

जैसे आप अनन्त हैं, मेरा कोप, मेरा रोष काल भैरव-सा अनन्त! मेरी चेतना के दो आयाम हैं, उनकी ही सौगन्ध, प्रभु, कोई मेरा घर हो सकता है तो वह आप स्वयं हैं। मेरी चेतना का घर-बार आप स्वयं हैं। मेरी चेतना अगर घर-बार करेगी तो आप में ही वरना अकेली रहेगी-इस समस्त सृष्टि में लीन, अप्रकट, परोक्ष, अन्तर्भुक्त, अन्तर्लीन!''

''यह समय शास्त्र-चर्चा का नहीं, देवि, यह न भूलो कि हम मनुष्यायोनि में अवस्थित हैं और यह काल आपातकाल है!''

''आप भी जानते हैं बन्धु, सच्चा मनुष्य वह है जिसके लिए हर चुनौती एक अवसर है-अन्तर्निहित सम्भावनाओं के सहस्रदल कमल खिला लेने का अवसर! चुनौतियाँ ही वह महासूर्य हैं जो ऊर्जा केन्द्रों के कमलदल में पूरी तरह खिल पाने का स्फुरण जगाती हैं।''

'' ...हमने तो अपने पहले आरोहण में ही हर कमलदल साथ खिलाने का संकल्प लिया था! आप अपने संकल्प से फिर कैसे सकते हैं? यदि रघुकुल की रीत निभानी है तो आप अपने वचन से मुँह कैसे मोड़ सकते हैं? क्या यह रघुकुल की रीत की अवमानना नहीं होगी जिसकी दुहाई देकर हमें वनवास दिया जा रहा है?''

श्रीराम के भास्वर ललाट पर हल्का-सा पसीना आया! शायद वह प्रतिश्रुति उनके भीतर अचानक कौंध गयी हो जो मैंने प्रथम स्पर्श के विहान में ही ली थी कि सुख की घड़ी में आप मुझे भूल भी जायें पर चुनौतियाँ झेलते हुए मैं सर्वदा आपकी वामांगी रहूँगी। मैं, शक्ति, आपात्काल में क्षण-भर भी आपसे विमुख नहीं होऊँगी। आपात्काल ही शक्ति-आरोहण का सबसे शुभ मुहूर्त्त होता है!

उस समय श्री राम को सम्भवत: पता नहीं हो कि इस प्रतिश्रुति का निहितार्थ क्या है तो उन्होंने आलिंगनबद्ध करते हुए यह वचन दे दिया था, पर मुझे तो मेरे माता-पिता ने और गुरुओं ने पहले से समझा रखा था कि मेरे जन्म का प्रयोजन क्या है, धरती की बेटी धरती पर धैर्य का, सन्तुलन का कौन-सा मानदण्ड स्थापित करने आयी है! यदि ये रघुकुल का धर्म निभा रहे थे तो क्या मुझे अपनी माँ धरती का धर्म निभाने का अधिकार नहीं था?

"वन का जीवन इतना आसान नहीं होता, सिया! तुम्हारे कोमल पाँवों में पग-पग पर काँटे गड़ेंगे!"

"आप गोद में पाँव रखकर मेरे काँटे निकालेंगे नहीं क्या? यह चुनौती भी तो अवसर बनेगी..."

"ये कोमल अधर भूख-प्यास से कुम्हला जायेंगे।"

"मेरे स्वामी में इतना बाहुबल है कि जहाँ तीर मारें, धरती के उसी क्रोड़ से पानी निकल आये! फिर आपका अजानुबाहु होना मेरे काम किस दिन आयेगा? कहीं से हाथ बढ़ाएँगे, फल टूट गिरेंगे मेरी झोली में!

"कुछ फल विषैले भी होते हैं!"

"वियोग से विषैला कोई फल नहीं! फिर मेरे आयुर्वेद का ज्ञान किस दिन मेरे काम आयेगा? सुफल से कुफल को अलग करके देखने की प्रज्ञा आपकी सीता में है!"

"वल्कल वस्त्र चुभते बहुत हैं!"

"वियोग से ज़्यादा नहीं।"

"यहाँ राजमहल में मेरे वियोगग्रस्त माता-पिता को कौन देखेगा।"

"श्रुतकीर्ति और माण्डवी मेरी बहनें ही हैं! सेवा के संस्कार उनमें मुझसे भी ज़्यादा प्रबल हैं। मैंने तो अपने बचपन का अधिकांश शस्त्र और शास्त्राभ्यास में बिताया। गृहकार्य में और सेवा तत्परता में ये मुझसे अधिक निपुण हैं।...हाँ, उर्मिला के लिए मेरा मन दुखता है! मेरी अन्य बहनें तो पति की छाया में निश्चिन्त रहेंगी, ये अकेली छूट जाएगी! इसे भी साथ ले लें?"

राम कुछ देर खड़े सोचते रहे, फिर कहा, "लक्ष्मण से पूछता हूँ।" मेरे पाँव थिरक उठे, पर तभी दरवाज़े पर दस्तक हुई और मैं सँभलकर खड़ी हो गयी। लम्मण लला ही खड़े थे वहाँ।

उर्मिला

अश्रुपूरित आँखों से निष्पलक अपनी स्त्री की ओर देखता हुआ धीर पुरुष दुनिया का सबसे सुन्दर दृश्य होता है। यही वह क्षण होता है जब उसका चेहरा सचमुच ही ईश्वर का चेहरा हो जाता है-धैर्य और ममता, शक्ति और करुणा का समतोल!

कुछ सोचकर मैंने तत्काल लक्ष्मण लला से बात शुरू नहीं की। भाई के सामने वे खुलकर अपनी भाभी से भी अपने मन की बात नहीं कह पाते! प्रयाण के पहले एक लम्बे अन्तरंग संवाद के लिए मुझे अपनी तीनों बहनों से अलग-अलग मिलना ही था-उनके चित्त की पीड़ा हरनी थी, उन्हें बड़ी बहन के निर्देश भी देने थे! उर्मिला के कक्ष में ही मैंने लक्ष्मण लला को बुला भेजा! मेरी बात काटना उनके लिए स्वप्नातीत था, सो वे आये, सिर झुकाए हुए आये। पलंग पर अपने दोनों ओर हंस-हंसिनी के इस सुभग जोड़े को मैंने बिठाया और बोली-

"आज आप भैया के नहीं, मेरे अनुज बनकर मुझसे अपने हृदय की व्यथा कहिए! कहिए, क्या उर्मिला की शुभ्रमूर्ति सेवा के आपके संकल्प में बाधक बन सकती है? इसका साथ आपको अधिक स्पन्दित, अधिक सेवा-तत्पर नहीं रखेगा क्या?"

लक्ष्मण सिर झुकाए खड़े रहे! आँखें भी झुकी हुई थीं! मेरे सम्बोधन पर दुबारा उठीं तो उनमें पानी की चमक थी! गला अब अवरुद्ध था।

अश्रुपूरित आँखों से निष्पलक अपनी स्त्री की ओर देखता हुआ धीर पुरुष दुनिया का सबसे सुन्दर दृश्य होता है। यही वह क्षण होता है जब उसका

चेहरा सचमुच ही ईश्वर का चेहरा हो जाता है-धैर्य और ममता, शक्ति और करुणा का समतोल! स्त्री की आँखें सावन का आकाश हैं, वहाँ घुमड़ते मेघ आर्द्रता जगाते हैं, चकित नहीं करते! पुरुष की आँखें जेठ का आकाश होने को अभिशप्त रहती हैं अक्सर क्योंकि दुनिया चलाने का यही एक ढंग उन्हें सिखाया जाता है-चिलचिलाता मार्तण्ड हो जाने का ढंग! उसकी आँख के किसी कोने में मेघ के संकेत विस्मय-विमुग्ध करते हैं!

थोड़ी देर को मैं भी द्रवित हो गयी और उर्मिला पर तो एक साथ जाने कितने तीर चल गये। वह विचलित होकर खड़ी हो गयी। उस घड़ी मुझे अपना वहाँ, उनके बीच होना एकदम से खल गया! मैं न होती तो वे चन्दन-पानी-भाव से मिल लेते! अपने होने के लिए क्षमाप्रार्थी-सी मैं बाहर निकल ही रही थी कि अचनाक याद आया -

"क्षणांश के मिलन से क्या होगा! मैं तो इसकी व्यवस्था करने आयी थी कि लखन लला के साथ यह भी चल पड़े तो हम सही अर्थों में जंगल में मंगल कर लेंगे! पलक झपकते कट जायेंगे चौदह बरस!"

दृढ़तापूर्वक पाँव रोककर मैंने कहा-"आपके भाई जिस तर्क से मुझे साथ ले जाने का तैयार हो गये, उसी तर्क से यह भी आपके साथ जा सकती है! दूसरा तर्क यह कि आप तो हर तरह से अग्रज के अनुगामी हैं, फिर प्राणप्रिया को साथ ले जाने में उनका अनुगमन क्यों नहीं?"

"भाभी, क्षमा कीजिएगा, आपकी बात का मान नहीं रख पा रहा" अवरुद्ध कण्ठ से लक्ष्मण बोले, "पर इनका स्वास्थ्य क्या इस लायक है कि ये जंगल का कठिन जीवन जी सकें-धूप में, वर्षा में, कँटीली धरती पर ठठी रह सकें? इनकी साँसों के कष्ट से आप अवगत हैं ही!"

उर्मिला को साँसों का कष्ट तो था-पुराना दमा, जो आवेग के क्षणों में और मौसम इधर-उधर होते ही तुरत उखड़ जाता था! उर्मिला हमसब बहनों में सर्वाधिक कोमलांगी थी!...अस्वास्थ्य के कारण ही उसका शरीर व्यायामसिद्ध नहीं हो पाया, उसे शस्त्र-शिक्षा भी नहीं मिल पायी, पर शास्त्रज्ञता में तो वह हम सबसे आगे थी! प्रकृति के साथ यह बात बहुत प्यारी है कि वह क्षतिपूर्ति के सिद्धान्त में विश्वास करती है-एक हाथ से कुछ लेती है तो दूसरे हाथ से उसका दुगुना लौटाती है!

स्वास्थ्य के तर्क से लक्ष्मण लला ने मुझे निरुत्तर कर ही दिया था तो आगे मेरा कर्तव्य था कि अपनी अनुजा, इस सर्वशुक्ला सरस्वती उर्मिला के प्राथमिक आवेगों के उन्नयन का उपाय मैं यों साधती कि जाने के पहले एक ऐसी पाठशाला खुलवाने के लिए अपने ससुरजी को तैयार करती जहाँ यह महल के और बाहर के भी बच्चों को कविता, संगीत और बागवानी सिखा सके! हालांकि कठिन घड़ी थी, पर ससुरजी का अपराध-बोध मेरी कोई बात मान लेने से कम ही होता। तो मैंने आँचल फैलाकर उनसे उर्मिला के लिए राजप्रासाद में ही एक पाठशाला खुलवाने का वरदान माँग लिया! फिर श्रुतकीर्ति ओर माण्डवी को अलग से बुलाकर कहा कि चौदह बरस अपनी इस बहन को जिलाए रखने का दायित्व उनपर ही है! वे बार-बार मेरे गले मिलकर रोयीं और मुझे हर तरह से आश्वस्त किया कि चाहे तो हो जाए, वे उर्मिला पर कोई भौतिक आपदा आने नहीं देंगी। आपात्काल में बहनें ही माँ होती हैं!

अरण्यकाण्ड

वन गमन

खिलौना पटककर तोड़ देनेवाले ज़िद्दी बच्चे का चिड़चिड़ा-सा एकान्त चारों तरफ उत्तरीय-सा ओढ़े हुए वे सबसे अलग-थलग ही खड़ी थीं!

अयोध्यावासी नगर की सीमा तक छोड़ने आये थे! अभी कुछ दिन पहले ही जिसे घूँघट में देखा था, उस बालिका वधू को अचानक वल्कल वस्त्रों में देख स्त्रियाँ बहुत ही विकल थीं, खासकर श्रुतकीर्ति, जिसके पति, भरत के लिए कैकेयी माँ ने राजसिंहासन माँग लिया था! राजसिंहासन वैसे कोई बड़ी बात नहीं था, पर हमारा वनवास, जो उस वरदान का उपांग था, सबको कुछ अधिक ही विह्वल किये देता था!

माता कैकेयी भी अपने झरोखे से सटकर अनमनी खड़ी थीं! कोई बड़ा सपना, झक या संकल्प अचानक पूरा होने पर आ जाए तो मन को एक झटका-सा लगता है और सहसा उसे विश्वास नहीं होता कि वह जो देख रहा है, सच ही है! खिलौना पटककर तोड़ देनेवाले ज़िद्दी बच्चे का चिड़चिड़ा-सा एकान्त चारों तरफ उत्तरीय-सा ओढ़े हुए वे सबसे अलग-थलग ही खड़ी थीं! पूरी राजधानी कौशल्या माँ और बाबा दशरथ के उपचार में जुटी थी। रोते-रोते उनकी हिचकियाँ बँध गयी थीं न! बाद में हमारे पीछे ही चल दिये लोग भी रोते-कलपते!

वल्कल सचमुच चुभ रहा था! तपिश इतनी थी कि राह के दोनों ओर लगे पेड़ भी अकबकाए खड़े थे! कुछ छौना बादलों की करुणा हम पर अवश्य उमड़ी! वे रह-रहकर अपनी छतरी टाँग देते, पर सड़कें इतनी गरम थीं कि

तलवे जलने लगे थे! जहाँ हम रथ से उतरे थे, वहाँ से सरयू नदी बहुत दूर नहीं थी, पर इतनी पास भी नहीं! बरसात में अक्सर रास्ते अप्रत्याशित रूप से दूभर हो जाते हैं-यह मैंने सुना तो था, देखा नहीं था! चन्दन, विद्योत्तमा और खेल के दूसरे साथी कई तरह के रास्ते लांघकर मिथिला के राजमहल तक हमारे साथ खेलने आते और रास्ते में घटी घटनाओं का रोचक वर्णन भी सुनाते थे-कभी कोई कीट मिल जाता, कभी कोई साँप, कभी जोंक, कभी बिच्छू, कभी कँटीली झाड़ियाँ, कभी भटकोइयाँ के फूल, कभी मेढ़क, कभी भुइला-उनकी कहानियों में सब चरित्र आते और विद्योत्तमा तो गाकर कहानियाँ सुनातीं:

राजा-राजा-राजा
ठक्-ठक्-ठक्
अहाँक बियाह करब
टर-टर-टर

आदि अनेक कथाएँ! 'आजा-पाजा, कान में समा जा' जैसे कई कथा-गीत!

हर नया अनुभव एक अच्छी पाठशाला होता है! भूख-प्यास का स्वाद इस चंचल रसना के लिए एक नया अनुभव था! पैदल चलते अभी घण्टा भी नहीं हुआ था कि यह रसना लगी ऐंठने! तीन-चार दिनों से किसी के गले एक कौर भी नहीं उतरा था। आरक्त तो राम-लखन के भी गाल हो गये थे, पर मेरा चेहरा ज़्यादा ही मुरझा गया होगा क्योंकि मुझे देख राम की आँखों मुरझा गयीं और राम की आँखें देखते हुए लखन की आँखें! एकसूत्र होना भी एक बड़ा अनुभव है। वातावरण हल्का करने के लिए मैं सहसा हँस पड़ी और कहा-"केवट काका के हाथों काकी ने खाना-पानी तो भेजा होगा! राजमहल से तो कुछ लेकर चलना निषिद्ध था।" इशारा भाँप लखन ने तीर चलाया तो बगल के पेड़ से एक साथ तीन अमरूद गिरे, तोते के जुठाए लाल बीज वाले अमरूद। पत्तों से पोंछकर हम तीनों ने पहला वनभोज किया। कुछ और चलने पर प्यास का प्रकोप बढ़ गया।

पानी के लिए लखन ने धरती पर तीर चलाया तो मेरा मन रोने-रोने को हुआ! यह मेरी माँ का हृदय था! तीर चलाने पर भी माँ के हृदय से ममता की धार ही फूटती है। स्वच्छ पानी की एक धार उछली और अंजलि पर उसको लोकते हुए मैं जान-बूझकर भीगी! क्वार की धूप चमरौधा धूप कहलाती है-जूते गाँठने वाले परिजन इसी धूप में चमड़ा सुखाते हैं! मार्त्तण्ड की किरणें ब्रह्माण्ड पर ताण्डव कर रही थीं! सहस्रार तक चिलचिला रहा था! तलवे जल रहे थे और राम-लखन दोनों तनाव में थे तो कुछ कौतुक करना आवश्यक भी था। इसलिए मैंने थोड़ा जल अंजलि में भरकर राम पर यों छिड़का जैसे वह पानी नहीं, होली का रंग हो और लखन पर ऐसे जैसे मन्त्रसिक्त जल! छिड़कते ही राम मुस्कुरा दिये, लखन ने हाथ जोड़े। मौक़ा देखकर मैंने लखन से कहा-

''भैया लखन, धरती मेरी माँ है, इस नाते आपकी भी और एक तरह से जीव-मात्र की माँ! धरा-भेदन के पहले भी इसी तरह हाथ जोड़ लेने चाहिए! आपको तो पता है, सुबह बिस्तर से उतरते हुए धरती पर अपना भार भी यों ही नहीं रख देते-पहले उससे क्षमा माँगते हैं और उसका अभिवादन करते हैं! इस कृत्य से धरती का कुछ बनता-बिगड़ता नहीं, पर अपना हृदय कोमल बना रहता है। कोमलता और कृतज्ञता-ये दोनों भाव महाभाव हैं, जिनसे आत्मा परिष्कृत होती है और मनुष्य मनुष्य बना रहता है!''

''समझता हूँ, भाभी माँ। मन-ही-मन प्रणाम किया था मैंने! हम पहले भी कई बार वन-प्रान्तर से होकर गये हैं-गुरु वशिष्ठ और विश्वामित्र—दोनों कई बार राक्षस-उपद्रव से परितप्त ऋषि-मुनियों की रक्षा के लिए वन ले गये! वहाँ हमने कई जनजातियों से अद्भुत बातें सीखीं!''

''हाँ, सिया, उनके लिए तो पूरी प्रकृति ही माँ है!''

"भाभी माँ, नदी से जाल निकालते हुए वे नदी का नमन करते हैं, पत्थर काटते हुए पहाड़ का! पेड़ से लकड़ी काटते हुए वे पेड़ की परिक्रमा करते हैं और काटी हुई लकड़ियों का गट्ठर रात-भर पेड़ के तने से सटाकर छोड़ देते हैं। जैसे बन्दरिया मरा हुआ बच्चा छाती से लगाकर घूमती रहती है, शोकाकुल पेड़ उत्तप्त हो घूमते तो नहीं, पर अपने पत्ते गिराकर उदास खड़े रहते हैं भर-रात! भर-रात ओस टपकती है उनके उन सिहरे हुए, शोकस्नात रोम-रोम से।''

वनवधू

सुन-भर लीं और मन ही मन यही सोचती रही कि कैसा अजीब इनका बचपन बीता होगा या क्या उनकी विवशताएँ रही होंगी जो उनका मन इतना संकीर्ण हो गया उन स्त्रियों के लिए जिनका जीवन किसी कारण पटरी से उतर गया, उन जातियों और जनजातियों के लिए जिनके श्रम से इनका जीवन सुगम बना या फिर उनके लिए जिन्होंने एक वैकल्पिक जीवन-दृष्टि अर्जित की!

इसी तरह पेड़ों की छाँव में रुकते-ठहरते हुए हम सरयू तट तक पहुँच गये जहाँ केवटराज और उनका पूरा परिवार हमारे स्वागत में पलकें बिछाए खड़ा था! नाव पर पाँव रखने के पहले घर के कनीय सदस्यों ने पाँव पखारे, हाथ-पाँव धुलवाए और नाव पर बैठकर ही हमने पत्तल में स्वादिष्ट, सिद्ध अन्न खाया, ताज़ा सब्ज़ियों के साथ। तब जाकर प्राणों में प्राण लौटे और यह भी समझ में आया कि अन्न को ब्रह्म क्यों कहते हैं!

राम-लखन की कीर्ति जंगल से लगे हुए सब ग्राम-प्रान्तरों में ऐसी परिव्याप्त थी जैसे पहली बारिश के अनन्तर धरती की छाती से उठी सोंधी गन्ध परिवेश में परिव्याप्त हो जाती है। पति की या पति-परिवार की कीर्ति किसी भी स्त्री के मन में वैसा ही परितोष पैदा करती है, जैसा परितोष सन्तान धारण करने के बाद गर्भ को होता है। वधू के मन में सबसे पहले तो अपने माता-पिता के लिए कृतज्ञता उमड़ती है कि उन्होंने उसके लिए ऐसा घर-वर

चुना जिस पर आने वाली सन्तानें मान कर सकें और जिनसे प्रेरणा लेते हुए वे आगे भी यश-विस्तार कर सकें! यशस्वी पति का स्पर्श भी अधिक मादक होता है। जिसके लिए पूरी दुनिया की आँखों में इतना गहन सम्मान है, वह व्यक्ति मुझे स्पर्श का मान दे रहा है-यह बात एक अलग तरह का रसोद्रेक करती है!

"शायद ऐसा ही रसोद्रेक छाती में दूध उतरने की घड़ी भी होता हो"... मैंने मन-ही-मन सोचा और सामने खड़ी किसी ग्रामवधू के आँचल में अधछुपी खड़ी उसकी बच्ची के गाल थपथपाये तो वह उसकी पीठ के पीछे ऐसे छिपी जैसे चन्द्रमा बादलों के पीछे! सन्तान-प्राप्ति की इच्छा पहली बार उस समय मेरे मन में उमड़ी। फिर मन को समझाया कि इस सुख से भी अभी चौदह-पन्द्रह वर्ष तो निश्चित ही वंचित रहना पड़ेगा। हल्की-सी चिन्ता भी उभरी कि उस समय मेरा शरीर गर्भ धारण के योग्य तो रहेगा! फिर मैंने जल्दी ही उधर से मन हटाकर चूल्हे-चक्की में लगाया। वन-प्रान्तर में जो भी उपलब्ध है, उससे स्वादिष्ट भोजन कैसे बनाना है, यह सीखना ज़रूरी था। ग्रामवधुओं ने बड़े मनोयोग से सब सिखाया। प्राचुर्य में खाना बनाना और कंगाली में आटा गीला पाना-चित्त की दो स्थितियाँ हैं जिनका अन्तर भोग के बाद ही स्पष्ट होता है।

ग्रामवधुओं की परिहासप्रियता अद्‌भुत थी। कठिन-से-कठिन परिस्थितियों का तनाव भी हँसी में उड़ा देने की कला प्राचुर्य में पली स्त्रियों से अधिक अभाव में पली स्त्रियों में होती है! भाव का अभाव से गहरा नाता होता है-यह मैंने तभी जाना! राजभवनों में होते हैं कोप भवन जहाँ कैकेयी-भाव में केश छितराकर यानी अपना क्रोध डंके की चोट पर जताकर आप इस मादक प्रतीक्षा में जुट जाएँ कि कब आयेंगे प्रियवर मनाने! सामान्य स्त्रियों के घर में ऐसा कोई कोना उनका अपना नहीं होता, न इतना अवकाश होता है उनके पास, इसलिए हज़ार कामों के बीच भी व्यंग्य बाण साधती हुई आनी-बानी रोचक ढंग से बाँच लेती हैं वे। तिनके की ओट लेना कोई उनसे सीखे! कोई उनसे सीखे भाषिक दाँव-पेंच में अभिव्यक्त लीला-भाव!

जीवन के कई पाठ उनसे सहज बातचीत में मैंने सीखे। उनसे हास-परिहास में एक अलग तरह की संजीवनी बूटी थी जो सहज ही सारी थकान हर लेती थी! उनके अलावा ऋषि-पत्नियों ने भी बहुत-कुछ समझाया-बुझाया,

जीवन चलाने-लायक कई उपदेश दिये! कुछ से मेरी सहमति बनी, कुछ से नहीं बनी, पर मैंने अपनी असहमति उनके सामने ही जताई जिनमें परिवर्तन की नमनीयता बची थी! वृद्धाओं से मैंने कुछ नहीं कहा! विनयपूर्वक उनकी बातें सुन-भर लीं और मन ही मन यही सोचती रही कि कैसा अजीब इनका बचपन बीता होगा या क्या उनकी विवशताएँ रही होंगी जो उनका मन इतना संकीर्ण हो गया उन स्त्रियों के लिए जिनका जीवन किसी कारण पटरी से उतर गया, उन जातियों और जनजातियों के लिए जिनके श्रम से इनका जीवन सुगम बना या फिर उनके लिए जिन्होंने एक वैकल्पिक जीवन-दृष्टि अर्जित की!

मूक असहमतियाँ

मानती हूँ, शारीरिक सम्बन्ध इधर-उधर जोड़ते चलने से समाज में अराजकता फैलेगी और यह बात पुरुष को भी उतने ही ध्यान से आत्मसात् करनी चाहिए जितने ध्यान से स्त्री को कि शरीर और धन अराजक विनियोग की वस्तुएँ नहीं हैं।

दो प्रसंग विशेष महत्त्व के हैं जो रह-रहकर याद आते हैं। हम उन दिनों ऋषि-परिवारों के सान्निध्य में थे! पम्पावन के रमणीय सरोवर के तट पर उनकी कुटियाँ थीं। तरह-तरह के पक्षियों के श्रुतिमधुर वृन्दगान से सुबहें भीगी होती थीं और शामें अभिसिंचित!

फूलों-फलों की इतनी प्रजातियाँ राजवाटिका में भी नहीं होतीं जितनी वन-प्रान्तर के हृदय में! वन-प्रान्तर के हृदय में तरह-तरह के मनोभावों की तरह खिले ये फूल घने अँधेरे में भी अपनी विशिष्ट सुगन्ध से पहचाने जाते! वीर बहूटियाँ और दूसरे कीट-पतंग तो इस गन्ध से मता ही जाते, खरगोश आदि नन्हे जीव भी दौड़ के बाद की थकान अपने नन्हे नथुनों से ये सुगन्ध खींचते हुए ही मिटाते!

बारहों ऋतुएँ यहाँ नववधुओं की रुनझुन-सी मदिर चाल में प्रकट होतीं। तरह-तरह के उपहारों की थाल सजाए जैसे नयी बहू अपने नये रिश्तेदारों का अभिवादन करती है-बारहों ऋतुएं हर नये-पुराने का उसी उत्सुक विनय से स्वागत करतीं!

उस रोज़ सुबह से हवा मत्तगयन्द चाल में चल रही थी! ऋषि पत्नी मुझसे बातें करती हुई जलाशय तक आयीं और वहीं हस-हंसिनी के क्रेंकार

और मयूर-नृत्य के अभिसार से सिंचित हवा में केश और आँचल सँभालती हुई तट पर बैठ गयीं। बात पातिव्रत्य की चली तो बाक़ी उचित बातों के साथ एक अनुचित बात ऋषि पत्नी के मुख से यों फूटी कि मैं उनका चेहरा देखती यही सोचती रही कि क्या परिस्थितियाँ रही होंगी जो उनकी मन:स्थिति ऐसी विचित्र बनी कि वे पति के अलावा किसी पुरुष से सिर्फ वात्सल्य का नाता रखनेवाली स्त्री को द्वितीय श्रेणी की पतिव्रता कहती हैं-''जगत् में चार प्रकार की पतिव्रताएँ हैं! उत्तम श्रेणी अपने पति के सिवा किसी पुरुष से सहज मानवीय स्नेह का सम्बन्ध भी नहीं रखती, मध्यम श्रेणी की पतिव्रता उनसे बाप-भाई-बेटे तक का वात्सल्यमूलक सम्बन्ध रखती है, निम्न कोटि की पतिव्रता बदनामी के भय से किसी पुरुष से कोई सम्बन्ध नहीं रखती और अधम श्रेणी की पतिव्रता मौक़ा न मिलने की विवशता में कोई सम्बन्ध नहीं रखती!''

''पर वात्सल्यमूलक सम्बन्ध रखने में क्या बाधा है, शुभे? सेवा-परिचर्या, उपदेश और परामर्श का नाता, दुख-सुख साझा करने का नाता, सबसे बन्धु-भाव स्थापित करते हुए अपने पुरुष के लिए और स्वयं अपने लिए एक सुखद परिवेश का निर्माण अनुचित कैसे है? मानती हूँ, शारीरिक सम्बन्ध इधर-उधर जोड़ते चलने से समाज में अराजकता फैलेगी और यह बात पुरुष को भी उतने ही ध्यान से आत्मसात् करनी चाहिए जितने ध्यान से स्त्री को कि शरीर और धन अराजक विनियोग की वस्तुएँ नहीं हैं। इससे जंगलराज फैलेगा और समाज जंगल-राज से उबरने के लिए ही बनाया गया, पर शुद्ध नेह का नाता तो दूसरे मनुष्यों के साथ क्या, जीवन-जगत-वनस्पतियों से भी बनाना चाहिए!''

''आग और तिनके का साथ अच्छा नहीं है, सिया!''

''तो स्वयं को सर्वदा भोक्ता या भोज्या भाव में रखना अच्छा है? एक क्षण को भी यह भूला नहीं जाए कि हम स्त्री-पुरुष के खाँचे में कीलित हैं? कभी सिर्फ मनुष्य-भाव में रहा ही न जाए?"

पूछने को मैं पलटकर पूछ सकती थी, पर इस वृद्धा से तर्क की संगति क्या बैठती थी? समय और ऊर्जा का दुरुपयोग ही था पक्के घड़े की आकृति बदलने का उपक्रम! उसी क्षण मैंने निर्णय लिया कि स्वयं अपने जीवन के उदाहरण से मैं जगत् को यह बात अच्छी तरह समझाऊँगी कि मानवीय सम्बन्ध की गरिमा अलग होती है। पातिव्रत्य का इससे कोई लेना-देना नहीं।

इसी तरह का एक संकल्प मैंने तब लिया था जब दुर्वासा के शाप से राम ने कबन्ध को मुक्त किया और राक्षस-योनि छोड़ते हुए उसने यह अजब सी बात कही-

''राक्षस-योनि में रहते हुए मैंने पढ़ने-लिखने, ज्ञान-ध्यान में लगे कई सात्विक लोगों अर्थात् ब्राह्मणों को कष्ट दिया: यह बात पूरी तरह भूलकर कि शाप देता हुआ, मारता हुआ और कठोर वचन कहता हुआ भी ब्राह्मण पूजनीय है और गुणगणों से युक्त और ज्ञान में निपुण शूद्र भी पूजनीय नहीं है!''

''जो शाप दे, व्यंग्य-बाण मारे, कठोर वचन कहे-यानी मन-कर्म-वचन की लगाम छोड़ दे, वह ब्राह्मण रहा कैसे? और गुणगणों से युक्त, ज्ञान में निपुण होने पर शूद्र भी कोई कैसे रहा? सात्विक से राजसी, राजसी से तामसिक का प्रवाह निरन्तर बना रहता है। अपनी प्रवृत्ति और अभिरुचि के अनुसार मनुष्य अपना व्यवसाय चुनता है और जो भी व्यवसाय वह चुने, अगर प्राणपन से और निष्ठा से उसमें लगा रहे तो वह वरेण्य ही है! कोई भी उसका अपमान कैसे कर सकता है? किसी भी स्थिति में किसी के अपमान का औचित्य कैसे सिद्ध हो सकता है? और किसी का अपमान करने या दिल दुखाने वाला सात्त्विक वृत्तियों से शासित यानी ब्राह्मण कैसे हुआ?"

दाम्पत्य की रलमल

वे दण्ड देते हुए भी क्रोध में नहीं वैद्य-भाव में होते थे! उनकी आँखों में करुणा की दीप्ति होती थी और दण्डित हो रहे व्यक्ति को भी साफ़ दीख जाता था कि यह घृणा या प्रतिशोध-वृत्ति से परिचालित न होकर मेरी कल्याण-कामना से सन्दीप्त है!

शाम को हरी घास की शय्या पर लेटे-लेटे मैंने राम की छाती पर सिर टिकाया और उनकी आँखों में देखते हुए यह प्रश्न पूछा तो श्रीराम की झिपती आँखें एकदम से खुल गयीं। वे बोले-''यह सचमुच दुखद है, सिया कि जाति-व्यवस्था रूढ़ होती जा रही है! पहले लोग अपनी अभिरुचि से व्यवसाय चुनते थे, फिर लोगों को पिता का व्यवसाय चुनना आसान लगने लगा। परिवेश में पिता के व्यवसाय की गन्ध रहती ही है। देखते-देखते भी अभिरुचि बन जाती है तो बीच में ऐसी व्यवस्था हुई कि पिता का पेशा ही अपनाने लगे लोग और जाति-व्यवस्था जकड़न बन गयी। यहीं से फिर ऊँच-नीच की शुरुआत भी लगी है होने।''

''तो आप इससे असहमत हैं न? इसके निराकरण के लिए कुछ करेंगे न? प्रकृति तो ऐसा कोई ऊँच-नीच नहीं मानती और हर फूल अपनी तरह से सुन्दर होता है।''

इस बात पर श्रीराम सोच में पड़ गये-''यह युग मर्यादा का युग है-मर्यादा का मतलब ही है घेराबन्दी! नियमावलियाँ रूढ़ हो रही हैं और राजा का धर्म बनता है नियमावलियों का पालन! नियमावलियों में परिवर्तन धर्मशास्त्र का काम है...मैं राजा तो नहीं, पर अगर कभी राजा बनना पड़ा तो कुछ ऐसे कृत्य

करने को विवश हो जाऊँगा जो तुम्हें रुचेंगे नहीं। इस बात की चिन्ता लगातार बनी रहती है कि तब तुम कहीं मुझसे रूठ न जाओ!''

''तब तो हम स्वतन्त्र घूमते हुए ही अच्छे! राजा भी नियमों में बँधा हो, ऐसा बन्दी राजा मुझे नहीं चाहिए! ''

''प्रेम एक अलग तरह का राज-पाट सौंपता है। हमीं एक-दूसरे का राज-पाट हैं। एक-दूसरे पर ही हमारा शासन है! और कोई राज्य हमें नहीं चाहिए!''

मारे तृप्ति के मेरी आँखें मुँद गयीं! यह बात राम में अच्छी थी कि किसी हिंस्र पशु या हिंस्र राक्षस को भी वे घृणा के आवेग से नहीं, कर्त्तव्यवश ही मारते थे और इस भयावह कृत्य के अनन्तर किसी क्रूरता की गन्ध उनके बात-व्यवहार में नहीं बचती थी! जिनका वध करते थे, उनके प्रति भी उनके मन में करुणा का भाव बना रहता था-ठीक वैसे जैसे नटखट बच्चे को सज़ा देते हुए शिक्षक के मन में बना रहता है! योनि बदलने की बात जो कही जाती है, वह कायान्तरण से अधिक हृदय-परिवर्तन का ही प्रतीक है, ऐसा वे भी मानते थे।

यही बात मेरे पिता, जनक में भी विशिष्ट थी। वे दण्ड देते हुए भी क्रोध में नहीं वैद्य-भाव में होते थे! उनकी आँखों में करुणा की दीप्ति होती थी और दण्डित हो रहे व्यक्ति को भी साफ़ दीख जाता था कि यह घृणा या प्रतिशोध-वृत्ति से परिचालित न होकर मेरी कल्याण-कामना से सन्दीप्त है! इसलिए वह दण्डित होकर भी उपकृत ही होता था, प्रतिशोध-पीड़ित नहीं! इस तरह से हिंसा एक अभंग चक्र होने से बच जाती थी!

पति में अपने पिता के गुणों की प्रतिच्छाया जीवन को अलग तरह की सुरभि से भर देती है! अपने पिता को कामना-कातर तो कोई भी सन्तान नहीं देख पाती, पर क्रोध में उछलते-कूदते या लोभ से परिचालित पिता बहुतेरी सन्तानों को प्रतिदिन दीख जाते हैं! इस कारण पिता के प्रति उनका नैसर्गिक प्रेम भले ही धूमिल न होता हो,पर उनके लिए उनका सम्मान अवश्य ही धूमिल हो जाता है। इसी कारण उनकी पिता से तनातनी भी होती रहती है! मेरे मायके में मेरा कोई भाई नहीं था। अयोध्या का राजभवन भी इस दृष्टि से अनूठा था कि कामनातर पिता की सन्तानें होते हुए भी यहाँ बेटे न पिता से उलझते थे, न आपस में ही! कौशल्या और सुमित्रा माताओं ने पालन-पोषण में इसका ध्यान रखा होगा, पर कैकेयी माँ के भरत भी तो वैसे ही थे! शायद इसलिए कि कैकेयी माँ से अधिक वे अन्य दो माँओं की छाया में पले!

भरत-प्रसंग

मातृछवि या पितृछवि खण्डित होना चित्त को कितना आघात देता होगा! जहाँ से विश्वास का सोता फूटता है, उसी गुफा के मुँह पर विषैली वनस्पतियाँ उग आयेंगी तो गाँव के लोग उधर देखना ही भूल जायें, यह स्वाभाविक है!

ननिहाल से लौटते हुए भरत को देर हो गयी! तब तक शोकाकुल पिता भी स्वर्ग सिधार चुके थे! राज सिंहासन उन्हें मिलने ही वाला था, पर कैकेयी माँ का प्रभाव काटकर वे सीधा हमें मनाने, वापस अयोध्या बुलाने सदल-बल आये! दूर से सदल बल आता हुआ राजा दीखा तो जनजातियाँ घबराईं, धनुष-बाण लेकर खड़ी हो गयीं, पर तब तक रथ पास आ गया था! शोकाकुल भरत ने आँसुओं से हमारे पाँव पखार दिये कि हम लौट चलें। किसी तरह समझा-बुझाकर हमने उन्हें वापस भेजा कि पिता,वह भी दिवंगत पिता, के वचन का मान तो रखना ही चाहिए! अन्ततः वे राम की चरण-पादुकाएँ लेकर वापस लौटे कि राज सिंहासन पर यही रहेंगी। वे राम के प्रतिनिधि बनकर ही राजकाज चलाएँगे।

उनके जाने के बाद राम ने मुझे बताया कि भरत तो शुरू से ही वैरागी प्रवृत्ति के थे। कैकेयी माता की अधिकार प्रमत्तता, उनकी अहमन्यता उन्हें शायद ही कभी सहज रहने देती थी! अक्सर वे तनाव में होतीं, कुछ-न-कुछ सोचती हुई, आत्ममग्न! कुब्जा के सिवा जितनी भी दास-दासियाँ थीं, उनके भय से थरथर काँपतीं। स्वयं भरत भी माता कैकेयी से सहमते,

कभी उनसे अपने मन की बात न कह पाते! तो सारी कोमल भावनाएँ उनके भीतर जब्दी ही रह गयीं, आज पहली बार उन्हें स्वयं को इस हद तक अभिव्यक्त करते हुए देखा गया!

तभी मैंने संकल्प लिया की मेरे जब बच्चे होंगे, मैं इस बात का विशेष ध्यान रखूँगी कि मेरी कोई बात या मेरा कोई लोक-व्यवहार उन्हें शर्मिन्दा न करे।

मातृछवि या पितृछवि खण्डित होना चित्त को कितना आघात देता होगा! जहाँ से विश्वास का सोता फूटता है, उसी गुफा के मुँह पर विषैली वनस्पतियाँ उग आयेंगी तो गाँव के लोग उधर देखना ही भूल जायें, यह स्वाभाविक है! भरत लला का बड़प्पन है यह कि उन्होंने विश्वास के आदि स्रोत की विषाक्तता के बावजूद अपनी विश्वासमयता बनाए रखी! फूलें-फलें भरत लला!

उनकी विदाई के बाद राम देर तक उनके बचपन के प्रसंग बताते रहे! यही मधुर प्रसंग सुनते-सुनाते हमें जाने कब नींद आ गयी! गहरी नींद में होऊँगी जब अचानक वक्ष पर कोई चुभन-सी महसूस हुई, लगा कि कोई पक्षी चोंच मार रहा है! तो क्या उसे मेरे स्तन पका हुआ खरबूज होने का आभास दे गये? राम ने एक दिन कहा था कि भूमि पर लेटी हुई देखकर कोई पक्षी तुम्हें खरबूज की बेल न समझ ले, और मैं हँसकर रह गयी थी! आज सचमुच यह अघट घट गया। चीख़ तो मैंने किसी तरह दबा ली कि राम की नींद न टूटे, पर रक्त-धार सीधी उनकी बाँह पर पड़ी और वे चौंककर उठे! धनुष-बाण ताना और मेरे उठ बैठने की हलचल से दूर उड़े पक्षी पर निशाना साधा तो मैंने गुहार लगाई-

"छोड़ दें, भोला पक्षी है! मैं कोई लेप लगा लूँगी और घाव भर जायेगा।" पर राम ने भृकुटि तानी और कहा-

"ध्यान से देखना सीखो, सिया! उड़नछू ढंग से देखने और तुरत करुणा-कातर हो जाने की वृत्ति किसी दिन तुम्हें महँगी पड़ सकती है! अपात्र पर करुणा बरसाना करुणा का अपमान है। उसे दण्डित करना ही पड़ता है ताकि समाज सावधान रहे और अपने अधिकार के और मर्यादा के घेरे में!"

"ध्यान से देखो, यह सामान्य काग नहीं, इन्द्र का बेटा जयन्त है जिसने काग के वेश में तुम्हारे समीप आने की धृष्टता की है। दोस्तों में शर्त बदकर आया होगा कि आज मैं सीता की छाया छू लूँगा-वह भी पति की बाँहों पर लेटी सीता की। जिसने किसी और के अधिकार क्षेत्र में प्रवेश किया हो और अपनी मर्यादा की सीमा लांघी हो-उसके लिए यही सज़ा उचित है।"

राम की बातें सुन मेरे गाल आरक्त हो गये, पर नैसर्गिक दोषों की निर्जरा इतनी आसान नहीं! अपात्र पर करुणा करने और ठीक से नहीं देख पाने का दोष सचमुच ही भारी पड़ा मुझ पर-विशेषकर उस दिन जिस दिन मैंने सोने के हिरण के पीछे राम को भेजा और लक्ष्मण रेखा लांघकर भगिनी के अपमान से पीड़ित साधुवेशी रावण को भिक्षा दी!

शूर्पणखा

कितने कामना-कातर पुरुषों के प्रणय-निवेदन, अपात्रों के प्रणय-निवेदन हर स्त्री को आठ से अड़तीस बरस तक झेलने होते हैं, अगर वह सबके नाक-कान काटती चले तो अधिकतर पुरुष नकटे ही मिलें। कई बार समझाने-बुझाने-धमकाने-मटियाने से ही भेद सध जाता है, ऐसे प्रत्यक्ष और वीभत्स दण्ड की आवश्यकता नहीं पड़ती!

राक्षस जनजाति की स्त्रियों के लिए परपुरुषगमन निषिद्ध नहीं! राक्षस स्त्री हो या पुरुष-अपनी देह को मदिरा के एक चषक की तरह ही देखता है, वह भी मिट्टी के चषक की तरह!

जहाँ प्यास लगी, वहीं एक चषक उठाया, गटगट पिया आसव और पात्र एक ओर फेंक दिया। बच्चे हुए तो कहीं भी जनकर आगे बढ़ जाना भी इनकी परम्परा में शामिल है! इसलिए अनाथ राक्षसों की संख्या दिनोंदिन बढ़ रही है, और चूँकि उन्हें बचपन में भी ममता और विश्वास की छाँह नहीं मिलती, हर समय वे असन्तुष्ट ही घूमते रहते हैं-क्रोध-काम-लोभ उनकी स्वाभाविक वृत्तियाँ बन जाती हैं! शरीर हट्टा-कट्टा हो और मन अशान्त तो कोई भी अगिया वैताल बनने से बच नहीं सकता है और अगिया बैताल का प्रशमन आसान नहीं होता, न प्रशमन, न उन्नयन।

जिस दिन रावण की बहन, शूर्पणखा राम की छवि पर आसक्त होकर उनसे प्रणय-निवेदन करने आयी-राम को चाहिए था, उसे समझा-बुझाकर घर भेज देते या मेरी सहायता लेते-मैं फूलों-तितलियों-कहानियों-कविताओं से

उसका जी बहलाकर उसका उन्नयन कर देती! कितने कामना-कातर पुरुषों के प्रणय-निवेदन, अपात्रों के प्रणय-निवेदन हर स्त्री को आठ से अड़तीस बरस तक झेलने होते हैं, अगर वह सबके नाक-कान काटती चले तो अधिकतर पुरुष नकटे ही मिलें। कई बार समझाने-बुझाने-धमकाने-मटियाने से ही भेद सध जाता है, ऐसे प्रत्यक्ष और वीभत्स दण्ड की आवश्यकता नहीं पड़ती!

पहली भूल तो राम ने की कि अपनी बला क्रोधी लक्ष्मण लला पर टाली, "मैं तो एक पत्नीव्रत हूँ, बेचारा लक्ष्मण बहुत दिनों से अकेला है।" लखन लला के पास कामनान्ध व्यक्ति को समझाने-बुझाने लायक धैर्य कहाँ! वे हत्थे से उखड़ गये। आव देखा, न ताव! सीधे नाक-कान ही छपट डाले! बेचारी को कितना कष्ट हुआ होगा!

स्वयं इन्हें मार नहीं पायी तो भाई के द्वार गयी! उसे ललकारा और फिर जो लीला रची गयी, मेरे बहाने अपना प्रतिशोध साधने की-वह किसी से छुपी थोड़े ही है!

समय के दोष से सबकी दुर्बल वृत्तियाँ उभर आयीं-सबसे पहले तो मेरी। सुनहरे हिरण के प्रति मेरा आकर्षण क्या स्वर्णाभूषणों के प्रति मेरे अदम्य आकर्षण की चुगली नहीं खाता? वन गमन के लिए निकलते हुए मैं मायके से मिले स्वर्णाभूषण भी मंजूषा भर-भरकर दासियों को दे आयी थी, सिर्फ एक चूड़ामणि रखी थी और कुछ सामान्य आभूषण जो सौभाग्यवती स्त्रियों को पहनने ही होते हैं-पायल, बिछिया, मंगल-सूत्र आदि! मिथिला के बड़े सुनारों से फूल-पत्र-पशु-पक्षियों के अद्‌भुत रूपाकारों में कई रत्नजड़ित स्वर्णाभूषण माँ ने साध से बनवाए थे मेरे लिए, उनका मोह अभी मिटा नहीं था! मायके की वस्तुओं के लिए मोह जल्दी मिटता भी नहीं है। यही स्वर्ण-मृग के प्रति मेरे अदम्य आकर्षण का कारण बना होगा शायद। मेरे पास स्वर्ण मृगाकृति का एक सुन्दर कर्णफूल था!

प्रकृति ने इसकी सज़ा मुझे ऐसे दी कि मायके के बचे-खुचे आभूषण भी मुझे रावण के चंगुल में दबे-दबे इधर-उधर फेंकने पड़े। सोचा, राम इनके सहारे ही रावण तक पहुँच कर मुझे स्वर्णनगरी की क़ैद से छुड़ा सकें! मनुष्य का मोह ही उसका कारागार बन जाता है। मेरा तो कारागृह ही स्वर्णिम होकर मेरे मोह का मुँह चिढ़ाने लगा!

सुन्दरकाण्ड

अशोक वन

आश्चर्य में डूब गयी यह देखकर कि बचपन में
राक्षस भी देव-शिशु-जैसे ही प्यारे और सुन्दर होते हैं!
क्रोध-काम-लोभ की लगाम छोड़ देने के प्रशिक्षण
का परिणाम है बाद के दिनों की भयावहता!

अशोक वन में शोक की प्रतिमूर्ति बन इतने महीने बैठे रहना मेरे चंचल पाँवों के लिए आसान न था, पर रावण-जैसे तामसी व्यक्ति की काँख में दबना, उसके पुष्पक में बैठे हुए उसके क्रोधाकुल, फिर कामनादग्ध प्रलाप झेलना और कठिन था! मैं सचमुच ही जड़ीभूत हो गयी थी उस दुर्गन्ध से जो हर कामनाकातर व्यक्ति की काँख से उठती है जो मन-ही-मन यह बख़ूबी समझता है कि वह इस योग्य तो नहीं कि कोई स्त्री सहज भाव से उसकी ओर खिंच सके। हर बलाघात के पीछे यही कुंठा हो, आवश्यक नहीं! कभी-कभी पूरे जंगल को आहार समझने वाली भेड़िया-वृत्ति भी रंग लाती है-विशेषकर (रावण जैसे) भौतिक धरातल पर सफल हो गये व्यक्ति में। यही तो था जो शिव-धनुष हिला भी न पाया था, शिव जो इसके आराध्य थे-उनका संकल्परूप धनुष इसके हिलाये न हिला! क्यों न हिला? क्योंकि सबका मंगल करने का भाव अर्थात् शिवत्व इसमें धार की तरह उतरा न था। जिस भाव का महारूपक हैं शिव, लोक-मंगल का वह भाव लाख तप करके भी जुटा न पाया! बाक़ी वैभव बाहरी उपक्रम से अर्जित किये जा सकते हैं, पर मानसिक शान्ति तिकड़मों से या बाहरी अभियोजन से अर्जित नहीं की जा सकती। इसका एकमात्र उत्स निष्काम सेवा या लोकमंगल है।

•

लंका आकर ही मैंने राक्षस-शिशु ग़ौर से देखे-त्रिजटा और दूसरी राक्षसियों के बच्चे, नाती-नातिन, पोते-पोती! आश्चर्य में डूब गयी यह देखकर कि बचपन में राक्षस भी देव-शिशु-जैसे ही प्यारे और सुन्दर होते हैं! क्रोध-काम-लोभ की लगाम ढीली छोड़ देने के प्रशिक्षण का परिणाम है बाद के दिनों की इनकी कुरुप भयावहता! भावगत सौन्दर्य न रहे, करुणा-सहकारिता और सहजप्रीत की लौ जगाई ही न जाए तो सुन्दर से सुन्दर व्यक्तित्व विरूप हो जाता है। अनवरत क्रोध में ही चेहरा या व्यवहार विकृत नहीं होता, कामान्धता और सब-कुछ लूट लेने की लोभान्धता भी विचित्र ढंग से विरूप कर देती है चेहरा, वाणी और व्यवहार! परकायाप्रवेश और परदुखकातरता असम्भव प्रमेय हो जाते हैं वहाँ, जहाँ सब कुछ अपने ही लिए हसोथ लेने की लालसा बचपन से ही सुलगाई जाती है!

राक्षसी वृत्तियों में प्रशिक्षण के पहले हर राक्षस-बच्चा व्यायामदीप्त सौन्दर्य की निधि होता है, उतना ही निष्पाप ओर भोला जितना आदमी का बच्चा और उससे कहीं अधिक मज़बूत और विलक्षण!

छह साल की एक बच्ची थी-त्रिजटा माँ की दौहित्री, विशाखा जो अक्सर नानी के साथ मुझसे मिलने आ जाती! उसकी नानी मेरे आँसू पोंछती तो नन्ही तलहथियाँ फैलाकर वह भी पोंछने लगती! कभी-कभी मेरी गोदी में बैठकर जटाएँ सुलझाने की भी कोशिश करती! बैठे-बैठे मैंने उसे कढ़ाई-बुनाई सिखा दी, कुछ स्तोत्र कण्ठस्थ करा दिये,कहानियों के माध्यम से मर्म स्थान भेदने वाले कई प्रसंग सुना दिये जिससे जीवन की विडम्बनाएँ, मानव-मन और प्रकृति के कई रहस्य समझने के सूत्र उसे मिल जायें!

त्रिजटा माँ चाहती थी कि कोमलता जगाने वाले प्रसंग उसे सुनाऊँ, इसके पहले कि राक्षस-समुदाय राक्षसी लूट-खसोट में उसे पारंगत कर दें! धीरे-धीरे तो मैं उससे और उसकी कुछ बाल-सखाओं से इतनी हिल-मिल गयी कि मैंने योजना बनायी कि कभी जो इस क़ैद से छूटी तो इन्हें लेकर अयोध्या जाऊँगी और वहाँ के योग्यतम कुमारों से इनका ब्याह रचाऊँगी! अगर मेरा अपना कोई पुत्र हुआ तो विशाखा की शादी उससे करा दूँगी। कितना सुखद होगा अपनी पालिता पुत्री से बेटे का ब्याह, पर मेरी सन्तान तो जाने कब आयेगी गोद में मेरे! दूल्हा दुल्हन से छोटा! लोग क्या कहेंगे, परम्परा तो उल्टी है! पर लोगों के कहने से क्या होता है और परम्पराएँ बदलती भी हैं!

स्मृतियों में मारीच प्रसंग

मगर अभी तो हम वनवास में हैं! राजधर्म या क्षात्रधर्म आपसे आपके राजवस्त्रों के साथ ही उतरवा लिया गया! कोई भी धर्म या कोई भी जाति एक परिधान ही है और परिधान वृत्तियों की तरह ही बदल दिये जा सकते हैं!

मातृत्व का यह प्रबल आवेग सुन्दर मृगछौनों को देखकर भी जग जाता था! जो मेरे दुर्भाग्य का कारक बना, वह मरीच भी एक सुन्दर मृगछौना ही तो था, रत्नजड़ित स्वर्गमृग! रत्नजड़ित स्वर्णमृग की आकृति का एक कर्णफूल माँ ने गढ़वाया था मेरे लिए-आते समय मैंने कुब्जा की बेटी को ही दे दिया जो अपनी माँ के कृत्य पर बहुत लज्जित थी-सुबह से ही मेरे हाथ-पाँव दबाती हुई निःशब्द रो ही रही थी! बच्चों को लज्जित देखना दुनिया का सबसे कठिन कार्य है।

बच्चियों से मुझको बचपन से ही प्रेम था, बच्चे-बच्चियों के अलावा पशु-शावकों और मृगादि निरीह पशुओं से भी! जब हम पंचवटी में रह रहे थे, राम-लखन को अक्सर ऋषि-मुनि अपने आश्रमों में बुलाते रहते कि उपद्रवी राक्षसों से वन को ख़ाली करें! उन्हें दिन-दिन-भर बाहर रहना पड़ता, शाम को थके-हारे घर लौटते! इस समय मैं श्रमपूर्वक अपने ही हाथों से उगाए अनाजों की स्वादिष्ट दलिया बनाती, अपनी ही उगाई सब्ज़ियाँ उस जीरे में भूनती तो ऋषि पत्नियाँ मुझे दे जाती! ईंधन की हल्की ऊष्मा में पका अन्न अमृत ही होता है। प्रायः सबके आश्रम में सेठों और राजाओं से यज्ञोपरान्त प्राप्त गाएँ थीं!

आश्रम में रह कर ज्ञान-ध्यान सीखने वाले अन्तेवासी मिल-जुलकर मक्खन बिलो लेते। फिर सामूहिक श्रम से घी निकलता तो लाख रोकने पर भी एकाध मटका घी दे ही जातीं स्त्रियाँ! कभी-कभी साथ मिलकर हम घर-गृहस्थी की बातें भी करते, पर दोपहरें अक्सर अकेली ही बीततीं! उसी समय मेरा मन मचलता कि हिरण, खरगोश मयूरादि अपने परिसर में पालूँ! गृहस्थाश्रम में विधिवत तो हम वनवास के बाद ही प्रवेश करते, तब तक पूरी धरती की माँ बनने की मेरी कामना बलवती हो जाती!

स्वर्णमृग के लिए भी मैंने याचना यही की थी कि उसे मारें नहीं,जीवित ही पकड़ लाएँ राम ताकि मैं उसे पाल सकूँ और शाम को जो वे थककर लौटें तो उछल-कूदकर, तरह-तरह के कौतुकों से राम-लखन का भी मन लगाए रखे। अयोध्या जब हम वापस लौटें तो इस अनूठे जीव के साथ!

किसी जीव को या किसी निर्दोष राक्षस को भी मार गिराना मुझे अशोभन और अकरणीय कृत्य लगता था! अक्सर इस पर मेरी राम-लखन से बहस हो जाती! मैं कहती, ''बन्दी बना लें उपद्रवियों को और उन्हें प्यार से वैकल्पिक मार्ग सुझाएँ-प्यार और मनुहार से समझाने के लिए उनकी पत्नियों-बेटियों को भी तैयार किया जा सकता है।'' उन्हें तैयार करने में मेरी भी कोई भूमिका हो सकती है-इस बारे में मैं आश्वस्त थी! पर राम कहते कि सन्मार्ग पर चलने वाले ऋषि-मुनि आर्त्त पुकार करते हुए शरण में आयें तो उन्हें आततायियों से बचाना क्षात्र धर्म हो जाता है और बचाने के क्रम में मार गिराना असंगत नहीं।

''मगर अभी तो हम वनवास में हैं! राजधर्म या क्षात्रधर्म आपसे आपके राजवस्त्रों के साथ ही उतरवा लिया गया! कोई भी धर्म या कोई भी जाति एक परिधान ही है और परिधान वृत्तियों की तरह ही बदल दिये जा सकते हैं!''

राम ऐसी बातें सुनकर प्रसन्न तो नहीं होते, पर कुछ बोलते भी नहीं! लक्ष्मण की भृकुटि तन जाती, और मुँह से चाहते-न-चाहते कुछ निकल ही जाता-''भाभी, रक्त भी एक चीज़ होती है! हम जो क्षत्रिय कुल में पैदा हुए, बचपन से क्षात्रधर्म का कुशल प्रशिक्षण लिया-किसी निरीह की आर्त्त पुकार पर हमारा रक्त न खौले, यह असम्भव है!''

बात आगे न बढ़े, इसलिए इस बात पर मैं मुस्काकर चुप हो जाती। यह ठीक है कि मेरा कोई जात-धर्म न था। खेत में पड़ी मिली बच्ची का कोई एक

जात-धर्म नहीं होता, इसलिए सब जात-धर्म उसके होते हैं या हो सकते हैं! तप से ब्राह्मण, साहस में क्षत्रिय, आकलन-विनिमय में वणिक, सेवाधर्म में शूद्र होकर एक आदर्श व्यक्ति बनने की स्वाधीनता उसी की ही सकती है जो किसी तंग घेरे में फँसा ही नहीं। जैसे हर वनस्पति में कोई-न-कोई औषधीय गुण होता ही है, हर जाति, हर व्यक्ति, हर समुदाय में भी। और इसका विलोम भी सत्य है यानी हर गुण के पड़ोस में उसका सहजात कोई दुर्गुण भी होता है जैसे कि कुंडली के हर चक्र पर सद्भाव और दुर्भाव का एक जोड़ा अवस्थित माना गया है! यह हम पर है कि हमने अपने लिए चुना क्या!

राक्षस-पत्नियाँ

पुरुष अहंकार को विशेष ठेस पहुँचती है जब कोई स्त्री उससे तर्क करे, खासकर वह स्त्री जो उसकी पालिता या रक्षिता है! और उसकी तिलमिलाहट का कोई पारावार नहीं रहता जब स्त्री के तर्क उसे निरुत्तर करें।

पुरुष अहंकार को विशेष ठेस पहुँचती है जब कोई स्त्री उससे तर्क करे, खासकर वह स्त्री जो उसकी पालिता या रक्षिता है! और उसकी तिलमिलाहट का कोई पारावार नहीं रहता जब स्त्री के तर्क उसे निरुत्तर करें। ऐसी तिलमिलाहट से स्वयं को मैं भरसक बचाकर निकल लेना चाहती थी, पर कभी-कभी तो कहा-सुनी हो ही जाती! कह-सुनकर दोनों भाई तो शिकार पर निकल जाते या ग्राम-प्रान्तर में किसी के साथ बैठकर चौपड़ खेलने लगते, पीछे मैं परितप्त होकर पेड़ों से, पक्षियों से अपने दुःख कहती।

वे मेरे दुःख से बहुत विगलित होते! पशु-पक्षियों, पेड़-पौधों का यह ऋण तो मैं कभी भी नहीं भूल सकती! जटायु को क्षत-विक्षत कर रावण जब मुझे लिये-दिये आकाश-मार्ग से आगे बढ़ा-जंगल के सब पशु-पक्षी मेरे आर्त्तनाद का पीछा करते उसी दिशा में दौड़े! उनके वश में होता तो उछलकर विमान तक पहुँच जाते और संयुक्त प्रहार से नष्ट-भ्रष्ट कर देते पुष्पक विमान! जोंकें लिपटकर रावण का सारा रक्त पी जातीं! कनखजूरे कान में, चींटियाँ नाक में घुस जातीं और जब तक वह सँभलता, बाघ-भालू हाथी-सब मिलकर उसे धराशायी कर देते।

एक बार मैं रावण की जकड़न से छूट जाती तो रावण के अस्त्र-शस्त्र छीनकर उसी पर इस कौशल से मैं चलाती कि मरता भले ही नहीं, अपंग पड़ा रहता वहीं पर! मेरी माँ ने मुझे आत्मरक्षा के कई ऐसे गुर दिये कि हाथ में एक छड़ी रखकर भी असुरक्षित नहीं होती! रावण तो छल-बल से मुझे हर लाया। एक भी अस्त्र मेरे पास नहीं था, वरना यह नौबत ही नहीं आती। ख़ैर, अभी तो सर झुकाकर राम-लखन के लौटने की प्रतीक्षा के अलावा कोई चारा नहीं रह गया था। इस समय का उपयोग मैं सखी राक्षसियों की जीवन-शैली और उनका मानस समझने में कर रही थी।

जो रावण के प्रभाव में मुझे त्रास देती हुई तृप्त थीं, उनको भी धीरे-धीरे मैंने बदला : कुछ मैंने, कुछ त्रिजटा माँ ने, जो इस बात पर ही बहुत दंग थीं कि मुझ-सी तन्वंगी स्त्री में इतनी दृढ़ता कहाँ से आयी कि रावण जैसे महाप्रतापी व्यक्ति के सतत् अनुरोध और समानान्तर कोप के आगे भी मैंने घुटने नहीं टेके।

राक्षस स्त्रियों को बचपन से यही समझाकर रखते थे कि स्त्रियाँ तो धन हैं-जो प्रभुत्वशाली होगा, उसी के पास उनकी सार्थकता है, उसी के पास वे सुरक्षित हैं। हर राक्षस की इतनी अधिक पत्नियाँ और उपपत्नियाँ थीं कि एकनिष्ठ समर्पण का अमृत उन्होंने चखा ही नहीं था! जो चखेगा नहीं, वह चखाएगा क्या? तो, उनके लिए यह समझना बहुत ही कठिन था कि प्रेम आवधिक ज्वर नहीं, वह ऐसी मनोदशा है जिसमें एक व्यक्ति के बहाने सारी दुनिया अपनी-अपनी-सी लगती है। उसके प्रति सहज समर्पण आपके मन को और तन को भी पुरइन का ऐसा पात बना देता है जिस पर कोई बाहरी बूँद टिक ही नहीं सकती। भीतर-भीतर एक नमी सिहरती रहती है, बस उसी नाम की जिसने चित्त को और देह को पुरइन का पात बना डाला!

राम से मेरी असहमतियाँ होती रहती थीं, फिर भी राम, राम थे! मेरी सांस में उनके नाम का ही इकतारा बजता था, मेरी आँखों मे उनके ही नाम के दीप प्रज्ज्वलित थे क्योंकि वे भी मेरे सिवा किसी स्त्री को जानने की ओर कभी उत्सुक नहीं हुए थे।

स्मृतियों में अयोध्या

मुझे याद आता राजभवन से विदाई का वह क्षण जब पूरी अयोध्या नगरी विषाद में डूबी थी और हम अपने हिस्से का सारा धन प्रेमविह्वल नागरिकों के नाम करते हुए धीरे-धीरे आगे बढ़ रहे थे।

अशोकवन में झड़ते हुए पत्ते कभी-कभी मेरा आभूषण बनने की ज़िद में कान पर आ बैठते, कभी गले पर, कभी सिर पर, कभी हाथ-पाँव पर! मुझे याद आता राजभवन से विदाई का वह क्षण जब पूरी अयोध्या नगरी विषाद में डूबी थी और हम अपने हिस्से का सारा धन प्रेमविह्वल नागरिकों के नाम करते हुए धीरे-धीरे आगे बढ़ रहे थे-नाना प्रकार के रत्नों से विभूषित पलंग और तरह-तरह के गहन-हार, सुवर्णसूत्र, करधनी, विचित्र अंगद, सुन्दर मयूर, हाथी-घोड़े और स्वर्ण मुद्राएँ!

राख से ढँकी आग और जलशून्य तालाब के समान श्रीहीन दशरथ बाबा से यह दृश्य देखा नहीं जा रहा था, तो उन्हें बार-बार मूर्च्छा आ जाती! माता कौशल्या, माता सुमित्रा और मेरी बहनों का भी वही हाल था! कैकेयी माँ रथ से खाने की चीज़ें उतरवाकर फाल और कुदाल रखवा रही थीं कि जंगल में ये ही अन्त तक काम आयेंगे! अपनी माँ की ओर देखने का साहस तो श्रीराम जुटा नहीं पा रहे थे, पर जैसे जुतता हुआ घोड़ा दूर खड़ी माँ की गन्ध पहचानकर थोड़ी देर को ठहर जाता है, वे भी ठिठके, फिर एकदम से आगे बढ़ गये!

जिनकी सीमा के पास की जमीन जोत दी गयी थी, वे ग्राम और फूलों से सुशोभित वन देखते हुए हम नाव पर धीरे-धीरे आगे बढ़ रहे थे,

पर मेरा आँचल पीछे की ओर ही लहरा रहा था, विशेषकर उर्मिला के लिए मैं बहुत व्याकुल थी। केवट की नाव से उतरकर कुछ देर हम बैलगाड़ी पर चले! पीछे लेटी-लेटी मैं थोड़ा अलसा गयी। अचानक तन्द्रा टूटी जब प्रस्तर खण्डों से टकराती गंगा की लहरें जीवन की विडम्बनाओं पर अट्टहास करती-सी जान पड़ीं। कहीं जल गहरा था, कहीं महान वेग से व्याप्त! किसी स्थान पर मृदंग के समान गम्भीर घोष करता हुआ बढ़ रहा था, कहीं वज्रपात का भयावह नाद करता हुआ। हमारे मन की भी यही गति थी। रमणीय चबूतरों, चौराहों और राजमार्गों से अलंकृत तरह-तरह की अट्टालिकाओं और देवमन्दिरों से सम्पन्न, श्रेष्ठ वारांगनाओं से सुशोभित, रथों, घोड़ों-और हाथियों के आवागमन से मदाक्रान्त, वाद्य ध्वनियों से अनुगुंजित, स्वस्थ मनुष्यों और हरे-भरे बगीचों से सुवासित यह अयोध्या नगरी कितनी अनजान लग रही थी अब-पिछले जनम की स्मृति-सी अचेत! देह छूटते समय दुनिया भी शायद ऐसी ही लगती हो!

एक नदी के आँचल से दूसरी नदी के आँचल तक आ जाना एक बड़ा परिवर्तन है।

स्वर्ण नगरी

मैं धरती की बेटी, फूल ही मेरे लिए भी वरेण्य थे। रत्नजड़ित स्वर्णमृग से खेलने का मोह साधा ही क्यों? कहने को तो धरती भी रत्नगर्भा होती है और समुद्र भी, पर धरती के रत्नों की प्रकृति समुद्र के रत्नों से अलग है! धरती के रत्न कस्तूरी मृग हैं-अपने वैभव से अनभिज्ञ!

कहने को तो यह स्वर्णनगरी लंका अयोध्या और मिथिला से भी कहीं अधिक वैभवशाली थी, पर शुष्क वैभव से क्या होता है? वैभव में रस का संचार तो हृदय के ये दो सुखद स्पन्दन ही करते हैं-कृतज्ञता और सहकारिता! सर से पाँव तक रत्नजड़ित स्वर्णाभूषणों से लदी स्त्री भी यदि प्रतिदिन पति के कुबोल सुनती है या उसकी प्रताड़ना झेलती है तो उसके आभूषण उसकी ज़ंजीरें ही कहलाएँगे। यही हाल है लंका नगरी का या हर उस नगरी का, जहाँ शासक रावण जैसा हो यानी ऐसा जिसे सारी दुनिया पर शासन बघाड़ने का शौक़ तो हो, पर स्वयं अपनी वृत्तियों पर जिसका कोई शासन न हो! इससे कहीं अधिक सौभाग्यवान वन्य प्रदेश के गाँव हैं-उनका सौभाग्य उन औरतों का सौभाग्य है जिनके पति उन्हें फूलों के गहने ही पहना पाते हैं, पर सच्चे नेह और हृदय की सादगी से!

मैं धरती की बेटी, फूल ही मेरे लिए भी वरेण्य थे। रत्नजड़ित स्वर्णमृग से खेलने का मोह साधा ही क्यों? कहने को तो धरती भी रत्नगर्भा होती है और समुद्र भी, पर धरती के रत्नों की प्रकृति समुद्र के रत्नों से अलग है!

धरती के रत्न कस्तूरी मृग हैं-अपनै वैभव से अनभिज्ञ! सागर के रत्न अपनी ही दीप्ति से चमत्कृत, इसलिए अहंकारी। यही अहंकार सागर को हमेशा बेचैन रखता है। भोलेपन का ठहराव धरती से ही सधता है!

माँ कौशल्या कहती थीं, मैं लक्ष्मी का ही एक रूप हूँ। जहाँ रहती हूँ, सुनहरा प्रकाश छा जाता है। यह उनका उद्‌गार था मेरे लिए। लक्ष्मी तो मैं भला क्या होऊँगी पर उस स्वर्णमृग की मायावी छवि मुझे लक्ष्मी-सा चंचल अवश्य कर गयी थी!

उसके सींगों के ऊपरी भाग इन्द्रनील नामक श्रेष्ठ मणि के बने हुए जान पड़ते थे, मुखमण्डल पर सफेद और काले रंग की बूँदें थीं, मुख का रंग चमकते हुए ताँबे-सा था! नीलकमल जैसे थे कान और उदर नीलमणि की कांति से दमक रहा था। पार्श्वभाग महुए के फूलों-से सफेद थे और बाक़ी शरीर कमल के केसर की तरह सुशोभित था। खुर, पिण्डलियाँ, पसली, पूँछ इन्द्रधनुषी, गर्दन ऊँची! वह गर्दन उचका-उचकाकर हरे पत्ते खाता हुआ अद्‌भुत दीखता था! कुछ घड़ी उतावली के साथ लौट आता। बीच-बीच में चरना छोड़कर झुण्ड के साथ खेलता-कूदता, फिर वहीं बैठ जाता!

उस दिन मैं फूल चुनती हुई थमक गयी कि सुभग दाँतों और ओठों वाला यह अद्‌भुत हिरण कैसा है, जिसके रोएँ भी चाँदी और ताँबे के बने हुए जान पड़ते हैं। यद्यपि हमारे आश्रम के आस-पास कई तरह के मनहर पशु आकर चरते थे-काली पूँछ वाली चंवरी गाय सुमर, सफेद पूँछ वाली चमर, रीछ, चितकबरे मृग, वानर और किन्नर भी-पर ऐसा रूपवान पशु पहले नहीं दीखा था!

मेरा ललिता भाव जग गया! लालित्य से लहालोट मैं राम के पास गयी और वही त्रिया हठ ठाना जो बाल-हठ के हल्के से संस्पर्श से इतना प्रभावशाली हो जाता है, जितना सुहागे के प्रभाव से सोना!

लक्ष्मण गुप्तचर की सजगता से वन-प्रान्तरों में घूमते थे। उन्होंने राम को चेताया कि यह कोई मायावी राक्षस भी हो सकता है-यथार्थ इतना सुखद नहीं हो सकता कि स्वप्न जैसा लगने लगे! पर दो ही दिन पहले लखन लला से मेरी कुछ अनबन हुई थी कि शूर्पणखा के नाक-कान क्यों काटे,

समझा-बुझाकर वापस क्यों न भेजा। भाषा का वैभव इन्हीं अवसरों पर काम आता है। लला मुझसे रूठे हुए थे और मैं भी उनकी थाली लगाकर मनुहारपूर्वक उन्हें नहीं खिला पा रही थी! राम को देवर-भाभी के बीच के इस अबोले तनाव का आभास था, और उस समय चूँकि उन्होंने लक्ष्मण का पक्ष लिया था, इस समय वे मुझे प्रसन्न कर मर्यादा पुरुष की सम्यक् दृष्टि वाली धारणा रेखांकित करने पर तुले थे। मैंने भी उनका मर्म प्रदेश स्पन्दित करने में कोई कसर नहीं छोड़ी–

"देखिए न-वह कैसे जँभाई ले रहा है और जँभाई लेते हुए उसकी जिह्वा अग्निशिखा के समान प्रज्ज्वलित है। नीलाग्र रोम वाले कदली जाति के मृग और सुगन्धित चिकने रोमवाले प्रियक जाति के मृग से भी अलग इसकी आभा है! आप पकड़ लाएंगे तो मैं प्रेम से इसे वशीभूत कर लूँगी। फिर हम इसके साथ जब अयोध्या लौटेंगे, आप तो राजकाज में लिप्त हो जायेंगे, मैं, मेरी बहनें और आपकी माताएँ इससे राजउद्यान में खेलेंगी!"

बहुत दिनों बाद मैं किसी चीज़ के लिए मचली थी, वनप्रवास की अवधि में तो पहली बार। राम अभिभूत तो हो ही गये थे। प्रिय पत्नी आकाश कुसुम भी माँगे तो कामनाकातर पुरुष विचलित हो जाता है कि कैसे तोड़कर उसके जूड़े में गूँथूँ! मैंने तो पहुँच के भीतर की चीज़ माँगी थी! अब लक्ष्मण का परामर्श चूल्हे-भाड़ में जाना ही था!

वैसे तो मेरे भीतर की लक्ष्मी ठगी जाने को अभिशप्त थी, पर मैंने यह नहीं कहा था कि हिरण पकड़ में न आये तो उसे मार ही डालो-यह सोचकर कि मृगचर्म को मेरे साथ बैठने की आसनी बनाओगे! परिहार्य हिंसा के विरुद्ध तो मैं लगातार ही रही थी! कोई जीव पकड़ में न आये तो अपनी हार मुस्काकर स्वीकार कर लेनी चाहिए कि यह भी एक लीला ही है। पकड़ में न आया-इस कारण निहत्थे पर, वह भी परम अहिंसक पर बाण चला देना न्याय नहीं था! बाण से घायल हुआ मायावी मृग-शरीर छोड़ते हुए अपने दानव रूप में प्रकट हुआ और जाते-जाते उसने अपना अचूक अस्त्र चलाया-राम की वाणी में 'हा सीतेः हा लक्ष्मण!' उचारकर। ऐसा उसने सोच-विचारकर किया कि सुनकर कम-से-कम मैं तो विचलित हो ही जाऊँ और अपनी सुरक्षा में तैनात लक्ष्मण को साम-दाम-दण्ड-भेद की नीतियों के भाषिक विनियोग द्वारा किसी तरह राम के संधान में भेजकर रहूँ!

मुझसे स्वयं भी लगातार भूल-चूक होती रहती थी, पर लखन लला ने धीरे-धीरे मेरे हृदय में पुत्र का ही स्थान ले लिया था तो उनकी भूल-चूक मुझसे सहन नहीं होती थी और जैसे माता पूरी दुनिया की झल्लाहट कभी-कभी सन्तान पर निकाल लेती है और सन्तान माता पर, हम दोनों में अक्सर वाक्संग्राम हो जाता था। ख़ूब खरी-खोटी मैंने उन्हें सुनाई और जान-बूझकर उनके मर्म पर प्रहार किया कि मुझे छोड़कर भाई की आर्त्त पुकार की दिशा में वे जायें और जाकर उनकी सुरक्षा का उपाय करें! उन्होंने मुझसे कहा–

"विदेहनन्दिनी! आप विश्वास करें-नाग, असुर, गन्धर्व, देवता, दानव और राक्षस-सब मिलकर भी आपके पति को परास्त नहीं कर सकते! आर्त्त पुकार भी कोई माया है। भाई-बहन बचपन से ही साथ होते हैं-मूल प्रवृत्तियों के साक्षी। किसी की मूल प्रवृत्तियों की पहचान भार्या से भी ज़्यादा भाई-बहन में होती है। राम किसी आघात पर आर्त्त गुहार लगाने वालों में नहीं!"

इस पर तमककर मैंने कहा–"कुलांगार! कहीं तेरी दृष्टि तो मलिन नहीं हो गयी! तू यह तो नहीं सोच रहा कि भाई रास्ते से हटे तो देवर दूसरा वर हो जाए?"

यह कहती-कहती मैं रो भी पड़ी! मैंने तत्काल गोदावरी नदी में डूब मरने की धमकी भी दी-अब मेरा पुत्रवत देवर विचलित कैसे न होता? नियति चक्र पूरा हुआ! लखन लला उधर चले और इधर दूसरी लीला में मुझको फँसाने यह रावण मेरी ओर बढ़ा-वृद्ध योगी के बाने में बढ़ा कि अतिथि-सत्कार के बहाने मैं किसी तरह लक्ष्मण-रेखा लाँघूँ और यह मुझे ले सात समुन्दर पार उड़ जाए।

स्मृति के झरोखे से लक्ष्मण रेखा

'सीतायण' पढ़ने वाले को आश्चर्य हो सकता है कि औलिया, अवधूत और पीर-पठान तो आगे की शताब्दियों में आये थे। त्रेता में सभ्यताएँ इतनी अधिक कहाँ घुली-मिली थीं कि भाषा के कूप जल में उनकी छाँह प्रकट हो!

उस त्रासदी के ठीक पहले की एक घटना याद आती है। जिन दिनों हम कुमाऊँ और गढ़वाल की पहाड़ियों में भटक रहे थे, एक भोला-भाला पहाड़ी पुत्र भाव में हमारे साथ ही चल पड़ा था। इस अनाथ बालक, शिवा की बुद्धि बहुत विकसित तो नहीं थी, पर उसका भाव पक्ष अनुपम था। तो राम-लखन का भी उस पर ऐसा ही स्नेह था जैसा बाद में हनुमान पर हुआ। यह ठीक से कुछ न सुनता, न समझता तो उससे कामचलाऊ संवाद साधने के लिए मैंने उसकी मातृभाषा उससे सीख ली थी। और अब स्थिति यह थी कि उसकी भाषा केवल मैं समझती थी और मेरी नवार्जित भाषा केवल वह। लखन लला ने मुझे तन्त्रसिद्ध लक्ष्मण-रेखा में बाँधा और उसी के भरोसे छोड़ गये। रावण जब द्वार पर दस्तक देने आया, शिवा ने उसे रेखा के बाहर रोक दिया। मैं भीतर नहा रही थी! दरवाज़ा बन्द था, फिर भी हम दोनों के बीच एक अजब संवाद घटा, जिसके बारे में सोचकर मुझे इसे कठिन समय में भी हँसी आ जाती है! रावण: "सीता माता से कहो कि बाहर एक औलिया अवधूत आया है!"

शिवा-"माताश्री, आपके बाहर एक मोटा भूत आया है।"

रावण-"जाकर कहो कि पीर पठान आया है!"

शिवा-''महाराज के हवा ज़्यादा भर गयी सो पेट में पीड़ चलने लगी है।''

सीता-"पीड़ चल रही हो अदरक, धना, फादक धणा, लील थोथा, सोवण खार, संट्या और केले की जड़ बाँध उल्टे घाघरे में घुटकी देने से आराम हो जायेगा!"

बाद की शताब्दियों में 'सीतायण' पढ़ने वाले को आश्चर्य हो सकता है कि औलिया, अवधूत और पीर पठान तो आगे की शताब्दियों में आये थे। त्रेता में सभ्यताएँ इतनी अधिक कहाँ घुली-मिली थीं कि भाषा के कूप जल में उनकी छाँह प्रकट हो! मगर ध्यान देने की बात यह है कि सीता तो मात्र एक प्रतीक है। एक प्रतीक है राम, लखन, रावण और अन्य सारे पात्र जो किसी एक युग में कीलित होने से रहे! आपके ही अवचेतन में ये बार-बार जन्म लेते हैं और इनके जुड़े पाठों का ही नया अवतरण होता है। असल अवतार ये पाठ हैं जो लोकदृष्टि के गर्भ से नये-नये संस्करणों में बाहर आते हैं! अवतार मतलब क्या-संस्करण-सत्य का पुनःपाठ, नये अर्थ-सन्दर्भों में उसका पुनर्रोपण! पुलस्त्य न्याय के हिसाब से आप पुलाव का कोई एक दाना कहीं से उठाकर सत्य के एक पक्ष का आभास पा सकते हैं!

हाँ, तो मैं यह कह रही थी कि नहाकर जब मैं बाहर निकली तो मुझे ऐसा लगा कि कोई योगी जो द्वार आया है, उसके पेट में पीड़ा है और मुझे जड़ी-बूटियाँ देकर उसकी पीर हरनी चाहिए! उससे भी बात नहीं बनी तो कोई लेप लगाकर पट्टी बाँध दूँगी! चूँकि आयुर्वेद की मैंने विधिवत शिक्षा ली थी, उस समय स्वयं को मैंने केवल एक चिकित्सक की भूमिका में देखा और चिकित्सक को किसी लक्ष्मण-रेखा, किसी घेरेबन्दी का ध्यान नहीं रहता! उसे केवल यह समझ में आता है कि सामनेवाला पीड़ा में है तो किसी उपाय से उसकी पीड़ा हरनी है। इसी आवेग में मैं सहज ही लक्ष्मण-रेखा लाँघ गयी... और सूर्य-चन्द्र-दोनों से हीन सन्ध्या के पार्श्व में जैसे अंधकार आ खड़ा होता है, दीन-हीन योगी का रूप छोड़कर अचानक रावण प्रकट हुआ और उसने मुझे महामेघ की तरह घेर लिया! तिनकों से ढँके अंधे कुएँ पर अचानक ही पाँव पड़ गया, अन्धकार के गर्त में जैसे डूब ही गयी मैं!

मेघनाद जैसा वह घनघोर स्वर अचानक लगा मेरी स्तुतियाँ बरसाने, मेरा नख-शिख वर्णन करने, स्वयंवर-प्रसंग और पूर्वराग-अनुराग का पूरा इतिहास खँगालने। मारे वितृष्णा के मैं मूर्च्छित हो गयी! अन्तिम बात जो मैंने उसके मुँह से सुनी, वह इतनी हास्यास्पद है और उसके पेटू होने का इतना वीभत्स संकेत कि वही सुनाकर आगे बढ़ती हूँ! मेरी स्तुति करते-करते और यह बताते-बताते कि मेरा यशोगान सुनता हुआ वह कितने दिनों से मुझे पाने की कामना कर रहा है, रावण अचानक ही बोला- ''और एक बार जब तुम शुद्ध घी में तरह-तरह के मसाले डालकर पितरों के लिए कुछ पका रही थी, उसकी सुरभि का झोंका लंका में मेरे शयनकक्ष तक पहुँचा और मेरी भूख जग गयी! तत्काल मैंने सेवकों को इस गन्ध के पीछे भेजा और उन्होंने आकर बताया कि जंगल की कठिन परिस्थितियों में भी तुम दत्तचित्त होकर अपने ही उगाए हुए कोमल केले के पत्तों पर पूर्वजों को भोजन परोस रही हो और उनकी आत्मा सुरभि-सन्तृप्त होकर तुम्हें शतशः आशीष दे रही हैं!-भाव की यह सूक्ष्मता मुझे बहुत रुचि और साथ ही मन्दोदरी आदि रानियों पर क्रोध आया कि हमारे गतप्राण पूर्वजों का ऐसा अभिनन्दन क्यों आयोजित नहीं करतीं! तत्काल तब मेरे मन में तुम्हें रनिवास ले आने की इच्छा बलवती हो गयी!"

"बाद में एक कौआ उधर से भुने हुए माँस की एक बोटी ले आया। छीनकर मैंने चखी बोटी और मेरा रोम-रोम ऐसा सन्तृप्त हुआ कि क्या कहूँ!... अकृत्य मैं करना नहीं चाहता था, पुण्य का क्षरण करनेवाला कोई काम नहीं-इसलिए धीरज से मैंने प्रतीक्षा कि कोई बहाना मिले, तुम्हारे ही अपनों से कोई भूल हो और मैं तुम्हें उनसे मुक्त कर अपनी रसोई और अपने शयनकक्ष की शोभा बनाऊँ। उसके बाद का तुम्हें पता ही है! बहन का अपमान करने वाले को तहस-बहस कर देना सर्वथा धर्मसम्मत है!''

यह सब उचारता-विचारता, अक-बक करता वह कब मुझे आकाश-मार्ग से ले उड़ा, यह मैं नहीं जानती।

मेरी मूर्च्छा टूटी तो भी उसका प्रलाप अविरल प्रपात की तरह बह रहा था! आत्ममग्न व्यक्ति को इसकी सुध कहाँ होती है कि कोई सुन भी रहा है कि नहीं! उसे तो अपने मुँह से उचारे हुए शब्द इतने अद्भुत लगते हैं कि वह

उनके अजस्र प्रवाह में बहता ही चला जाता है! धारावाहिक प्रलाप का अगला हिस्सा कुछ ऐसा था-

"अरी! मैं आकाश में खड़ा होकर इन दोनों भुजाओं से पूरी पृथ्वी उठा सकता हूँ! सातों समुन्दर उठाकर पी जा सकता हूँ। दुनिया-भर की सुन्दरियाँ मेरी चेरी हैं। पर मैं तुम्हें चेरी बनाकर नहीं रखूँगा-तुमको पटरानी बनाऊँगा! तुम मेरे ही योग्य हो!"

पीड़ा और अपमान से तिलमिलायी हुई मैं उसका पाश तोड़ देने का हर सम्भव यत्न कर रही थी! अणिमा, लघिमा आदि सब सिद्धियाँ मैंने साध रखी थीं, पर रावण का भी अर्जित तेज कुछ ऐसा था कि मेरा ध्यान पूरा सध नहीं रहा था। किसी तरह मन साधकर मैंने जन्मस्थान पर खिले हुए वृक्ष से प्रार्थना की कि तुम लोग राम की राह रोककर उन्हें बताना कि किस दिशा में, किस दशा में रावण मुझे हर ले गया है! बचपन में कनेर के फूल उँगलियों में पहनकर हम एक-दूसरे को राह बताने का खेल खेलते थे। छुपन-छुपाई का एक पक्ष यह भी था! जीवन में भी छुपन-छुपाई का यह रंग देखना पड़ेगा-तब यह नहीं जानती थी!

इसी तरह जो भी राह में मिला, उन सब जीव-जन्तुओं तक मैंने विचार तरंगें पहुँचायीं। जब वृद्ध जटायु तक ये तरंगें पहुँचीं तो पूरी शक्ति से रावण का पुष्पक-रथ रोककर उन्होंने उसे आकाश में ही ललकारा-

"दशमुख रावण! ठहर तू! केवल दो घड़ी ठहर, फिर देख-जैसे डंठल से फल गिरता है, कैसे मैं तुझको रथ से गिराता हूँ।"

उन्होंने ऐसा किया भी-और यथाशक्ति युद्ध में उसका अतिथि-सत्कार भी किया, बहुत भेंट-पूजा चढ़ाई! मेरे लिए उस तरफ देखना कठिन था, पर रावण के रक्त से सिंचित कुछ पंख तेज़ हवा में उड़ते-उड़ते मेरे सिर से लगे और पलटकर मैंने देखा तो हताहत रावण वृद्ध जटायु को अन्तिम साँसें गिनता छोड़कर वापस ही लौट रहा था। जटायु के शरीर की कान्ति नीले मेघ के समान थी। उनकी दाढ़ी का रंग श्वेत था। वे बड़े पराक्रमी थे, तो भी वार्द्धव्य के कारण रावण से युद्ध के दौरान वे बुझे हुए दावानल की तरह धरती पर गिरने को विवश हुए! बाबा सुग्रीव के पक्ष में मुझे अपना युद्ध कौशल भी दिखाना चाहिए था,

पर रावण की माया और उसका तंत्र-ज्ञान ऐसा था कि वह मुझे पुष्पक में मंत्रकीलित करके ही नीचे उतरा था। लाख चाहकर भी मैं कुछ न कर सकी रोने के सिवा! किसी तरह हिम्मत कर उधर देखा तो माँ धरती गोदी में अंकवारे बाबा सुग्रीव को आशीष दे रही थी और मुझको समझा रही थी-

"कभी-कभी प्रकट भूल किसी बड़े प्रयोजन का महाद्वार सिद्ध होती है! तुमने अपनी प्रज्ञा से ठीक ही निर्णय लिया, बेटी। तुम्हारा मन्तव्य ठीक था, लक्ष्मण-रेखा लाँघना प्रकट भूल है, पर इसी बहाने नये सिरे से सिद्ध होगा कि किसी पर ज़बर्दस्ती करने की राक्षसी वृत्ति पतन के गर्त्त में ले जाती है बड़े-से-बड़े तपस्वी को! रावण-वध का महाप्रयोजन सिद्ध करेगा यह तुम्हारा अपहरण। तुम श्री हो! श्री का अपहरण कभी सिद्ध नहीं होता। उसे धीरोदात्त विनय से अर्जित ही किया जा सकता है!"

रावण का रंगमहल

जो कभी मिथ्यावाचन नहीं करती, उस जिह्वा में सत्य का ताप निवास करता ही है! इसी भरोसे मैंने इतना कहा और थककर माँ धरती की गोद में बैठ गयी!

मैं बहुत दिन अपहृत रहूँगी नहीं-यह मैं भी जानती थी! पर फिलहाल तो मैं वात्याचक्र में फँसी ही थी! मेरे अपहरण की सूचना देने के लिए मृग और पक्षी अशुभसूचक मार्ग से दौड़ रहे थे! जहाँ कहीं भी रावण रथ रोकता, मैं लता की तरह बड़े-बड़े वृक्षों से लिपट जाती! असमंजस में हवा की साँसें मानो रुक-सी गयीं! सूर्यदेव मलिन पड़ गये! मेरे केशों से बिखरते हुए फूल धरती पर मार्ग का संकेत छोड़ रहे थे। रथ के वेग से उद्वेलित हवा द्वारा प्रेरित कुछ फूल उड़कर रावण का ही अभिषेक किये जा रहे हैं, इस बात से चिढ़कर मैंने गहने भी उतारकर धरती पर फेंकने शुरू कए। आवेग में पाँव झटका तो सबसे पहले बायें चरण से खिसककर नूपुर विद्युन्मण्डल के समान पृथ्वी पर गिर पड़ा! रावण के वेग से उत्पन्न उत्पातसूचक वायु के झकोरे से घबराकर पक्षी भी वृक्षों पर कोलाहल करने लगे थे।

अन्ततः जब हम स्वर्णनगरी पहुँचे और वह दुष्ट अपने वैभव-कक्ष में घसीटकर मेरी स्तुति नये सिरे से गाने लगा, मैं क्रोध से काँपने लगी और मैंने उसे खुलकर धिक्कारा–

"तू मुझे नहीं निहार रहा, रावण! रक्त का स्रोत बहानेवाली भयंकर वैतरणी नदी के दर्शन कर रहा है। मैं तेरे विनाश के लिए प्रतिश्रुत वह वन हूँ जहाँ नीलम के काँटे उगे हैं और एक तीखी शल्यमालिका उगी है।"

पर वह मदमत्त हाथी कहाँ कुछ सुननेवाला था? पहले तो अपने मुँह मियाँ मिट्ठू बना रहा, और फिर घुटने टेककर बोला-''ये सब बावड़ियाँ, भाँति-भाँति के फूलों से अच्छादित पोखरियाँ, ये बत्तीस करोड़ राक्षसियाँ, सब तुम्हें नहला-धुलाकर मेरे कक्ष तक लाएँगी और तुम्हें मैं संसार के सभी सुखों से निहाल कर दूँगा!''

''अरे मूर्ख, तेरी समझ में यह नहीं आ रहा है कि कमलसमूह में स्थित राजहंस के साथ क्रीड़ा कर चुकी यह हंसिनी जलकाक की ओर देखेगी भी क्यों? तू यह संज्ञाशून्य जड़ शरीर बाँध ले या काट ले! यह तो पिंजरा है! इस पर तेरा अधिकार हो भी गया तो क्या, मेरी आत्मा का पंछी तो कब से किसी और कल्पतरु की डाल पर बसेरा कर रहा है।''

भूख-प्यास-अनिद्रा और अपमान से थकी हुई यह क्षीण काया फिर से मूर्च्छित हो गिरे, इसके पहले मैंने रावण को अपने समस्त तेज से धमकाया-''यदि तू मुझे शयनकक्ष तक ले गया या मुझ पर किसी तरह की और जबर्दस्ती की, तो तेरी सात पुश्तों का अर्जित पुण्य तत्काल भस्म हो जायेगा और तू भी।''

जो कभी मिथ्यावाचन नहीं करती, उस जिह्वा में सत्य का ताप निवास करता ही है! इसी भरोसे मैंने इतना कहा और थककर माँ धरती की गोद में बैठ गयी! निद्रा देवी मेरी माँ की सहेली तो है ही! ठण्डी धरती का स्पर्श और निद्रा देवी की छांह का असर यह हुआ कि मुझे आगे कुछ और दिखायी नहीं पड़ा और जब इस अचेतावस्था से बाहर आयी तो मैं अशोकवन में थी-तरह-तरह की राक्षसियों से घिरी हुई!

स्त्री घास की तरह धरती पर उपजी

सीधे मुँह बोलने और सीधी आँख से देखने का सहज प्रशिक्षण राक्षसों को नहीं मिलता या यों कहें कि जिन्हें सीधे मुँह बोलने और सीधी आँख देखने का सहज प्रशिक्षण नहीं मिलता, वे ही राक्षस हो जाते हैं।

स्त्री घास की तरह धरती पर उगी! उसे रह-रहकर उखाड़ा गया। उखाड़कर जहाँ भी फेंका गया-वहाँ उसने नयी जड़ पकड़ ली और एक नया बन्धु-परिवार गढ़ लिया। बन्धु-परिवार, जिसका आधार रक्त सम्बन्ध नहीं, आत्मा के रिश्ते हैं। आत्मा के रिश्ते जो सहज ही बन जाते हैं अपने परिवेश के हर पशु-पक्षी, पेड़-पौधे, पेड़, नदी-पहाड़ से और हर उस व्यक्ति से जो उससे सीधे मुँह बोले और उसे सीधी आँख से देखे!

सीधे मुँह बोलने और सीधी आँख से देखने का सहज प्रशिक्षण राक्षसों को नहीं मिलता या यों कहें कि जिन्हें सीधे मुँह बोलने और सीधी आँख देखने का सहज प्रशिक्षण नहीं मिलता, वे ही राक्षस हो जाते हैं। राक्षसियाँ भी हर बात का टेढ़ा अर्थ निकालने और उसी बहाने लगातार त्रास देने के उपाय ढूँढ़ने में निमग्न रहती थीं! जिन्हें सही नैतिक शिक्षा नहीं मिली, वे बेचारियाँ आध्यात्मिक रूप से अपंग ही कही जायेंगी और ऐसे अपंगों से बराबरी में लड़ना किसी विदेह की बेटी को शोभा नहीं देता! मैं विदेह की बेटी-दैहिक त्रासों से क्या डरती? देह से दूर खड़ी होकर देह को देखना एक विशेष तरह की सिद्धि है जो मेरी बचपन से सधी हुई है!

पर मन, जो स्मृतियों का पुंज है, कड़ी धूप-सा चिलचिलाता ही रहता। राम-लखन की भी चिन्ता बनी रहती! भूखे-प्यासे वे वन-वन भटक रहे होंगे!

स्त्री की उपस्थिति हवा-धूप जैसी होती है। उपस्थिति में उसका ध्यान भी नहीं आता, पर अनुपस्थिति बहुत मारक हो जाती है, खासकर पुरुषों के लिए, जिन्हें घुट्टी में कठोर और परुष बने रहने का प्रशिक्षण मिलता है तो वे नारियल की भांति अपना जल तत्व भीतर ही छिपाकर रखने लगते हैं! स्त्री की अनुपस्थिति में यह जल-तत्त्व भी सूखने लगता है और आत्मा हहर जाती है!

अपने पुरुष के बिना स्त्री की आत्मा भी कम नहीं हहरती-यह तो मैं देख ही रही थी। पाँचों इन्द्रियाँ निरासक्त हो गयी थीं! न आँखों को कोई पट-परिवर्तन दीखता था, न कानों को कोई संगीत सुनायी देता था। नासिका और जीभ भी बिसुख गयी थीं! सुबह-सुबह फुलसुंघी चिड़ियाँ लगीं आकर तलवों के पास ही फुदकने। उनके नन्हे पंखों के सुखद स्पर्श से नींद खुली तो पेड़ के ऊपर घोंसला तानता बया का जोड़ा दीख गया। चोंच में चोंच मिलाकर खंजन पक्षी भी सामने झाड़ियों में बैठे थे! तोतों का एक पूरा दल इधर से उधर उड़ता हुआ उन हरियल स्मृतियों की तरह जान पड़ता था जो कोई अच्छी कविता सुनकर सहज ही डैने खोलती है और अनन्त की ओर उड़ जाने का उपक्रम करने लगती है!

यों तो लंका भी उद्यानों और वाटिकाओं की नगरी है, पर यहाँ शाल-कदम्ब-कटहल-नीम-पाकड़-बरगद-जामुन-पीपल जैसे छायादार वृक्ष कहीं दिखायी नहीं देते! जैसे विपरीत परिस्थिति में गायें बिसुख जाती हैं, सोने की चमक-दमक से चिलचिलाती इस धरती पर विशाल पेड़ भी ठिठक गये थे। इन पेड़ों से लम्बे तो राक्षस ही थे। हाँ, नारियल और ताड़ के वृक्ष उनसे लम्बे थे, पर उनसे तो छाया की उम्मीद कंजूस व्यक्ति से दया की उम्मीद जैसी थी।

मारुतिनन्दन

पेड़ किसी की बपौती नहीं होते, वे सिर्फ धरती की सन्तान होते हैं!

फिर एक दिन अचानक मारुतिनन्दन से भेंट हुई। समुद्र तट से जो हवा आ रही थी-उसकी जिह्वा पर नमक था। मेरे केशों के पोर में नमक भर गया था। मन और सर-दोनों भारी हों जब, ऐसे में 'माँ' उचारता हुआ कोई भोला-भाला जीव आपके पास आये और खाना माँगे तो रग-रग में बिजली दौड़ ही जाती है। कैसी भी थकान क्यों न व्याप गयी हो चित्त में, सहसा अस्तित्व सार्थक लगने लगता है और हुलास से उमग कर कोई भी स्त्री चौके की ओर दौड़ जाती है, पर यहाँ तो न चौका था, न चूल्हा! सीता की रसोई में सब जीव-जन्तुओं, परिजनों-पुरजनों का हिस्सा सहज ही निकल आता था-पर वह यहाँ कहाँ थी? कितनी सम्वेदनशील थी मेरी यह सन्तान कि माँ की असुविधा भाँप स्वयं ही अपने खाने की व्यवस्था कर ली। अगल-बगल की वाटिकाओं में फल तो एक से एक लगे थे! पहले मैंने उनकी ओर आँख उठाकर देखा भी न था, पर मानसपुत्र को भूख लगी तो चारों तरफ़ भोज्य ही लगा प्रकट होने! मैंने हुलसकर आँख उठाई और सिर हिलाकर अनुमति दे दी।

पेड़ किसी की बपौती नहीं होते, वे सिर्फ धरती की सन्तान होते हैं! जैसे मैं, वैसे वे! नानी के आँचल का फल नाती खाए, इसमें भला द्वन्द्व कैसा? मतवाली चाल चलता हुआ बाल हनुमान वाटिकाओं की ओर चला तो अचानक ही मुझे याद आया कि इन्द्राणी की भेजी सुधासिक्त खीर में तो भूख हरने की क्षमता अद्भुत थी! जब से यहाँ आयी हूँ, मैंने लाख परितापों के बावजूद अन्न और जल को हाथ भी नहीं लगाया तो इसी के प्रभाव से! रावण की प्रज्ञावान पत्नी

मन्दोदरी और उसके भाई विभीषण की पत्नी सरमा ने प्राय: प्रतिदिन ही छत्तीस व्यंजनों से भरी थाल मेरे लिये भेजी और मनुहारपूर्वक खिलाना भी चाहा! मैं उनकी सदाशयता के आगे नतमस्तक हूँ पर प्रतिपक्षी का अन्न-जन ग्रहण करना मेरे शरीर को सह्य नहीं! वैसे भी थोड़ी-थोड़ी सी बात पर मुझे उल्टी आ जाती है-कोई दुर्गन्ध, कोई कठोर बात मुझमें हूल जगा जाती है। भले ही सोने की हो, चौंसठ व्यंजनों से भरी हो-परोसने वाले के हृदय की कुटिलता भोजन विषाक्त कर जाती है। वैसे मन्दोदरी और सरमा स्वच्छहृदय स्त्रियाँ थीं, पर उनका दिया भोजन इसलिए विषतुल्य था कि उसमें रावण के लूट के पैसों की गन्ध थी!

यह तो मैं नहीं कहूँगी कि रावण अपनी प्रजा पर अन्याय करता था! उसके अपने लोग उससे प्रसन्न रहते थे, पर जो अपने जैसा नहीं है या उससे दबकर रहने को तैयार नहीं है-उसको चुटकियों में मसल देना उसे धर्मसंगत लगता था! धर्म की उसकी परिभाषा अपनी ही गढ़ी हुई थी-उसके सर्वतोमुखी अहंकार का एक मुँह विद्वत्ता की ओर भी खुलता था! इतनी विद्वत्ता उसमें थी कि अपना अलग शास्त्र गढ़ ले! बुद्धि की यही तो सीमा है कि तर्क किसी भी पक्ष से किया जा सकता है! बुद्धिका पक्ष अहंकार का पक्ष होता है और उसकी भाषा सिरफिरे दहाड़ की भाषा होती है जिसमें प्रतिपक्षी की बात सुनने का शील ही नहीं होता!

त्रिजटा के सिवा मन्दोदरी और सरमा से इसके जो क़िस्से सुनती रहती थी, उनसे ही मेरी यह धारणा बनी! मुझे रावण के क़िस्से सुनने में कोई अभिरुचि नहीं थी, लेकिन दुखी पत्नियों का प्रिय-व्यसन पति-चर्चा ही होता है! कितना भी कुकर्मी पति हो, वे उससे त्राण ही नहीं पातीं। अनुपस्थिति में भी वही उपस्थित होता है!

सरमा के दु:ख का स्रोत उनके पति विभीषण तो नहीं थे, रावण था! उनका दु:ख लाख चाहकर भी अन्याय का प्रतिकार न करने वाले पति की पत्नी का दु:ख था, राज्यसत्ता द्वारा प्रताड़ित, दबे हुए आदमी का दुख, पर मन्दोदरी के दु:ख का आकर-स्रोत तो उनका पति ही था। इतनी सारी पत्नियों-उपपत्नियों से घिरे व्यक्ति की पत्नी होने का मतलब क्या-भेड़ों में एक भेड़, जिससे बस भेड़चाल की अपेक्षा हो! राजा उसे राजमहिषी का गौरव ही क्यों न दे-उसे अजीब जन्तु जैसा तो अवश्य दिखायी देता होगा! अगर मन्दोदरी सौ पतियों-उपपतियों के बीच रावण को सर्वाधिक महत्त्व देती भी तो क्या वह प्रसन्न रह पाता? स्वयं को और दूसरों को अलग-अलग मानदण्डों पर कसने वाला व्यक्ति ही सच्चा अन्यायी है।

मंदोदरी माँ

क्रोधी व्यक्ति की पत्नी को उसके राक्षसी आवेग से, क्रोध से, कामना से छन्द बनाने में बहुत समय लगता है!

ये बातें मन्दोदरी मुझसे कहती नहीं थीं। वे रावण को लगातार कुछ-कुछ समझाती भी रहती थीं, पर अहंकारी व्यक्ति वज्रवधिर होने को अभिशप्त होता है-यह कौन नहीं जानता? अपना यह दुःख उन्होंने प्रत्यक्ष नहीं बताया, पर उस दिन एकान्त में मुझसे एक अलग तरह का वृत्तान्त अवश्य सुनाया-"प्रिय जानकी, क्रोध हो, कामना हो या लोभ हो-सबका उद्गम स्रोत अहंकार ही तो है! 'विनाशकाले विपरीत बुद्धि', के तर्क से कभी-कभी लोग हितैषियों की बात भी अनसुनी कर देते हैं, पर तुम्हारी बात रावण सुन सकते हैं। तुम्हारे प्रति उनका व्यवहार अन्य स्त्रियों के प्रति उनके व्यवहार से सर्वथा अलग है-वे तुम पर बलाघात नहीं करेंगे! इसका एक कारण तो तुम्हारा अपना अर्जित तेज है। दूसरा कारण एक रहस्य भी है, एक अज्ञात भय जो प्रकृति उनके मन में भर गयी है। प्रकृति का अपना सुरक्षा-कवच भी होता है जो वह उन्हें ही पहनाती है जिनका मन प्रकृति की तरह ही निश्छल हो! इस समय प्रकृति मेरे आह्वान पर तुम्हें यह सुरक्षा कवच पहना गयी है। रावण नहीं जानते, पर प्रकृति जानती है कि रावण तुम्हारे पिता हैं।"

"यह आप क्या कह रही हैं?" मैं चौंकी।

"हाँ, सीता, मैं ही वह अभिशप्त माँ हूँ जिसने तुम्हें टोकरी में बन्दकर समुद्र की लहरों पर छोड़ दिया था! पहली सन्तान बेटी हो-यह रावण चाहते नहीं थे। साल-भर पहले ही हमारा विवाह हुआ था-क्रोधी व्यक्ति की पत्नी

को उसके राक्षसी आवेग से, क्रोध से, कामना से-छन्द बनाने में बहुत समय लगता है! मुझे भी लगा! शुरू-शुरू में मैं उनसे इतना डरती थी कि मन की बात उचार ही नहीं पाती थी कभी।''

''समझ सकती हूँ।'' मैंने कह तो दिया, पर इस तरह का भय मेरे अपने अनुभव से परे थे। आगे मंदोदरी बोलीं- "यह वह हज़ार बार कह चुके थे कि पहली सन्तान उन्हें बेटा ही चाहिए जो उन जैसा पराक्रमी हो। बेटी हुई तो पटककर मार डालेंगे!"

इसी भय से मैंने समुद्र की लहरों का सहारा लिया और पीछे प्रकृति के दूत भेज दिये कि सही तट पर टोकरी को किनारा मिले! समुद्र के रास्ते गंगा-तट पर, गंगा-तट से निकटवर्त्ती भूगर्भ तक तुम कैसे पहुँची, इसका समाचार एक-एक क़दम पर धूप, हवा, मिट्टी पहुँचाती ही रही मुझे और चैन की साँस मैंने भरी जब अन्ततः राजा जनक के हल से तुम्हारा अन्तर्घट टकराया!''

कुछ देर तक तो मैं सहमी बैठी रही, फिर अशोक की एक टहनी जो मुझ पर टूट गिरी तो मैं आयी होश में और यह सोचने लगी कि स्त्रियों के दुःख के रंग भी माटी के रंग की तरह ही हर ढाई कोस पर बदल जाते हैं, पर माटी वही की वही रहती है।

तो मन्दोदरी मेरी माँ थी? मैं तो अपनी ननद शान्ता के दुःख से आहत रहती थी कि बाबा दशरथ ने उन्हें अपनी सन्तान का स्थान दिया ही नहीं! बेटी के होते हुए वे स्वयं को तब तक निःसन्तान मानते जब तक उन्हें चार बेटे न हुए। एक पर एक तीन विवाह किये-फिर औषधिसिक्त खीर के सेवन से तीनों पत्नियाँ गर्भवती हुईं और चार बेटे हुए। तब जाकर उनका मन सन्तान-सुख का आस्वाद ले सका!

आठ बरस की शांता

बीज में ही आसीन रहे तो ओजस ही तप बनता है!
मस्तिष्क की वही अग्नि देर तक धधकती रहे तो
प्रकृति भी तपने लगती है!

आठ बरस की ही थीं शान्ता कि प्रौढ़ ऋषि का तप-भंग करने की निदेशना उन्हें मिली! नन्ही-सी बच्ची और यह विचित्र-सी निदेशना कि अप्सराओं की तरह ऋष्यशृंगऋषि के तपभंग की पहल करें! किसी ज्योतिषी ने निदेश दिया था कि उनके तप के तेज से ही अयोध्या के निकटवर्ती राज्य अंग में अकाल आ गया था! मनुष्य के भीतर का जल-तत्व विरल हो तो उसके परिवेश में भी सुखाड़ आ जाता है, हमारे आदि-चिन्तकों ने पिण्ड और ब्रह्माण्ड के बीच ऐसा अन्योन्याश्रय सम्बन्ध बताया है! वहाँ के राजा रोमपद चक्रवर्ती सम्राट् दशरथ से यह प्रार्थना करने आये थे कि उनके अपनी बेटी नहीं तो सम्राट् राजकुमारी शान्ता को ही अप्सरा की भूमिका में विभण्डक ऋषि के दृढ़प्रतिज्ञ पुत्र ऋष्यशृंग का तप-भंग करने को भेजें, "आप तो जानते ही हैं, महाराज, कि लगातार के मनन से ब्रह्मचारी के मस्तिक में तप की जो अग्नि उत्पन्न हुई है, उसी ने उन्हें सिद्ध बनाया है। अनगिन तान्त्रिक प्रयोगों से प्रकृति भी वश में कर रखी है मुनि ने!"

"जानता हूँ। बीज में ही आसीन रहे तो ओजस ही तप बनता है! मस्तिष्क की वही अग्नि देर तक धधकती रहे तो प्रकृति भी तपने लगती है! दोनों का ताप हरने में किसी पुण्यगात सुन्दर स्त्री का उपयोग हो सकता है। वर्षा का कारक वही है, पर मेरी ही शान्ता क्योंकर? अप्सराएं क्यों नहीं?" एक बार बाबा दशरथ ने पूछा जरूर!

"इसलिए कि वह अप्सराओं के गोत्र का बालक है! उसके पिता का तप-भंग मेनका ने किया था! अपने गोत्र के बालक से अप्सराएँ भी सम्बन्ध स्थापित नहीं करतीं!"

कुछ ही देर सोचा बाबा दशरथ ने और फिर बलि की तैयारी शुरू कर दी यानी माता कौशल्या को समझा-बुझाकर राजी कर लिया कि तप भंग के बाद ऋषि की पत्नी होना गौरव की बात हैं!

वनवास के पहले चरण में ही हम शान्ता दीदी से मिलने ऋष्यशृंग ऋषि के आश्रम गये थे! वे वहाँ प्रसन्न दीखीं, फिर भी एक भाभी का दायित्व निभाते हुए मैंने उनसे हृदय-संवाद करने की ठानी ताकि आश्वस्त हो सकूँ कि उनकी प्रसन्नता ऊपर से लादी हुई तो नहीं है! पाकड़ की घनी छाँह में तृण का बिछौना बना हम दोनों ननद-भाभी लेटीं तो बातों-बातों में उन्होंने उस दिन का हाल बताया, जब इतने विकट प्रयोजन की सिद्धि के लिए उन्हें तपमग्न ऋषि के द्वार पर अकेला ही भेजा गया!

"माँ सन्तप्त थी और डरी हुई भी कि ऋषि का क्रोध मुझ जलाकर भस्म न कर दे...पर मैंने उससे कहा कि-मुग्ध करना हो तो सही तृप्ति ऐसे तपस्वी को मुग्ध कर लेने में ही है, जिसने किसी की ओर कभी आँख उठाकर देखा ही न हो, सामान्य पुरुषों को मुग्ध करने में क्या स्फुरण-स्त्री-मात्र की उपस्थिति जिन्हें द्रवित कर जाती है?"

"तो आपने मन को समझा लिया, पर उनका ध्यान खींचने को किया क्या? वे तो आँखें मूँदे निश्चल बैठे होंगे!"

"रससिद्ध गीत गुनगुनाती हुई बढ़ी। उनके आश्रम के ठीक सामने वाले चम्पक-वृक्ष की छाँह गही! तने से पीठ टेकी और आसमान की ओर देखते हुए प्रकृति की समस्त शक्तियों का आह्वान किया कि वे मुझे बल दें, धीरज दें, और यदि अपमान होता है तो अपमान सहने की शक्ति भी!"

"जब ऋषि का ध्यान टूटा-वे आपकी ओर मुड़े। आपस में क्या-क्या बातें हुईं? बात आपने शुरू कैसे की?"

उसके आगे शान्ता ने जो विवरण दिये, उसका सार-संक्षेप जो बनेगा, बताती हूँ। शान्ता के गले की मिठास कोयल की थी, "पर कोयल शब्दोच्चार

और मन्त्रोच्चार कैसे कर पा रही है? कोयल ने शुकावतार कब लिया?" यही सब सोचते हुए ऋषि ने आँखें खोलीं। पहली बार स्त्री-रूप की माधुरी उनके मन की सप्तपर्णी पर ओस की लय में गिरी ओर अमिय-बूँद की लय में कँपकँपायी। उनके पिता विभण्डक ने उन्हें कभी किसी स्त्री के आगे पड़ने ही नहीं दिया था, सो वे चौंककर पूछ बैठे- "आप?"

"मैं भी मनुष्य हूँ-कल्पनासमृद्ध मनस तत्व की स्वामिनी! एक दूसरी तरह का मनुष्य! आप अपने तप से अपनी देह के बाहर तो कुछ रच सकते हैं, देह के भीतर नहीं पर मैं अपनी देह के भीतर भी रच सकती हूँ...यदि आप बाड़े से बाहर निकल आयें, मैं इस देह के रहस्य आपको समझाऊँ और एक पूरा संसार पहले अपने भीतर, फिर अपने बाहर खड़ा करके दिखा दूँ..."

"आपकी ये बातें मुझमें बादलों की घुमड़न और बिजली की तड़प-दोनों जगा रही हैं! मैं आकाश में तैरते महामेघ-सा ही अकेला हूँ, ऐसा क्योंकर लग रहा है?"

कुछ महीने तो ऋष्यश्रृंग विचलित कर देनेवाले इस नैसर्गिक अधूरेपन की तड़प झेलकर भी पिता के निदेशों के कंटीले बाड़े में बँधे रहे! फिर एक दिन जब आंधी आयी, महामेह बरस ही गया अपनी धरती पर और सृष्टि का प्रयोजन पूरा हो गया!

वैसे, ऋषि-आश्रम में शान्ता दीदी का बाद का जीवन गरिमामय ही बीता! कभी भी उन्हें वियोग का ऐसा दंश झेलना नहीं पड़ा जैसा मुझे विचित्र लोगों से भरे इस परदेस में झेलना पड़ रहा था!

मन बहुत विचलित होता तो पिता की गोद में बैठे हुए जो उपदेश सुने थे बचपन में-उनका ही सहारा लेती। याज्ञवल्क्य से भी अधिक अष्टावक्र काका याद आते। उनके उपदेश में गहरा तारतम्य था: "मनुष्य और पशु में यही तो अन्तर है, जनक, कि पशु को केवल अपनी दैहिक सुरक्षा की सुध होती है, कल्पनाप्रसूत अहंकार द्वारा गढ़ी गयी आत्मछवि लोकमानस में सुरक्षित रखने की धुआँधार चिन्ता नहीं। यही चिन्ता मनुष्य से तरह-तरह के पुरुषार्थ कराती है-धर्म-अर्थ-काम-मोक्ष -सबकी ओर प्रवृत्त करती है। इस क्रम में तरह-तरह के संसर्ग कल्पाप्रसूत लीला का अंश ही हैं-कल्पना के बुलबुले-कोई भी

व्यक्ति सिर्फ वह नहीं जो वह दीखता है। जो वह है, उसकी सुध बनी रहे अपने उस अविनाशी उद्गम की सुध बनी रहे तो कभी कोई अकेला नहीं, वियुक्त नहीं!"

ये ही सब सोचती हुई अपने मन को समझा रही थी और उसी कल्पना के सहारे मन के तार राम की स्मृतियों से जोड़े रखने का यत्न कर रही थी जिसे शास्त्रों ने बुलबुला समझा!

लंका दहन

बहन के अपमान का प्रतिशोध पत्नी-अपहरण से पूरा हुआ! अब युद्ध में दूसरे जीवों की बलि चढ़ाने से अच्छा है कि महिमामयी सीता को आदर-मान से बन्धनमुक्त किया जाए...प्रकृति-रूप हैं वे और प्रकृति को बन्दी बनाने का स्वप्न भी अनिष्टकारी है!

अचानक वाटिका से गम्भीर गर्जन-तर्जन के स्वर उभरे और चील-पंख फैलाती युद्ध-गर्जना भी पूरा परिमण्डल आक्रान्त कर गयी!

दूतिकाएँ दौड़ती हुई आयीं और उन्होंने माँ त्रिजटा को सूचना दी कि हनुमान ने तो अजब एक लीला मचा दी! फल खाते-खाते वाटिका तहस-नहस कर दी। प्रहरियों के सँभाले तो नहीं ही सँभले। रावण के दो महाबली पुत्रों को भी युद्ध में परास्त कर दिया! रावण के दरबार में नागपाश से बाँधकर लाए गये तो नागदेव का मान रखने को बँधे रह गये! दरबार में सर झुकाकर राम का सन्देसा सुनाया, "बहन के अपमान का प्रतिशोध पत्नी-अपहरण से पूरा हुआ! अब युद्ध में दूसरे जीवों की बलि चढ़ाने से अच्छा है कि महिमामयी सीता को आदर-मान से बन्धनमुक्त किया जाए...प्रकृति-रूप हैं वे और प्रकृति को बन्दी बनाने का स्वप्न भी अनिष्टकारी है! वे अभी भी निर्बन्ध और स्वयंलीन हैं-मानभंग का दोष नहीं लगेगा यदि विवाद बातचीत से सुलझा लिया जाए! लक्ष्मण भी अपनी हिंसा के लिए शूर्पणखा से माफी माँगेंगे। जो बात समझाकर कही जा सकती थी, उसके लिए हिंसा-वह भी स्त्री-शरीर को आधारभूमि बनाकर-उचित तो नहीं थी।"

रावण की मति मारी गयी थी! सन्धि-प्रस्ताव ठुकराकर वह तो हनुमान के वध का आदेश ही दे डालता, पर विभीषण के नीति-कथन का मान रखा उसने। दूत की हत्या नहीं की। वानर को पूँछ प्यारी होती है, यह सोचकर उसकी पूँछ में आग लगा दी। और फिर वही पूँछ लुकाठी की तरह भाँजता मेरा मानस-पुत्र हनुमान पूरी लंका-नगरी को आग के सुपुर्द कर गया! सोना खरा होता है तो आग का ताप पाकर दमक उठता है! लंका में घर तो खरे सोने के ही थे, पर उनका अन्तःस्थल ऐसे कबाड़ और भक्ष्य-अभक्ष्य खाद्य से भरा था कि वे धूँ-से धधक गये और पूरी लंकानगरी जले हुए माँस की दुर्गन्ध, कालिख, धुएँ और राख से लहालोट हो गयी!

हनुमान के पिता, पवनदेव के आदेश से मेरे आस-पास की हवा उल्टी दिशा में बही। मेरे नथुने दुर्गन्ध से नहीं फटे, पर उल्टी और जलन के त्रास से तरह-तरह का भयावह नाद करते हुए राक्षसगण मेरे कान के पर्दों पर भारी पड़े! कान पर हाथ रखे ही थे कि हनुमान का विनम्र स्वर कानों में मिसरी-सी घोल गया-

''माता, चाहूँ तो आपको कन्धे पर बैठाकर अभी उड़ चलूँ, पर यह गौरव श्रीराम को मिले तो व्यापक न्याय होगा-युद्ध के रूप में जो महानाट्य रचा जायेगा, उससे युगों तक लोग स्त्री अपहरण जैसे महापातक से थर्राएँगे! मैं तो इस महानाट्य का एक सूत्रधार ही रहना चाहता हूँ: नाटकीय विडम्बना के संकेत बो दिये, अब चरम की ही प्रतीक्षा करें। बहुत देर नहीं लगेगी, माता! समाचार पाते ही प्रभु प्रकृति के समस्त जीवों की सेना के साथ समुद्र पर पुल बाँधेंगे, युद्ध सधेगा और आपके रूप में प्रकृति फिर से जीव-मात्र की स्वतन्त्र क्रीड़ा के लिए मुक्त अभयारण्य हो जाएगी-संस्कृति द्वारा संरक्षित प्रकृति कितनी सुभग हो सकती है-इस का एक नमूना है अभयारण्य!''

लंकाकाण्ड

युद्धक्लांत राम

पूजा अर्थात् समर्पण! हिंसा की घड़ी अहंकार की मशाल धूँ-धूँ जलने लगती है। उस परिवेश में अहंकार का समर्पण, नतमस्तक होने का पूरा संकल्प एक बड़ी घटना तो है ही!

राम की तरफ से अँगूठी आयी थी, मेरी तरफ से चूड़ामणि गयी-दोनों अलंकरणों के बीच मूक पत्राचार हुआ, संकेत इधर-उधर पहुँचे और प्रतीक्षा ही धीरे-धीरे ठोस होती हुई रामेश्वरम् का महान पुल बन गयी। एक चमत्कार ही तो है प्रतीक्षा। पत्थर भी पानी पर तिर जाए-ऐसी प्रतीक्षा!

बीच-बीच में वह गिलहरी ही आती और जाती रही, जिसके कोमल गात पर श्रीराम ने हाथ फेरा तो मारे सुख के कई सुनहरी धारियाँ उग गयीं उस पर! गिलहरी नहीं थी वह-एक बेचैन प्रतीक्षा में बीत हुए क्षण थे! महाकाल की दूतिका थी वह गिलहरी और जीवनप्रहरी विष्णुदेव राम की भी। दोनों के बीच डोलती वह तरह-तरह के सन्देसे सुनाती कि कैसे काल के प्रभाव में सागर अड़ गया! कि वह तो राह ही नहीं छोड़ रहा था। फिर भयमूलक प्रीति दिखाते हुए उसने राह छोड़ी तो पुल बना! युद्ध का पूरा प्रकल्प रचा! लक्ष्मण मूर्च्छित हुए, राम ने विलाप किया, लक्ष्मण की मूर्च्छा तोड़ने को महावैद्य ने एक बूटी मन्दराचल पर्वत से मंगायी तो हनुमान पूरा पहाड़ कन्धे पर उठा लाए! कई दिनों के घमासान युद्ध के बाद भी रावण परास्त न हुआ तो नौ दुर्गाओं का संकल्प साध युद्धभूमि में ही राम ने पूजा साधी! पूजा अर्थात् समर्पण! हिंसा की घड़ी अहंकार की मशाल धूँ-धूँ जलने लगती है। उस परिवेश में अहंकार का समर्पण,

नतमस्तक होने का पूरा संकल्प एक बड़ी घटना तो है ही! यह घटना एक बार घट जाए तो ही विजयश्री मिलती है!

विजयश्री मिली, पर विभीषण ने बृहत्तर उद्‌देश्य के लिए भाई का विश्वास तोड़ा-वैसी ही निरपेक्षता से, जैसे कभी राम ने शिव का धनुष तोड़ा था! रावण की नाभि में अमियकुण्ड था। वहीं प्रहार होने से प्राणरक्षक अमिय की धारा बहिर्मुखी होती और प्राण छूट जाते, अन्यथा यह विजय असम्भव थी! एक तरह से देखा जाए तो यह विश्वासभंजन चक्रभेदन का निमित्त बना और महाप्रतापी रावण के प्राण नाभिद्वार से ही निकले क्योंकि उस समय उसकी चेतना अधोमुख थी-कामनोन्मत्त।

पर इस महानाट्य का चरम श्रीराम की यह विजयश्री नहीं, वह क्षण था जब इतने दिनों बाद माँ त्रिजटा और अन्य सखियाँ बाँह पकड़कर, रथ पर बिठाकर मुझे श्रीराम के सम्मुख ले गयीं! पीपल के पात-सा मेरा हृदय काँप रहा था-सुख का अतिरेक भी एक अजब तरह का भय पैदा करता है! सहसा विश्वास नहीं होता कि जो सामने हैं, वह स्वप्न की तरह क्षणिक नहीं! लज्जा का एक परावार-सा आँखों में उमड़ आया था और नयी दुल्हन के संकोच से मैंने आँखें मूँद ली थीं! इतना तो पता था कि उमड़ते जनसमूह के सम्मुख मर्यादा पुरुषोत्तम गम्भीर ही बने रहेंगे, उमगकर कुछ हृदयहारी बोलेंगे नहीं। चुपचाप बगल में आसन देंगे, पर उनकी आँखें आनन्दातिरेक से भीगी होंगी-ऐसी उम्मीद थी!

पर यह क्या? यह कृशकाय, युद्धक्लान्त धनुर्धर कौन था जिसके मुख से इतने कठोर बोल फूट रहे थे, आँखों से मार्त्तण्ड की अग्नि-

"लक्ष्मण, सीता से कहो-उन्हें मुक्त करा के मैंने अपना कुलधर्म निबाहा, यहीं मेरी उनको निवेदित कर्त्तव्य शृंखला की इतिश्री होती है! लक्ष्मण-रेखा लांघकर उन्होंने स्वतंत्र निर्णय की जो तेजस्विता दिखायी, उसी के सहारे अब आजीवन उनको रहना है! एक स्वयंवर वह था जिसमें उन्होंने पति रूप में मेरा वरण किया, दूसरा स्वयंवर वह जब अपने विवेक से परिचालित होने का निर्णय किया उन्होंने! अब यह विवेक ही उनका नया स्वामी है!"

"यदि किसी मानव काया में विवेक का विनिवेशन वे चाहती हैं तो ऐसा व्यक्ति चुन लें जो उनके विवेक से परिचालित हो-रावण तो सिधार चुका, विभीषण, स्वयं तुम लक्ष्मण या कोई भी ऐसा विनीत पुरुष जिनपर वे अपनी आज्ञा चला सकें या कोई ऐसा जिनके आदेश के लिए उनके मन में इतना सम्मान हो कि उसकी कही हुई बात उठाने की सूझे ही नहीं!"

मर्यादा की हामी भरनेवाले व्यक्ति से जब दमित क्रोध फूटता है तो वह सामान्य व्यक्ति से भी कहीं अधिक आवेग में बोलता हुआ मर्यादा के सारे बन्धन भूल जाता है। जिसने कभी अकेले में भी आनी-बानी नहीं सुनाई-वह सार्वजनिक फटकार देगा-वह भी मर्यादा की सब सीमाएँ लाँघकर-यह मैंने स्वप्न में भी नहीं सोचा था! कुछ देर को तो मेरा माथा घूम गया। फिर अपने आज्ञा चक्र पर अपना ध्यान निवेशित कर अपनी प्रज्ञा, अपनी सरस्वती जगाई। मन को समझाया कि इतने दिन पत्नी-विरत रहने से उस पत्नीमुखी पति की यह दशा होगी ही जो पत्नी के सिवा किसी से भी मन की बातें साझा नहीं कर पाता! यह एक तरह की क्षणिक विक्षिप्तावस्था है जो युद्ध के अनन्तर सेनापति की और युद्धनायक की अक्सर हो ही जाती होगी क्योंकि हिंसा चित्त की स्वाभाविक दशा नहीं, विशेषकर समदर्शी, शान्तिप्रिय धीरोदात्त नायक के चित्त की!

वैसे भी अधिकांश पति समर्पित पत्नियों पर ही दुनिया का सारा क्रोध निकालते हैं क्योंकि और कौन इतना सहेगा? राम सामान्य पति नहीं थे, पर इतने समय का संचित क्रोध मुझ पर पूरी खटास के साथ बरस गया था। फिर भी यह क्षमा करने योग्य इसलिए था कि हिंसा के इस उन्माद का कारक तो मैं ही थी-उन्हें स्वर्णमृग की ओर प्रवृत्त करती, लक्ष्मण को खरी-खोटी सुनाती, ज़िद साधकर उन्हें राम की तलाश में भेजती हुई, राम की शक्ति पर सन्देह करती और फिर लक्ष्मण-रेखा लाँघ जाती मैं अवज्ञा की दोषी तो थी ही, विधि ने इसके लिए जो प्रताड़ना दी-शायद यह उसका अन्तिम चरण था! भोग था मेरा। भोग का निदाध प्रचण्ड किरणों के बाण सारे चक्रों पर चुभाने लगे तो आँख मूँदकर सारा दंश गरल-भाव से पी जाना ही अच्छा है, अन्यथा यही भोग कठिन कर्म में जड़ीभूत होकर या कठिन स्मृति बनकर जन्मों तक पीछा करता है!

कर्म क्या हैं? वही कठिन स्मृतियाँ जो आपके गहनतम चित्त में व्याप जाती हैं, जब आप (मनसा-वाचा-कर्मणा) सृष्टि में कोई तरंग पैदा करते हैं! जो तरंग बाहर पैदा हुई-वह भीतर से ही तो आयी! इसका विलोम भी सत्य है-जो बाहर जगी-वह भी भीतर गयी! इस प्रकार बहिर्जगत् और अन्तर्जगत्, परिस्थितियों और मन:स्थितियों, परिवेश और चित्त के बीच सूक्ष्म तरंगों की आवाजाही चलती ही रहती है और दोनों एक-दूसरे को प्रभावित करते ही रहते हैं जब तक चित्त स्थितप्रज्ञ या तरंगमुक्त न हो जाए: हर्ष और विषाद की अतियों तक पींगें लेना छोड़कर आनन्द की मध्यम अवस्था में भाव-विकारहीन न हो जाए!

राम भी अभी मानव शरीर में अवस्थित थे। शरीर की अपनी थकान होती है और उससे जुड़े मन की भी! दोनों तरह की थकानें किसी अपने का कन्धा देखते ही लगती हैं उमड़ने और चित्त की यह दशा हो जाती है जो अभी राम की थी! चारों तरफ जन-पारावार उमड़ न रहा होता तो मैं ही बढ़कर अपनी गोद में इनका थका हुआ सर रख देती। ये जी भरकर रो लेते और मन शान्त हो जाता!

इतने लम्बे आत्मालाप के बाद मैं मुस्कुराकर कुछ कहने ही वाली थी कि फिर उधर से एक भभका उठा, "यहाँ उपस्थित हर व्यक्ति के मन में यह शंका तो उठ ही रही होगी कि इतने दिन रावण के संरक्षण में अकेली रही सीता एकनिष्ठ रही थीं कि नहीं? रावण भी प्रतापी था, उसका प्रताप इनके तन-मन को कभी भी विचलित न कर पाया-इसका क्या प्रमाण हैं इनके पास?''

इस बात पर मैंने आँखें मूँदीं और स्थिर स्वर में कहा-''इस समय आपकी भाषा में जो अग्निदेव अपनी उन्मत्त शिखा हिलाते हुए प्रकट हो रहे हैं, पूरी तरह मेरे सामने प्रकट हों-एक अग्निपुंज बनकर प्रकट हों। वे मेरे पिता के तेज से वशीभूत, उनके छोटे भाई थे। यानी मेरे छोटे चाचा। भयावह अपमान की घड़ी वे ही मुझे आश्रय दें और मुझे अपने कन्धे पर बिठाकर यहाँ से ले चलें जैसे बचपन में माघ का मेला दिखाने मुधबनी ले जाते थे।''

निष्कृति खण्ड

अग्नि प्रसंग

पवित्रता का मतलब क्या? मन-वचन और कर्म से एक होना-किसी तरह के प्रदर्शन या ढोंग से विरत होने का महाभाव! तुम इस सदाचार की प्रतिमूर्ति हो, जानकी!

मेरे इतना उचारते ही अग्निदेव ने राम के अग्निबाण से अपना आसन हिलाया और मेरे सामने बाँहें खोले प्रकट हो गये-"मेरी बेटी, मैं तुम्हारे पिता का मित्र होने के नाते तुम्हारा चाचा तो हूँ ही, तुम्हारा मामा भी हूँ-माँ धरती जिस नाभिकुण्ड से निकलीं, वही मेरा घर है! लोग मेरी पवित्रता की शपथ खाते हैं, मैं तुम्हारी पवित्रता की! पवित्रता का मतलब क्या? मन-वचन और कर्म से एक होना-किसी तरह के प्रदर्शन या ढोंग से विरत होने का महाभाव! तुम इस सदाचार की प्रतिमूर्ति हो, जानकी! आओ, मेरे पास आओ!" मैं लपटों की ओर एकदम अभय होकर बढ़ने लगी, तब राम काँप गये! अवसर देखकर मैंने ऊर्ध्वबाहु उद्घोषणा की-

"यदि क़भी एक क्षण को भी कोई मिथ्याचार मुझे छू गया हो और ढोंग साधने की कोई स्थिति बनी हो मेरे सामने यानी छुपाने लायक कोई कृत्य मनसा-वाचा-कर्मणा हो गया हो मुझसे तो अग्निदेव न्याय करें और मैं यही जल मरूँ!" अब अग्निदेव लहककर बोले-

"और यदि तुम मनसा-वाचा-कर्मणा एकरूप ही रही हमेशा तो यह धधकता हुआ अग्निकुण्ड पार करके भी तुम अक्षुण्ण ही रहो। जनमानस जानता है कि अग्नि से बड़ा न्याय-कर्त्ता कोई नहीं-अग्निकुण्ड जीवन का

प्रतीक है और मृत्यु का भी। अग्नि कोई भेद-भाव नहीं जानती-तो आओ-मुझसे होकर निकल लो कि इस विराट् नाट्यशाला के मंच पर दूध का दूध, पानी का पानी हो जाए अभी!''

नि:शंक मैं बढ़ती गयी: लपटें मामी की तरह मुझको दुशाला उढ़ाती हुई अपनी बाँहों में समेटे रहीं और फिर धीरे-धीरे उस पार ले गयीं जैसे बाँह थामकर विवाह-वेदी से सुहाग-कक्ष की ओर ले गयी थीं कभी!

अक्षुण्ण बाहर निकलते ही मैंने राम की तरफ देखा! वे परम सन्तोष से नगाड़े पीटती हुई भीड़ की ओर देख रहे थे! इस विराट् लीला का पटाक्षेप यहीं हो गया।

अनन्तिम

षड्दर्शन और बारह ऋतुओं की यह रंग-रंगीली, रसीली-सजीली-सी धरती हरी-भरी है तो इस प्रसन्न, उदारचित्त बहुलता के कारण ही। सामान्य किसान और कारीगर भी यहाँ दर्शन और कविता ही बाँचते दिखायी देते हैं-इसका कोई कारण तो होगा ही : वंशानुगत हो या परिवेशगत!

मिथिला में पोखर अनगिनत हैं, अनगिनत हैं धोबी-घाट क्योंकि लोगों का रहन-सहन महीन है! पिता के राज्य में अवसर और संसाधन प्राय: बराबर बँटे थे, इसलिए कोई दरिद्र नहीं था! अब थोड़ी-बहुत ऊँच-नीच घरेलू दायित्व अधिक होने के कारण अगर हो भी गयी तो रहन-सहन की महीनी में कोई कमी नहीं आती! एक घटना याद आती है शिवचरण ओझा के घर की, जो मेरी सखी, अपरा के ससुर थे। नौ सन्तानें थीं उनकी और अन्तिम दो सन्तानों की पीठें आपस में जुड़ी हुई थीं। तो उनकी देख-रेख, दवा-बीरो में व्यय अधिक ही हो जाता था! शास्त्रार्थ के लिए एक दिवस दरबार आना था! धराऊ उत्तरीय निकाला गया तो उसका रेशम वार्धक्य के बोझ से उठाते ही तार-तार हो गया! नयी बहू ने अल्हड़ता में ऊन के साथ रेशम नीम के पत्ते बिछाए बिना रख दिया था तो कीड़ों का उत्पात भी हो गया हो-असम्भव नहीं! नया उत्तरीय मोल लेने के पैसे महीने के अन्त में बचे नहीं थे और स्वाभिमान इतना उन्नत कि किसी से उधार माँगने का सवाल ही कहाँ!

तो याद है मुझको, अपरा ने मुझे बताया था कि वही उत्तरीय उसकी सास ने ऐसी कुशलता से तहाया कि फटा हुआ हिस्सा अन्दर छुपकर चुपचाप

बैठ गया जैसे सांस रोककर कोई बच्चा लुका-छिपी खेलता हुआ बैठा हो!... शास्त्रार्थ में जो उनके प्रतिद्वन्द्वी थे, जानते थे कि बुद्धि-विद्या में तो ये परास्त होने से रहे! परास्त करना है तो ऐन समय में कोई व्यंग्य बाण चलाकर या मनोबल गिराकर ही किया जा सकता है! लम्बे समय से गुप्तचरी चल रही थी! एक कमज़ोर बिन्दु मिला, उसी पर धर दबोचा और शास्त्रार्थ के पहले ही महामन्त्री के कान भर दिये कि देखिए तो इनको, दरबार की आचार-संहिता पर ध्यान ही नहीं, उत्तरीय चुन्नटों में ओढ़कर चले आये हैं! महामन्त्री ने भरे दरबार में कहा-

"पण्डितजी, उत्तरीय प्रचलित रीति से ओढ़ा जाए तो अच्छा।"

यह सुनना था कि बगल का पण्डित उठा और उत्तरीय खींचने लगा कि फटी उजागर हो, पर पण्डितजी विचलित नहीं हुए और इन्होंने उसका हाथ रोकते हुए स्थिर कंठ से कहा-

"अयं पटः इयमेव शोभते!"

इसके बाद पट को शरीर का उपमान बनाकर उन्होंने उसको गहन दार्शनिक विमर्श का आधार बनाया!

मिथिलांचल, बल्कि पूरा तिरहुत क्षेत्र, गंगा इस पार की पूरी पुण्यभूमि दार्शनिकता से लहालोटे है! गंगा की हर लहर एक दर्शन है यहाँ! षड्दर्शन और बारह ऋतुओं की यह रंग-रंगीली, रसीली-सजीली-सी धरती हरी-भरी है तो इस प्रसन्न, उदारचित्त बहुलता के कारण ही। सामान्य किसान और कारीगर भी यहाँ दर्शन और कविता ही बाँचते दिखायी देते हैं-इसका कोई कारण तो होगा ही: वंशानुगत हो या परिवेशगत! वंशानुगत भी ठीक से देखा जाए तो परिवेशगत ही हो जाता है।

कवि के बच्चे कवि इसलिए बनते हैं कि कविता परिवेश में तैरती रहती है!

हाँ, तो मैं यह कह रही थी कि मिथिलांचल में धोबीघाट बहुत हैं और दार्शनिकता भी। तो धोबी को गुरु का मान देने की परम्परा भी घर गयी है। जैसे रगड़-रगड़कर धोबी कपड़ों का मैल छुड़ाता है, गुरु मन का, ग़लत संस्कार का मैल। और फिर धुले हुए को सिर पर बिठाकर गन्तव्य तक पहुँचा भी आता है!

धोबी की गठरी गधे की पीठ पर लदी घाट तक जाती है और गुरु के सिर पर सवार मूल गन्तव्य तक! निखरे हुए को सिर से लगाने का विनय भी गुरु में होता है। शिष्य से अपनी ही सिखाई बात की एक नयी व्याख्या, कालस्थान-सापेक्ष नयी व्याख्या जिस दिन वह सुन लेता है-उस दिन, वहीं उसका उद्देश्य पूरा हो जाता है!

बचपन का प्रशिक्षण भूले नहीं भूलता। अयोध्या के उस धोबी को भी मैंने गुरु रूप में ही वरा जिसने मुझ पर कटाक्ष कर रात-भर बाहर रह गयी धोबिन को घर से निकाला था-"जा, उसी के पास जा जहाँ रात बिताई, है! मैं कोई राम नहीं जो कहीं भी रह आयी पत्नी को दुबारा स्वीकारूँ!"

राम ने मुझे यह बताया तो मुझको हँसी आ गयी-"अगर किसी स्त्री को छल ही करना होगा तो रात की प्रतीक्षा क्यों करेगी? दिन में भी कितने कोने-अँतड़े ऐसे होते हैं जहाँ कुछ भी कर गुजरा जा सकता है। तू डाल-डाल, मैं पात-पातका पूरा वितान बिछाया जा सकता हैं!...और किसी का प्रेम किसी और से हो ही गया तो उसके पास विकल्प भी खड़ा हो गया। उसे मार खाकर या ताने सुनकर वहाँ बने रहने की आवश्यकता क्या है जहाँ उसका अपमान होता है! धोबिन को मानपूर्वक यहाँ लाइए। मैं यहाँ उसे अपने महल में स्थान दूंगी। हर आहत स्त्री का मायका यह राजभवन होगा, तो ही रामराज्य का स्वप्न पूरा कर पायेंगे आप!"

राम प्रवादभीरु व्यक्ति थे। हर संवेदनशील व्यक्ति प्रवादभीरु हो जाता है क्योंकि स्वप्न में भी किसी हृदय पर या उसके मूल्य-बोध पर प्रहार करने की वह नहीं सोचता! मेरा यह बेबाक़, किंचित बंकिम उत्तर उन्हें अच्छा तो नहीं लगा होगा, पर उन्होंने धैर्यपूर्वक कहा-

"बात हँसी में उड़ाने की या उस स्त्री की वैकल्पिक व्यवस्था करने की नहीं है, प्रिये! यह एक गम्भीर आरोप है, जो एक तरंग की तरह आज एक व्यक्ति के मन में उठा है। कल लहर लेता में दबे हुए बड़वानल की तरह जनमन में फैल जायेगा! इतनी मुश्किल से इस अराजक समाज में नियम-निष्ठा की बेल बोयी है कि समाज मर्यादित रह सके! बचपन से यही सुनता आया हूँ कि इस देश में मर्यादा की, आचार-संहिताओं की स्पष्ट व्याख्या ही

मेरे जन्म का उद्देश्य है! लंका वाले युद्ध के अनन्तर मैंने भीड़ के सामने इसीलिए रूखी सफाई माँगी थी तुमसे कि तुम्हारे उत्तर से या अग्निपरीक्षा से लोगों का मुँह बंद हो सके पर बात बनी नहीं।"

"राजा की नैतिक चेतना और नियम-निष्ठा पर प्रजा का विश्वास अगर डोल गया तो राजा को राजसिंहासन पर बने रहने की कोई आवश्यकता नहीं! चलो, हम दोनों अरण्य में कुटिया बनाकर रहेंगे! तुम्हारा मन भी था कि महर्षि वाल्मीकि के पावन आश्रम, उसके रमणीय परिवेश में हमारी सन्तान आँख खोले!...नियमावलियों के इस बाड़े से अभी विदा होते हैं और अपना संसार अलग बसाते हैं।'' राम की यह बात सुन कुछ देर मैं सोचती रही, फिर धीरे-से कहा-

''आपकी प्रजा हहर जाएगी आपके बिना। इतनी प्रतीक्षा के बाद आपको पाया है।''

''भरत मेरे बिना भी राज-काज उत्तम ही चला रहे थे! और भाई भी हैं ही!''

''पर राम-राज का आपका सपना अधूरा ही छूट जायेगा।...थोड़े दिन मैं ही हो आती हूँ। देखती हूँ जाकर! आप योजनाएँ अधूरी छोड़कर न जायें! पूरी कर लें और पीछे से आ जायें! समझें कि सीता मायके गयी है। पहली प्रसूति तो मायके में ही होती है! जाने को जनकपुरी भी जा सकती हूँ पर पिता के बिना मायका क्या? माँ को प्रसूति की घड़ी आश्रम ही बुला लूंगी! आश्रम के पावन परिवेश में माँ-बेटी आराम से बतियाएँगे।''

राम अवाक् होकर मुझे देखते रहे गये और मैं उधर से आँखें हटाकर खिड़की के बाहर लगी देखने जहाँ सूर्यदेव अपनी आँखों की किरण मद्धिम करके, करुणास्नात आँखों से हमारी ओर ही देख रहे थे! घर लौटते पक्षी-दल अज्ञात लिपि में लिख रहे थे-आकाश पर एक नया सामगान! मैं जीवन के एक नये अध्याय का प्रारूप मन-ही-मन गढ़े जा रही थी!

(इतना ही लिखा था अभी-आगे की गाथा जाने क्या हो!)

(सीतायण की पाण्डुलिपि समाप्त)

खण्ड-III

उत्तरायण

अंतर्यात्रा

आरोहण का यह चक्र जहाँ थमता है-वहीं से प्रकट होता है चित्ताकाश का निर्बन्ध वैभव-भावों-विचारों के बीच का अवकाश फैलता हुआ यहीं लीन होता है।

अपना ही लिखा दुबारा पढ़ना एक विशाल गह्वर से बाहर आने-जैसा लगता है। जेठ की दोपहरी में किसी जलती चट्टान पर जैसे कोई चींटी भटकती है, मेरा मन भटक रहा है। रस्ता नहीं सूझता। आगे-पीछे, दायें-बायें, बायें-दायें, पीछे-आगे-बस, इतना-इतना। ऐसे में मन को थिराने का एक ही उपाय है-किसी तरह अपने अहंकार के वृत्त से बाहर आ जाना, बाहर जंगलों में भटकना, अन्य जीव-जन्तुओं के दुख-सुख से गहरा तादात्म्य जगाना मन में, शरीर में, इस पूरे होने में... और फिर कहीं पेड़ के नीचे शस्य-स्यामला धरती पर लेटकर सीधा आकाश ताकना-आकाश, जो राम के रंग का है, आकाश जो धरती को भी एकटक ऐसे ही निहारता रहता है जैसे धरती की बेटी को राम निहारा करते थे, सस्मित, निःशब्द! पूरी सृष्टि आकाश-धरती के धीर, निःशब्द और सस्मित आलिंगन का अचल भाव है! इसे शिव-पार्वती का निश्चल आलिंगन मानकर चलें, विष्णु और श्री या शब्द और अर्थ, न्याय और करुणा, प्रकृति और संस्कृति का शाश्वत आलिंगन जो करवट बदलने का अवकाश देता हुआ थोड़ा ढीला तो हो जाता है कभी-कभी, पर टूटता नहीं-ऐसा आलिंगन!

अभी थोड़ा ढीला हुआ है यह आलिंगन! यह करवट की बेला है तो हुआ करे! अलग-अलग दिशाएँ गुहार रही हैं हमारी आँखें! मेरी आँखें प्रकृति की ओर,

राम संस्कृति की दिशा में उन्मुख, संस्कृति-संरक्षण, राजपाट, मर्यादा-दुर्ग का संविधान-संरक्षण। अच्छा, तो यही सही!

नियम तो प्रकृति के भी हैं, फिर भी वह अगाध है-क्षुद्र मर्यादाओं के ऊपर उसमें एक कृपा-भाव-सा कुछ लहराता तो रहता है जो हर नियम के परे है! इसीलिए राज्य की तरह प्रकृति सीमा-रेखाओं की जकड़न में नहीं बँधी! निस्सीम है प्रकृति, अभेद्य उसके रहस्य, मातृसत्ताओं के अधीन! कितनी तो माताएँ हैं मेरी-पूरी धरती और प्रकृति के दस महाभाव जिन्हें संसार महाविद्याएँ कहता है हमारे अस्तित्व की पर्वत श्रेणी की अलग-अलग ऊँचाइयों पर ये कुटिया बनाकर रहती हैं! कोई भी संकल्प साधने के पहले मन जो अकुलाए तो एक-एककर इन सभी महाभावों के साथ थोड़ी देर लीन होकर बैठना अच्छा रहता है!

तो कल ही निकल पड़ती हूँ मैं अन्तर्यात्रा पर। पहली चोटी पर काली माँ रहती हैं जिनकी श्यामलता सृष्टि का आदिभाव है। उस श्यामलता के कोख से पैदा होती है तारा-सृष्टि का प्रसव भाव-गर्भ की श्यामलता में रक्त-बीज की परोक्ष लालिमा। तीसरा चरण है आह्लादकारी भावोदय की लाली, अरुणोदय के क्षितिज वाली लाली जिसका महारूपक हैं श्रीविद्या। भाव-प्रकाश या विचार-वैभव थोड़ा और ऊपर चढ़ता है तो प्रकट होता है मध्याह्न के पहले के सूरज का रंग-पीताम्बरा वल्गामुखी का रंग। चढ़ते-चढ़ते रुक जाने का महाभाव, स्तम्भन भी सृष्टि का मूलभाव ही है!

आरोहण का यह चक्र जहाँ थमता है-वहीं से प्रकट होता है चित्ताकाश का निर्बन्ध वैभव-भावों-विचारों के बीच का अवकाश फैलता हुआ यहीं लीन होता है-भुवनेश्वरी भाव में!

तुरत उसके बाद लपट-सी प्रकट होती है चित्त की संकल्प शक्ति जिसका प्रतीक भैरवी-भाव है! जैसे ही यह घटित हुआ, चिन्तन-मनन के आरोहण का मध्याह्न आ जाता है, और यहीं जागता है अहंकार के शिरच्छेदन का वह छिन्नमस्ता भाव जो वास्तव में सर्वसमर्पण की प्रकट ऊर्जा है!

उसके पश्चात् जगता है आनन्द-निर्झर का मधुर भाव। अगाध चित्ताकाश की विराटता के साक्ष्य में सर्वसमर्पण का वह आस्वाद जगना ही उत्कर्ष है,

जिसके बाद दुबारा स्वयं में स्थित होने चल देता है आत्मन! यह है रंगमहल से सीता का निकास और साँस की तरह वापस स्वयं में ही लौटकर वहीं स्थित हो जाने का सीता-भाव या कमला-भाव। यहाँ मातंगी का मग्न साहचर्य मिलता है उसको-अन्तर्संगीत की वीणा बजती है-आत्मा का सुग्गा मग्न बैठ जाता है पंख मूँदकर!

पर हर उन्मेष का निमेष भी तो होता ही होता है, दिवसावसान की यह यात्रा शुरू तो होती है मधुर भाव में, पर तिरोहित होती है वैराग्य में जो चिता की राख के रंग का विधवा भाव है-महाप्रलय के बाद की पहली महासन्ध्या जब चारों ओर बस धुआँ-ही-धुआँ हो! यह धुएँ का रंग फिर से श्यामल होगा, कालरात्रि के भाव में स्थित! श्यामाकाली के गर्भ से फिर से तारा का बीज-मन्त्र फूटेगा... यही सनातन चक्र है! इससे डरना क्या है-निर्निमेष देखते जाना है इसको, जैसे कि कोई लीला देख रहे हों!

यही है अन्तर्यात्रा जिसके अनन्त आयाम रूपकों के रूप में सृष्टि में, शास्त्रों में सर्वत्र व्याप्त हैं! जो बाहर है, भीतर भी वही है-जंगल, पहाड़ और नदियाँ, तरह-तरह की घाटियाँ!

अथ मातंगी-कथा

मातंगी प्रतिनिधि है-आदिवासियों की उद्धुर शक्ति का! उसने तुम्हें इतना ही सींचा है जितना तुमने उसे-उसने अपने संज्ञान से सींचा, तुमने उसे और दूसरी आदिवासी बालिकाओं और असुर बालकों को संस्कारगत ज्ञान से! मातृशक्ति हो तो गझिन ज्ञान में माँ के दूध का आसव मिलाकर, आँखों का पानी और बतरस का शहद मिलाकर तुमने वनवासियों को पिलाया, उसे सुपाच्य बनाकर पिलाया, कविताओं और कहानियों के आश्रय!

मन-वन में भटक रही सीता के अनुभूति-कोष में क्या नहीं है-आरोहण, अवरोहण, सुख-दुख, उन्मेष-निमेष-सब जुड़वाँ भाव लव-कुश हैं उसके! जब वे भी प्रयाण कर जाएँगे, तभी लीन होगी वह-प्रकृति-लीना सीता, पर उसके पहले कुछ कर्म भी साधने हैं जिसकी स्मृति जन-जन को स्पन्दित-समृद्ध रखे! उसी का लेखा-जोखा अन्तस्थ मातृशक्तियों से लेने जाना था। जाने के पहले गुरु वाल्मीकि से आज्ञा ली! उन्होंने पाथेय के रूप में फूल-फल दिये जो आँचल में बाँधकर मैं पलटी ही थी कि मातंगी सामने से आती दीखी! उसकी मुस्कान में अद्भुत आकर्षण है! अचानक वाल्मीकि बोले पड़े–

"मातंगी को साथ ले लो! ऐसा नहीं कि तुम्हें किसी साथ की आवश्यकता है, जानकी। तुम स्वयं में पूर्ण हो, पर मातंगी किशोरी है! इस गहन-यात्रा में तुम्हारा संग-साथ इसे बहुत सींचेगा! किसी भी आध्यात्मिक प्रशिक्षण का सर्वोत्तम अवसर यात्रा ही है!"

"जब राम-लक्ष्मण किशोर थे, उन्हें वन की आसुरी शक्तियों के दमन के लिए विश्वामित्र ने वन में आमन्त्रित किया था। उस समय विश्वामित्र से रास्ते में जो उपदेश मिले थे, वे आजीवन उनका पाथेय रहे! वन उनकी प्रयोगशाला बना! सैद्धान्तिक ज्ञान प्रयोग में उतरे, तभी दीक्षा पूरी होती है-शस्त्र का प्रयोग रिपु-दमन के लिए हो तो ही वह सिद्ध माना जाता है! इसी तरह लोक या शास्त्र से अर्जित ज्ञान जब-तक लोकोपकार में या आत्मसंधान में व्यवहृत नहीं होता, तब तक वह अधूरा है। इसीलिए कृत्य महत्त्वपूर्ण है! मनसा-वाचा-कर्मणा का चक्र महत्त्वपूर्ण है।"

"पृथ्वी की बेटी हो, जानती ही हो कि पृथ्वी से बड़ी प्रयोगशाला कोई नहीं! हर आत्मा जो अनुभूति या ज्ञान या कर्म संस्कार के रूप में अर्जित करके लोक से प्रयाण करती है, उन्हीं का गुरुत्वाकर्षण उसे वापस धरती पर खींच लाता है और हर बार उससे प्रकृति की यही अपेक्षा होती है कि वह थोड़ी-सी और महीन, हल्की, उदार और आकाशमना होकर धरती छोड़े!

"मातंगी प्रतिनिधि है–आदिवासियों की उद्धुर शक्ति का! उसने तुम्हें इतना ही सींचा है जितना तुमने उसे-उसने अपने संज्ञान से सींचा, तुमने उसे और दूसरी आदिवासी बालिकाओं और असुर बालकों को संस्कारगत ज्ञान से! मातृशक्ति हो तो गझिन ज्ञान में माँ के दूध का आसव मिलाकर, आँखों का पानी और बतरस का शहद मिलाकर तुमने वनवासियों को पिलाया, उसे सुपाच्य बनाकर पिलाया, कविताओं और कहानियों के आश्रय! बदले में उन्होंने भी तुम्हें उतना ही दिया! माँ बच्चों के लिए जितना आध्यात्मिक श्रम करती है, एक तृप्त मुस्कान में बच्चा उसका सौगुना उसे लौटा देता है! यह आवाजाही, शक्तियों का यह पारस्परिक आदान-प्रदान ही साँसों की आवाजाही में रूपायित हो सृष्टि की आदि-लय के रूप में धड़कता है!"

"पर उसकी दादी-वृद्ध मातंगी, आदेश देगी क्या?"

"वृद्ध मातंगी सृष्टि का यह रहस्य जानती है, जानकी, कि देना ही पाना है! परशुराम की माता रेणुका अपने पति, जमदग्नि ऋषि से वियुक्त हुई तो उसने सोचा कि पति-पिता-पुत्र जिस शक्ति या पराक्रम का प्रयोग जाने-अनजाने शस्त्र की तरह करते रहते हैं, वह शक्ति अर्जित करने में स्त्रियों के

उत्कट समर्पण, उनकी सेवा-भावना की कितनी भूमिका होती है, बहुधा उन्हें यह याद भी नहीं रहता!"

"उनके अर्जित तेज की छाया में पलने से तो बेहतर है स्वयं अपनी तेजस्विता, अपना प्रभामण्डल अर्जित कर लेना! त्याग भी तपस्या है! सेवा-भाव भी तपस्या है! जो उद्धुर स्त्री-शक्ति ये तपस्याएँ साध सकती है, वह जंगल मे कहीं शान्त बैठकर अपने भीतर झाँकने की तपस्या क्यों नहीं साध सकती!"

"यही सोचकर रेणुका ने अपने पति को प्रणाम किया था जो सिर्फ इस बात पर उसका शिरच्छेद बेटों से करवाने की सोच चुके थे कि उसके मन में किसी और की छाया गुज़री! छाया ही थी और गुज़र गयी, फिर भी अभिशाप! कहीं कोई सुन्दर पुष्प खिला देखा और आँखें थोड़ी देर वहाँ विरम ही गयीं तो क्या? सृष्टि का सौन्दर्य आँखों में भरता है तो आँखें और निष्पाप हो जाती हैं, और स्निग्ध और अधिक स्नेह-तरल। और पक्षी-शावकों की तरह घूमकर वापस आती तो अपने नीड़ में ही हैं ये स्नेह-तरल आँखें।"

"चोट का भी अपना तर्क है! चोट से ही आँखें खुलती हैं! जागरण का विहान है ऐसा आघात, जो सीधा हृदय में लगा हो! रातों-रात सयाना हो जाता है आदमी!"

"रेणुका भी एकदम से बड़ी हो गयी और चुपचाप चली गयी पश्चिमोत्तर के वनखण्ड में तपस्या करने! वहीं उसने एक अलग तरह का तेज अर्जित किया और अर्जित किया जंगल की बस्ती में रहने वाली तथाकथित हीनतर जाति की स्त्रियों का विश्वास! वृद्ध मातंगी वहीं रेणुका को मिली थी।"

"जमदग्नि के आश्रम से रेणुका के गुप्त प्रयाण के समय परशुराम बाहर गये थे, परशुराम-उनके सबसे छोटे जातक! और पुत्रों ने माता का शिरच्छेद करने से मना कर दिया था और पिता के क्रोध का भाजन बनकर भस्म हो चुके थे। परशुराम ने पिता की आज्ञा मानी! रेणुका को पश्चिमोत्तर के जंगलों से ढूँढ़ निकाला और शिरच्छेद के लिए परशु उठाया ही था कि सामने नन्ही मातंगी की पितामही-वृद्ध मातंगी आ गयी। रेणुका माता की प्रतिरक्षा में एकदम से वह खड़ी हो गयी! दोनों सर एक साथ ही कट गिरे-जैसे दो फल-एक डाली से गुँथे दो सुन्दर फल!"

"पिता प्रसन्न! उनका अहंकार तृप्त हुआ कि मेरे सिवा भी कहीं सौन्दर्य का आकर ढूँढ़नेवाली वे आँखें गयीं, सदा के लिए मुँद गयीं! परशुराम मातृहन्ता बने तो, मगर यह बात उन्हें बहुत आश्वस्त नहीं कर पायी कि माता ने कोई भूल की थी-विधाता का सौन्दर्य प्रकृति के कण-कण में बिखरा है। कहीं ठहर जाने से आँखे दूषित नहीं होतीं! वरदान की घड़ी आयी! पिता ने वरदान के लिए कहा तो वरदान में उन्होंने माता और उसकी सखी के जीवन के साथ उन भाइयों का भी जीवन वापस माँगा जो पिता के क्रोध में भस्म हो गये थे!"

पिता ने वर तो दिया, पर एक व्यतिक्रम हुआ! रेणुका के धड़ में मातंगी का सर आ लगा और मातंगी के धड़ में रेणुका का! रेणुका की आँखों का तेज सह पाना अब जमदग्नि ऋषि के लिए सम्भव नहीं था। इसलिए रेणुका के धड़ से लगा मातंगी का सर तो उन्होंने पत्नी-भाव में स्वीकार किया, मातंगी ने धड़ से लगा रेणुका का सर वृद्ध मातंगी के रूप में वापस इन्हीं वनों में लौटा और यह मातृविहीन आदिवासी बच्ची उसकी ही गोद में खेलकर आज इतनी बड़ी हो गयी!

''प्रकृति की मातृशक्तियों से मिलने चली हो, स्वयं से मिलने चली हो तो आत्मशक्ति का प्रतीक इस वनदेवी-वृद्ध मातंगी का अभिवादन करके ही निकलो और उनकी यह पोषिता शक्ति साथ लिए जाओ!"

वाल्मीकि कवि हैं-स्त्री दृष्टि से सहज शासित होती है कवि-दृष्टि! इसलिए मेरा इनसे सहज तादात्म्य बैठ जाता है! इनकी उपस्थिति छाया देती था तो मैं पहले उधर को ही मुड़ी।

एक युग इनके ही आश्रम में काटा: वृद्ध मातंगी ने ही मेरी प्रसूति करायी! मेरे लव-कुश की नाल उसने ही काटी! शेष वनकन्याओं ने ही उन्हें बड़ा करने में मेरा साथ दिया-इनके आगे सिर सहज भाव से झुकता है!

मन-वन : वृद्ध मातंगी की कुटिया

एक फुलसुंघी चिड़िया धोबिन चिरैया से कूट भाषा में कुछ बोली जैसे एक सिद्ध दूसरे से बोलता है।

बढ़ते रहने से रास्ता कट जाता है। बिना रुके चलते गये हम दोनों जब तक वृद्ध मातंगी की कुटिया सामने न पड़ी।

वृद्ध मातंगी अपनी कुटिया के सामने शिला की तरह लेटी थी। गिलहरियाँ उसके सूप की तरह चौड़े और बिवाई लगे पैरों के पास खुदुर-बुदुर किये जा रही थीं! उसके चौड़े कन्धों पर संझा की धूप उस गुदड़ी, उस पुराने गेनरा की तरह लटपटायी पड़ी थी, जिसका सत्त चला गया हो, गर्मी न बची हो जिसमें, पर मज़बूत टाँकों का ठस्सा बख़ूबी बचा हो!

इतना बड़ा उसका जूड़ा था कि उसको गद्देदार सिरहाने की ज़रूरत तो शायद ही कभी पड़ती हो! उतनी ही विशाल उसकी छातियाँ एक-दूसरे पर ऐसी निढाल पड़ी थीं, जैसे भरपूर मेहनत के बाद दो गिलास महुआ चढ़ाकर दो मज़दूर प्रेमी एक-दूसरे पर उँघड़ाए पड़े हों!

खुद से ही कुछ-कुछ बोले जा रही थी-सुबह से ही बदन काँप-सा रहा है! इस मौसम में बुख़ार की झुरझुरी आती ही रहती है! अंग-अंग पिरा रहा था! उठकर मुँह भी न धो पायी! न गायों को सानी दिया था, न सूअरों को! सूअर हुमच भी रहा है! नवप्रसूता सूअरी हल्की ख़ुमारी में लेटी है-चारों छौने उसकी छाती से चिपके हुमक-हुमककर दूध पी रहे हैं! "पता नहीं मातंगी सुबह से कहाँ ग़ायब है?" मुँह में बासी थूक की गाज-सी कोई गाली गजबजा गयी। उठकर थूकने ही वाली थी कि सामने से मैं और मातंगी आते दिखायी दिये और उसने निहाल होकर पड़ोसन से कहा-

"इसको कहते हैं प्रताप! अभी सीता की छाया भी नहीं पड़ी कि देह की जकड़न जाने कहाँ ग़ायब हो गयी।" चुस्ती से उठ बैठी वृद्ध मातंगी! एक बार रीढ़ जोर-से कड़कड़ाई, फिर जैसे सब ठीक हो गया! पास पड़ी जिस खटिया पर मातंगी सोती थी, उसका ही सहारा लिये वह धीरे-धीरे उठ खड़ी हुई! खटिया हल्की थी! दूसरी तरफ के दोनों पैर धरती से उखड़ गये-वृद्ध मातंगी की काया इस बुढ़ापे में भी इतनी दमदार थी कि जब उसने खाट से उठाकर हवा में झाड़े अपने हाथ, खाट के दो पाँव अकबकाकर ज़मीन पर वापस गिरे और खाट के उस तरफ लेटी बिल्ली इस हड़बोंग में जग गयी। अन्यमनस्क भाव से वह उधर मुड़ गयी जिधर छींके पर ताड़ी की हड़िया लटक रही थी और झाड़ियों से खिक्खिर झाँक रहा था!

सामने घड़े में जो पानी रखा था, सीधा उठा उसने माथे पर डाल लिया! नींद, ख़ुमारी, थकान और बुख़ार-सब एक झोंक में छू-मन्तर! एक बार ज़ोर से झुरझुरी जगी, काया काँपी, फिर पानी की पतली धार कई हिस्सों में टूटकर हौदी की ओर बह गयी जहाँ मिट्टी की सतह थोड़ी नीचे थी! हौदी पर काई पड़ी थी! एक बूढ़ा मेढक उस पर आराम से बैठा प्राणायाम कर रहा था। पानी की रलमल उसका ध्यान भंग कर गयी और वह कमलिनियों के चौड़े-चकत्ते पत्तों के नीचे गुड़प हो गया!

एक फुलसुंघी चिड़िया धोबिन चिरैया से कूट भाषा में कुछ बोली जैसे एक सिद्ध दूसरे से बोलता है। बोलकर फिर ठहरता भी नहीं, आगे निकल जाता है! आँखों की कीच धुली तो अपनी विशाल आँखें वृद्ध मातंगी ने हम पर टिका दीं और उसी पड़ोसन, सुमंगला को पुकार कर कहा, "दही जमाया हो तो दे जाओ! आज मेरे भाग जगे हैं। सीता छोटी मातंगी के हाथ में हाथ धरे ऐसे बढ़ी आ रही हैं जैसे सुमति के साथ सन्तृप्ति! सीता धरती की बेटी है-शस्य श्यामला, हरी-भरी और मनोरम-अपनी सम्पूर्णता में वह सर्वदा ऐसी ही दीखती है। होगा, किसी कोने में निचाट उजाड़ भी होगा अवश्य, पर उसमें भी शून्य का सौन्दर्य है! सर्वांग सुन्दरी है सीता! बालों में हल्की सफ़ेदी आ गयी है, आँखो में और अधिक ठहराव आया है, और कहीं कोई परिवर्तन दिखायी नहीं देता-इतने श्रमसिद्ध झंझावाती जीवन के बावजूद!

सर्वस्वीकार का यह महाभाव उसे महीयसी बना देता है।" सुमंगला ने अपनी बहू से कहा-"देख तो ज़रा। आज तो बुढ़िया संस्कृत छाँट रही है! आँखें जवा पुष्प की तरह खिलकर कैसी गोल हो गयीं जब उसके नथुनों में सीता के बालों की सुगन्ध आयी, उसके नूपुररहित पाँवों की मीठी पदचाप उसके कानों में साफ़ अवतरित हो गयी और उसे लगा कि अब तो सीता इतनी पास आ गयी हैं कि बढ़कर उनका माथा सूँघा जा सकता है!" "ठीक कहती थी तुम, माता, पीली चिकनी मिट्टी की खुशबू आती है सीता के बालों से और उनके सादा वस्त्रों से उन जड़ी-बूटियों की गन्ध जो वे जंगल की बस्ती के बीमार लोगों में बाँटा करती है। पास आने पर लगा, उनका चेहरा भी मुल्तानी चिकनी पीली मिट्टी के रंग का ही हो गया है!" बहू बोली और जब सब मिलकर हमारी अगवानी में बढ़ आयीं, मैंने अपना थका माथा उनके कन्धे से टिका दिया! कभी-कभी उद्गार मरहम का काम कर जाते हैं।

वनभोज

वे राजकुमार हैं, बेटी। जीवन के सहज-सुन्दर सुख राज-पुत्रों के भाग्य में नहीं होते!... सब अलग-अलग कक्षों में सोते हैं-भाइयों के भी कक्ष अलग हैं!

हाथ-पाँव धोकर जब हम तीनों एक ही पत्तल में खाने बैठीं-दूध-केला और बताशे के छोटे-छोटे चुक्कड़ वृद्ध मातंगी ने खाने के बाद के लिए रख लिए! पत्तल में उन्होंने ताज़ा उतरा शहद परोसा। लाल बीज वाले ताज़ा कटे हुए अमरूदों पर वह शहद ऐसा जान पड़ रहा था जैसे किसी नये बैरागी के मन में अचानक कोई मीठी याद भभककर बहे और सँभाले न सँभलें उसकी धाराएँ। मिट्टी के बरतन में गाढ़े दूध का दही धरा था, उस पर थोड़ा-सा गुड़ और कुटा हुआ चूड़ा।

यह नाश्ता मुझे मायके की याद दिला गया। यह मिथिला का सबसे लोकप्रिय नाश्ता है! दो-चार और चीज़ें, जैसे तले हुए ताल मखाने और मालपुए-हर तीसरे दिन माँ यह सब बनवाकर इसी तरह प्रेम से खिलाती थी। शस्त्राभ्यास हो या शास्त्राभ्यास-दोनों के बाद भूख तेज़ लग आती थी तो हम चारों बहनें गप्प-गप्प खा लेती थीं माँ के हाथ के निवाले!

शुरू-शुरू में रघुनाथ भी कौर उठाकर खिलाते थे-पहला कौर मुझे ही, पर माँ के सामने नहीं! कौशल्या माता विवाह के बाद अधिकांश समय हमारे महल में ही बितातीं! वे एक उपेक्षिता पत्नी थीं! ससुरजी का सारा ध्यान कैकेयी माँ पर ही रहता। सौन्दर्य में, बुद्धि-वैभव में, साम-दाम में उनका कोई सानी ही नहीं था। फिर वे ससुरजी से छोटी भी क़ाफी थी-उनके हठ में त्रिया-हठ और बाल-हठ-दोनों का वैभव था! ससुरजी की सारी पुलक उधर को ही निवेदित थी,

यह बात अयोध्या आते ही मैंने भाँप ली थी और बाद में राम ने इसकी पुष्टि भी की! एकदम उदास होकर बोले-

"अपनी माता और सुमित्रा माता का दुःख पास से भाँपकर ही मैंने निश्चय किया था कि मैं एक ही विवाह करूँगा और उसको ही अपना सर्वस्व सौंपूँगा जो मेरी पत्नी होगी!"

मुझे स्मृतियों में खोया देख वृद्ध मातंगी और नन्ही मातंगी भी चुपचाप बैठी रहीं! जब मेरी भाव तन्द्रा टूटी, मैंने क्षमा माँगी और प्रेम से एक-एक निवाला उठाकर तीनों ने एक-दूसरे को खिलाया!

"लव-कुश की कोई ख़बर?" वृद्ध मातंगी ने हाथ धोते हुए जब अचानक पूछा, मैं चौंक गयीं, बोली—

"अयोध्या में कोई राजसूय यज्ञ होना है जहाँ मेरी स्वर्ण-प्रतिमा गढ़कर आसन पर पत्नी-भाव में बिठायी जानी है कि धर्मपत्नी के बिना यज्ञ पूरा कैसे हो! पिछले पत्र में कुश ने लिखा था कि दोनों भाई आने का मन बना ही रहे थे कि यज्ञ की तैयारी शुरू हो गयी और अब तो यज्ञ के बाद ही आना हो सकेगा!"

"क्या वे भी अपनी दादियों से ऐसे ही चिपक कर सोते हैं जैसे मैं अपनी दादी के साथ?"

मैंने हँसकर कहा, "वे राजकुमार हैं, बेटी। जीवन के सहज-सुन्दर सुख राज-पुत्रों के भाग्य में नहीं होते!... सब अलग-अलग कक्षों में सोते हैं-भाइयों के भी कक्ष अलग हैं!

यम की बहन-यामिनी जब निद्रा देवी का पुष्पहार जीवों को पहनाती हैं, एक निचाट-सा अकेलापन उन्हें घेर लेता है! उस निचाट अकेलेपन में कोई किसी का नहीं होता कम-से-कम राजभवन में! मेरे बच्चे प्रकृति के खुले प्रांगण में पले हैं। उन्हें भी लिपटकर ही सोने का अभ्यास था, थोड़ा अकेला तो लगता ही होगा, कोई कहानियाँ सुनाने वाला नहीं, पर बहादुर हैं वे। सर्वस्वीकार का भाव उनमें प्रबल है।"

हवा मदिर भाव में में बह रही थी! शब्द ओस की बड़ी बूँदों-से ठहर-ठहर कर झड़ रहे थे! मातंगी ने अपनी वीणा उठायी और तार मिला ही रही थी कि उसका पाला हुआ तोता कन्धे पर आ बैठा और सिद्ध भाव से बोला-

"मातंगी कहाँ जा रही है?" मैं साथ जाऊँगा!"

मैंने वृद्ध मातंगी की ओर देखा, देखा कि क्या भाव हैं मुँह पर, फिर धीरे से बोली-

"तो माता, आज्ञा है न?"

वृद्ध मातंगी कुछ बोलती, इसके पहले दीवार की दरार से एक गिरगिट झाँका और लगा मुण्ड हिलाने! वृद्ध मातंगी तब धीरे-से बोली-

"सीता, वह घड़ी आ गयी है जब इस मातंगी का हाथ तुम्हारे हाथ में सौंपकर मैं निश्चिन्त सो जाऊँ। अब और जीने की इच्छा नहीं होती! मेरा तो धड़ ही बस मेरा है, सर रेणुका का है। मेरा सर रेणुका के धड़ से सखा भाव साधता लेकिन बस उतनी ही देर जितनी देर जमदग्नि ऋषि मेरे पास नहीं होते! जब मेरे चेहरे की ओर वे खिंचते, रेणुका का धड़ कलप जाता और जब रेणुका का धड़ उन्हें आकृष्ट करता, मैं अकेली पड़ जाती कि क्या हो रहा है यह! यह मैं कहाँ चली आयी, किसके पास चली आयी-एक ऐसे पुरुष के साथ रहने को अभिशप्त मैं आख़िर क्यों हूँ, तो अपनी तथाकथित प्रिया के हल्के-से भाव-निक्षेप पर उसे इस क्रूर भाव से दण्डित करने पर तुल गया! बेटे को उसके वध का माध्यम बनाने के बाद वह निश्चिन्त सोया ही कैसे! और बेटे ने प्राण लौटाए तो साथ ही लिए जाता माता को, ऐसे पिता के संरक्षण में कैसे वह छोड़ गया! छोड़ते समय हमसे पूछा भी क्या कि हम क्या चाहती हैं!"

"अनचाहे का संग-साथ, सीता, बहुत भयावह होता है! बहुत थकाता है! एक सीमा तक बर्दाश्त किया, फिर अकेली ही चली आयी घने जंगलों में। यहाँ मुझे अहिल्या मिली-उसका दुःख मेरे दुःख से बहुत मिलता था! आसान नहीं होता ऐसे व्यक्ति के साथ रहना, जिसने कृपा-भाव में आपको स्वीकारा हो। वह इसी दुख से पथरा गई थी। सार्वजनिक दण्ड देने का दम्भ पुरुष की कमनीयता किस हद तक बाधित कर देता है, यह पुरुष जान ही नहीं पाते! तभी स्त्रियों का अकेलापन इतना विराट् हो जाता है कि वे अपने गर्भ-गृह में ही रहने लगती हैं!

इस गर्भ-गृह में रहते अब तो बहुत दिन हुए! अब मैं वैतरणी में उतरूँगी! तुम इसकी देख-भाल कर लेना!"

स्थगन

उनकी चाल में गम्भीरता थी-भादो के काले बादलों की गम्भीरता! अस्ताचल का सूरज सीधे उनके चेहरे पर पड़ रहा था!

मैंने इस प्रसंग पर बहुत देर सोचा, फिर अपनी यात्रा स्थगित कर वृद्ध मातंगी की सेवा-सुश्रूषा में लग गयी! ऐसे में उन्हें छोड़कर आगे बढ़ जाना कहीं से उचित नहीं था! इस स्थिति में किसी माता को कौन अकेला छोड़ सकता है! यह ठीक है कि काया परिधान है, पर काया की स्मृतियाँ परिधान की स्मृतियों से सघनतर हैं! और स्मृतियाँ महत्त्वपूर्ण नहीं होतीं तो उन्हें कर्म का स्थान क्यों दिया जाता? कर्म क्या है? आत्मा की स्मृतियाँ ही तो! अच्छी हों या बुरी, उन्हीं के आधार पर दुबारा काया मिलती है!

"चली जा, सीता! बाकी नौ महाविद्याएँ तेरी राह देखती होंगी! पहाड़ की अलग-अलग चोटियों पर उनके भव्य भवन-सबके दरवाज़े तेरे लिए कसमसा रहे होंगे!"

"उचित तो यही होगा, माँ, कि कायान्तरण की घड़ी वे ही आपके द्वार आयें! बहनें हैं वे आपकी! पवनदेव से मैं कहला देती हूँ, माता! सन्देशा पठा देती हूँ!"

उसके बाद वृद्ध मातंगी के लाख मना करने के बाद भी मैंने नवों महाविद्याओं को सन्देसा भेजा और शाम तक मातंगी की कुटिया बहनों की रुनझुन से गूँज गयी! सबने मिलकर मातंगी को उबटन लगाया, नहला-धुलाकर नींबू-शहद पिलाया। श्रीविद्या अपना ऐश्वर्यमान बिछौना ले आयी थीं!

उसपर आराम से लिटाया! फिर बहनों की राय बनी कि उस अनूठे वैद्य से दीदी को एक बार दिखा लिया जाए जो कुछ महीने पहले हिमालय से यहाँ आये हैं!

× ×

वैद्यराज आये तो थोड़ा आश्चर्य हुआ मुझ को! उनके आने से पहले हवा थोड़ी सुवासित हुई! अगल-बगल की क्यारियों में जो अधखिले ही थे अभी, वे फूल अचानक खिल गये! बगल के बाड़े में सूअरी के जो बच्चे चुपुर-चुपुर दूध पिए जा रहे थे, अचानक ऐसे उनींदे-से हो गये कि उनके मुँह खुले-ही-खुले रह गये! सूअरी माता भी विलसित-सी होकर देह ढील गयी! एक बार जोर से पूँछ हिलायी जिससे छौनों पर बैठी मक्खियाँ भागें, फिर खुद वह ऊँघ गयी। बगल के पेड़ पर कुछ शरीफे चू गये, डाल पर लटका हुआ एक अनार फट गया।

श्री विद्या बहन के लिए चन्दन-केसर पीस रही थीं, पीताम्बरा हल्दी के उबटन में मिलाने को नींबू के सूखे छिलके कूट रही थीं। कालिका दीदी हम सबकी केश-राशि धोने की ख़ातिर रीठा-शिकाकाई-आँवला का बुरादा कलशे के पानी में फुला रही थीं! लम्बा सफर करके मातंगी दीदी के पास आयी थीं सब बहनें! समाचार सुनकर ही निकल पड़ी थीं घर से! ठीक से नहाने की सुध भी किसे थी? तो सबके बाल धूसर हो गये थे-कालिका दी की चौकस आँखों से यह बात छुप भी कैसे सकती थी? तारा दीदी, छिन्नमस्ता, कमला, भुवनेश्वरी और धूमावती जंगल में फल लाने गयी थीं।

कल से सबका मन थोड़ा स्थिर है! कल इसी समय वैद्यराज आये थे, आज फिर आयेंगे! कल उनके आने से मातंगी माता के स्वास्थ्य में चामत्कारिक सुधार हुआ, तभी प्रकृति उनकी प्रतीक्षा में आज भी है और सबका मन थोड़ा निश्चिन्त हुआ है।

आते ही उन्होंने जोड़ों का दर्द भगाने के लिए अंगारों में जलती टहनियाँ कुचलीं और गरम राख की पोटली जोड़ों पर रखवाई! बन्द गले पर इमली के पत्तों की पुल्टिस रखी और दो-तीन तरह के काढ़े पिलाए! इधर-उधर नीम की पत्तियों के झूलने टाँगे और आसन खींचकर गहरे ध्यान में रम गये!

उसके बाद एक साथ पुत्रभाव में सबको प्रणाम कर एक शब्द बोले बिना वापस चले गये! उनकी चाल में गम्भीरता थी-भादो के काले बादलों की गम्भीरता!

अस्ताचल का सूरज सीधे उनके चेहरे पर पड़ रहा था! आज उनके चेहरे पर कोई विकार भी नहीं था-पिछली बार मुझे देखकर थोड़े अभिभूत हुए थे! इस बार मेरी ओर देखा भी नहीं! पीछे से मैं ने ही देखा तो चौंकी-राम की तरह ही अजानुबाहु थे वैद्यराज!

शाम तलक जब बुख़ार उतर गया, मातंगी के कन्धे पर उनका प्रिय तोता वापस आ बैठा और लगभग पन्द्रह दिनों की चुप्पी के बाद उसने हर्षध्वनि की-टाँय-टाँय, फिर एक प्यारा स्तोत्र पढ़ा उसने–

इष्कृतिर्नाम वो माताऽथोयूयंस्थ निष्कृती:।
सीरा: पतत्रिणी: स्थनयदामयति निष्कृथ।।
अति विश्वा: परिष्ठास्तेन इव व्रजमक्रमु:।
ओषधी: प्राचुच्यवुर्यत् किं च तन्वोउ रप:।।
यदिमा वाजयन्नहमोषधीर्हस्त आदधे!
आत्मा यक्ष्मस्य नश्यति पुराजीवगृभो यथा।।
(स्वस्थ अवयवों को समृद्धि देती है औषधियाँ।
इष्कृति माँ है तुम्हारी और तुम निष्कृति हो दूषण-सी,
प्रतिबन्धों को तुच्छ मानता हुआ वह कुशल चोर
गायों को जैसे उड़ाकर ले जाता है, रोगों को तुम!
मैं अपने तेज से तुम्हें जब बनाता हूँ वीर्यवान,
सब व्याधियाँ भाग जाती हैं तुम्हें देखकर वैसे, जैसे कि बाघ को देखकर हिरण)

दस बहनें : दस महाभाव

दुनिया के हर काम में कौशल की ज़रूरत तो होती ही है-फिर बच्चे बड़े करना जैसा काम-यह तो चौंसठों कलाओं से ऊपर है।

इन दसों बहनों में सबसे हँसमुख कमला ही है: उसकी ससुराल में कहीं कोई चख-चुख नहीं। बहनों में सबसे छोटी थी, ससुराल में इकलौती है-समर्पित पति की एकलौती पत्नी जो उसके साथ मिलकर ही प्रकृति का व्यापार चलाता है! अभिभावक शक्तियाँ भी इसकी सरलता और कर्त्तव्यपरायणता पर मुग्ध ही रहती हैं! इसके कुछ बच्चे व्यापारी हुए, कुछ राजा! व्यापार और राज्यसत्ता-दोनों ही काजल की कोठरियाँ हैं, इसलिए यह तो नहीं कहा जा सकता कि सारी सन्तानें देवप्राण ही सिद्ध हुईं। कुछ में आसुरी वृत्तियाँ ही जीवित हैं! कमला एक अच्छी माँ की तरह उनमें सद्प्रेरणाएँ भरती हुई उन्हें लगातार सही राह पर लाने की कोशिश में लगी रहती है, पर हर प्रयत्न सिद्ध तो नहीं होता-पात्र की अपनी प्रवृत्ति पर भी निर्भर है कि वह अमृत की ओर उन्मुख होता है कि विष की ओर! इस विषय में संयोगों की भी बड़ी भूमिका है! यदि समय उपयुक्त नहीं है और पात्र उलटा दिया गया है, तब तो वह चिकना घड़ा ही हो जायेगा-कुछ भी ग्रहण करने की योग्यता के परे।

अगर कभी कमला दु:खी होती तो अपनी कुपथगा सन्तानों के लिए ही! इस बार उसने सोच रखा था कि वृद्ध मातंगी दी ठीक हो गयी तो बहनों से राय करेगी कि अपने उन बेटे-बेटियों का संस्कार-मार्जन कैसे करे जो अहंकार के पुतले बनकर धरती पर धप्प-धप्प बढ़े जा रहे हैं!

उत्तर-पूर्व के कोने में उसका जो विशाल प्राचीर है, उसके बगीचे के अधिकतर कोनों में तुमुल कोलाहल-कलह के अन्देशे उलूक-भाव में डाल-डाल पर विराजमान हैं।

× ×

दक्षिण-पश्चिम की वह सुनहरी दिशा त्रिपुरसुन्दरी ललिता दी की है। सबसे सन्तुलित उसके ही बच्चे निकले। धर्म-अर्थ-काम-मोक्ष का सन्तुलित वैभव वह उनमें भर गयी! पान का शौक़ है उसे और गन्ने का! सन्तुलित बच्चों की माँ और प्रेमी पति की भार्या है! रस ले-लेकर पान खाने या गन्ना चूसने की निश्चिन्तता उसे न होगी तो भला और किसे होगी?

सौन्दर्य तो सारी बहनों का अनुपम है, पर शास्त्रों में रमण करने का इसका शारदा-भाव इसे अलग तरह का ठहराव दे जाता है-ऐसा ठहराव, जो एकदम से बाँध ले! धैर्य से सबकी बातें सुनती है, सब बातों का मर्म गहती है, तरह-तरह की अनुभूतियों से वास्ता पड़ता है, इसलिए भी इसका प्रज्ञा-कोष अनुपम है और इसकी सौम्य मुस्कान में सूर्योदय का प्रकाश है!

सौष्ठव का, सन्तुलन का सौन्दर्य क्या होता है, देखना है तो इसकी ओर देखें और देखते रहें। मुझे तो लगता है कि हमारे यहाँ वर्णित हर देवी एक महाभाव का महारूपक है! पूरी चिन्तन प्रणाली ही बड़े फलक की एक प्रतीककीलित कविता है और हर देवी-देवता रूपक है एक महाभाव का-कोई वीरता का मूर्तिमान स्वरूप, कोई सौम्यता का...! मौसम की तरह मन के महाभाव भी बदलते रहते हैं और हर महाभाव की अपनी एक अलग छटा है! जब मन बिल्कुल ही शान्त हो तो तो महाभाव उभरता है विराट् फलक पर और अन्त:स्थल में-वह त्रिपुर सुन्दरी का है, लालित्य का, और सौन्दर्य का! यह प्रकट ही तब होता है जब अतिरेकों के बीच झूलता मन कहीं मध्य में आ टिके। जब यह भाव पूरे जगत् पर छा जाता है, भुवनेश्वरी प्रकट होती है।

× ×

पूर्व-दक्षिण की तरफ धूमावती दीदी रहती हैं जिनका कोई स्वामी नहीं, कोई दोस्त नहीं, न शिव, न विष्णु! न शिवत्व से इनका कोई नाता है, न पालन-पोषण से! यह महावैरागिणी विधवा रूप में रहती हैं-श्मशान में एक ओर कुटिया

बनाकर सियारों और इस तरह के दूसरे मांसाहारी जीवों के बीच निरासक्त बैठी रहती है! कहते हैं, प्रलय के बाद जब सृष्टि धू-धू करके जलने लगी, बहुत दिनों तक लपटें थमीं ही नहीं! अन्त में जो धुआँ बचा, उसी से धूमावती देवी ने अपनी काया ग्रहण की! जीवन में हर ओर जब धुआँ-सा घिर जाए और सामने कुछ दिखायी नहीं दे, कहते हैं-ये आसपास खड़ी आपको निहारती रहती हैं, जाँचती रहती हैं कि इस विषम परिस्थिति से आप कितने विचलित हुए। मस्तक में निवेदित अहंकार का विच्छेद करने वाली छिन्नमस्ता, दुष्टदलन को निवेदित भैरवी, सृष्टि की वल्गा खींचने वाली बगलामुखी इनकी सगी बहनें हैं—चित्त से विकार हरने वाली मानसिक स्थितियाँ!

जब लक्ष्मण मुझे जंगल में छोड़कर चले ही गये, कुछ दिन मैं इनके संरक्षण में भी रही थी! इन्होंने मुझमें अनिश्चय का धुआँ झेल सकने की शक्ति भरी थी!

कहते हैं, पार्वती ने अपनी तपस्या का अन्तिम चरण पेड़ से उल्टा लटककर, पत्तों का धुआँ पीकर पूरा किया था! प्रतीक्षा जब लम्बी हो जाती है और आगे कोई रास्ता जब नहीं सूझता, धूमावती ही उमड़ती हैं चित्त में-मरघट वैराग्य की तरह!

× ×

आकाश में निर्विकार ताकना गर्भावस्था में मेरा मुख्य धर्म बन गया था! गर्भ के भीतर लव-कुश मत्स्यावतारों की लय मे उछलते-कूदते, तब जाकर ध्यान आता-मुझको कुछ तो जरूर खा लेना चाहिए। उस समय दस महाविद्याओं में अधिक आवेगमयी कही जाने वाली तीन बड़ी बहनें तीन तरफ से मुझे घेरे रहतीं-सामने कालिका, ऊपर तारा, पश्चिम में छिन्नमस्ता! स्थिति ही ऐसी थी कि मैं आवेगमयी नहीं होती तो क्या करती? पर छिन्नमस्ता भाव में आकर अपना सिर धड़ से अलग कर लूँ-इससे पहले भुवनेश्वरी माँ ने आकर मेरा हाथ थाम लिया! भुवनेश्वरी आकाश की देवी है-शब्दों के बीच और अणुओं के बीच जो महाशून्य लहरें लेता रहता है, ये उस पर विराजमान मुझे लगातार देखती रहती थीं जब मैं आकाश की ओर टकटकी बाँधे बैठी होती! उन्होंने एक शाम पास आकर समझाया कि सिर धड़ से अलग करने का अर्थ अहंकार

झटके-से काट गिराना है! यह काम सदियों के तप के बाद अचानक ही घटे तो घट पाता है, वरना अहंकार से मुक्ति इतनी आसान नहीं!

उनके इस उपदेश का ही असर था कि मैंने आत्महत्या का भाव त्यागा और तारा माता के संरक्षण में बच्चों को दूध पिलाने की कला सीखने लगी! जंघाएँ कितनी उठानी हैं, किस कोण पर शिशु को लिटाना है! उन्होंने ही बताया कि मेरे तो एक साथ दो-दो होने हैं! दोनों को एक साथ भूख लगेगी! दुनिया के हर काम में कौशल की ज़रूरत तो होती ही है-फिर बच्चे बड़े करना जैसा काम-यह तो चौंसठों कलाओं से ऊपर है।

तारा माँ सृष्टि के दुष्कर्मों पर सहज प्रकट सात्विक आक्रोश त्यागकर जब नील सरस्वती भाव में आती हैं, इनके दोनों पयोधरों से टप-टप दूध टपकता जाता है और रोम-रोम से मंत्र की तरह यह महाभाव दिग-दिगन्त में गूँजने लगता है:

जन्म-मृत्यु के घात-प्रतिघात से
रोग-शोक की मर्मभेदी पीड़ा से
चंचलता के घोर आवर्तन से
मथित-दलित, छिन्न मर्म तुम।
दीर्घ निःश्वास छोड़ते हो क्यों!
आओ, मेरे पास आ जाओ!
तुम्हारे लिए अपना वक्षस्थल
मैंने किया है अनावृत्त!
आओ, अनन्त भुजाओं का प्रसारण कर
मैं तुम्हारे पीछे दौड़ रही हूँ!
माँ जो हूँ! तुम मेरी सन्तान हो:
बाहर कहाँ भागते हो, इधर आओ!
बाहर सब मिथ्या है, सत्य ही स्तन्य है मेरा
इसकी ही संजीवनी धारा में तुम नहाओ!

आँख बन्दकर बैठ जाती और यह निनाद सुनती हुई शाम से रात कर देती! कभी बैठे-बैठे पीठ अकड़ जाती तो पेड़ की टेक ले लेती या बगल की

शस्य श्यामला घास पर लेट जाती! तभी श्यामला काली सामने से आतीं और मेरा सर अपनी विशाल गोद में रखकर रात्रि सूक्त गाती हुई थपकियाँ देतीं:

महत्तत्वादिरूप व्यापक इन्द्रियाँ
नीलमणी के सुन्दर आभूषणों की तरह
देवी ने पहनीं।
नीली दमक से प्रकाशित सृष्टि
झलमल-रलमल!
देखती हैं रात्रि देवी कालिका देवी के
नीलकमल नयनों से
अपनी ही सन्तानों का वैभव
जैसे कि जाँच रही हों ग़ौर से
उनके सब कृत्य और अकृत्य!
जाँचती हैं, लेकिन भोग-भाग के पहले
सबको गोदी में सुलाती है
आँचल से ढककर -
घोंसलों में पंछी,
सारे चतुष्पद, द्विपदादि!
कामना तस्कर
सेंध लगाने को सदा तत्पर
स्वप्न में जो प्रवेश करता है,
रह जाती है रात्रिदेवी
तब हँसकर।

प्रसव पीड़ा : पुनरावलोकन

कुछ देर की ख़ातिर तो मैं स्वयं ही भूकम्पभग्ना धरा हो गयी! दो-दो, नहीं तीन-तीन दिल उसमें धड़क रहे थे! तीन जोड़ा आँखों से आँखें चार कर रही थी मैं महाकाल से! दर्द इस उठान पर था कि लगता था, पाँवों से मैं वे सारे पर्वत ठेल दूँ! मेरी उसाँसों से काँप रहे थे जंगल कि अचानक बिजली चमकी, एक हूक उठी और दोनों मत्स्यावतार ज्वार के समुन्दर से बाहर तैर आये!

किसी तरह दस मातृशक्तियों, धरती माँ और अन्य ऋषिकाओं समेत राजा जनक के महल से पालकी पर चढ़कर आयी सांसारिक माँ के संरक्षण में मैंने वे नौ महीने काटे थे और फिर एक सुबह ब्रह्ममुहूर्त्त में जब हवा मुँदी हुई कलियों की सूक्ष्म गन्धों के गर्भ-भार से मतायी हुई धीरे-धीरे चल रही थी, चाँद सहवास के बाद की अर्द्धनिमीलित आँखों-सा सपनाता लेटा था, तारे उसकी ही आँख से टपके आनन्दाश्रु की तरह इधर-उधर ढलक रहे थे, एक चिड़िया ज़ोर-से कुहकी और फिर नीड़ों में छुपे हुए सब पंछी कुममुना गये!

इसी समय मुझमें प्रसव-पीड़ा की पहली लहर उठी, फिर दूसरी, फिर तीसरी-और धीरे-धीरे गर्भ-झिल्ली लगी रिसने-अलग तरह का एक रस छूटा, जैसे पके फल से छूटता है और मेरी बारह माताएँ दौड़ीं-किसी ने पाँव पकड़े, किसी ने हाथ और मातंगी माँ साँसों की लय साधने का अभ्यास कराती गाने लगी-

सीता, दरद ले,
दरद ले, बेटी,
थोड़ा और दरद ले ले–
आँधियों में डोलती आयेगी डोंगी–
बाई, दरद ले ले!
इस डोंगी में
तेरे जीवन का
उज्ज्वलतम
लहरों पर डोलता हुआ
आयेगा तुझ तक!
बाई, दरद ले ले!

कुछ देर की ख़ातिर तो मै स्वयं ही भूकम्पभग्ना धरा हो गयी! दो-दो, नहीं तीन-तीन दिल उसमें धड़क रहे थे! तीन जोड़ा आँखों से आँखें चार कर रही थी मैं महाकाल से! दर्द इस उठान पर था कि लगता था, पाँवों से मैं वे सारे पर्वत ठेल दूँ! मेरी उसाँसों से काँप रहे थे जंगल कि अचानक बिजली चमकी, एक हूक उठी और दोनों मत्स्यावतार ज्वार के समुन्दर से बाहर तैर आये!

सारी दिशाओं में ताली पीटकर माताएँ मंगलगान लगीं गाने! सृष्टि के दो जीव जुड़वा भाव में अवतरित हुए: जुड़वा भाव जो कि सृष्टि का आदिभाव है। सुख के संग दुःख और राग के साथ ही विराग!

जंगल की बारिश

टेढ़े-मेढ़े रस्ते पर चलती हुई मैं पेड़ की डालियाँ हटाती बढ़ी! कुछ घोंसले छिन्न-भिन्न हो गये थे, कुछ अण्डे फूट गये थे। अगल-बगल की डालों पर बैठी माता चिड़ियाँ इतनी शोकमग्न थीं कि पंखों की नमी झाड़ना भी भूल गयी थीं! मैं उनके पास रुकी तो जैसे पूरी सृष्टि कुछ देर के लिए थमक गयी! मेरी आँख की नमी उनके पंखों की नमी से मौन संवाद साधती जाने कितनी देर बिलमी रही!

रह-रहकर मेरा यह स्वयं में गुड़प होना कब तक थमेगा? जहाँ मौक़ा मिला, मैं स्मृतियों में ऊभचूभ करती दिखायी दे जाती हूँ स्वयं को! मेरा एक हिस्सा स्मृति के पानियों मे ऊभचूभ करता रहता है, पर दूसरा तटस्थ भाव से स्वयं को निहारता भी रहता है। सुपर्णा पक्षी का यह जोड़ा भी एक बड़ा रूपक ही है मानव-चित्त की सहजात स्थितियों का!

सब बहनें एक-दूसरे पर उँघड़ी -पुँघड़ी जो-सो बतिया ही रही थीं कि दरवाजे पर एक दस्तक हुई! दुखी स्त्रियों का एक जत्था तरह-तरह की समस्याएं और अकूत विश्वास एक ही डोलची में डाले बाहर खड़ा था!

देर तक इनकी चर्चा-वार्त्ता चली और पता नहीं कब मेरी भी नींद लग गयी! सुबह उठी तो देखा, छोटी मातंगी दादी के पैरों से लिपटी हुई सो गयी थी! दोनों को निश्चिन्त सोया हुआ देखकर मैं जंगल की ओर निकल गयीं। मटके खाली हो गये थे! नदी दूर थी! बरसात के कारण पगडण्डियाँ भी तरह-तरह की लतिकाओं से पट गयी थीं! जो सामान्य रास्ता था,

उस पर एक विशालकाय पेड़ आ गिरा था। मैंने सोचा कि बाक़ी माताओं के लौटने के पहले पानी लाकर खाना बना ही लिया जाए तो दोनों मटके उठाकर चल पड़ीं, पर दूसरी तरफ से वहाँ चलने के लिए बने-बनाए रास्ते नहीं थे!

चट्टानों पर काई जमी थी और कंकड़ बरसात में धुलकर और नुकीले हो गये थे! टेढ़े-मेढ़े रस्ते पर चलती हुई मैं पेड़ की डालियाँ हटाती बढ़ी! कुछ घोंसले छिन्न-भिन्न हो गये थे, कुछ अण्डे फूट गये थे। अगल-बगल की डालों पर बैठी माता चिड़ियाँ इतनी शोकमग्न थीं कि पंखों की नमी झाड़ना भी भूल गयी थीं! मैं उनके पास रुकी तो जैसे पूरी सृष्टि कुछ देर के लिए थमक गयी! मेरी आँख की नमी उनके पंखों की नमी से मौन संवाद साधती जाने कितनी देर बिलमी रही!

बहुत देर बाद आगे बढ़ी तो वह रास्ता घुँघची की झाड़ियों के बीच अचानक ग़ायब हो गया! जीवन की तरह ही जंगल के रास्ते भी कहीं से शुरू होकर कहीं पर ख़त्म हो जाते हैं!

झोपड़ी जितनी बड़ी झाड़ियों के चक्कर लगाती, दुर्भेद्य पेड़ों की छाँव-तले गहरी घाटियाँ पार करती अन्ततः मैं नदी तट पर पहुँची तो अचानक घटाटोप अन्धकार-सा छा गया! पीछे के जंगल से तरह-तरह के पशु-पक्षी कुहरने लगे! चट्टानों पर चलती चींटियाँ मुँह में दाना दबाए जल्दी-जल्दी बिलों की ओर लौटने लगीं! एक ओर नागफनी की झाड़ी से फुस्स-फुस्स की आवाज़ आ रही थी, इसलिए मैं सेमल के पेड़ के नीचे खड़ी होकर बूँदा-बाँदी से बच लेने की सोचने लगीं! कुछ फलियों का पेट फटा हुआ था और सफ़ेद रूई बाहर झाँक रही थी-एक बार बारिश हुई नहीं कि इसकी सफ़ेदी कालिमा में बदल जाएगी! बारिश हो या कोई आपात्काल-सफेदी को कालिमा में बदलते देर नहीं लगती!

मैंने सोचा-रूई अपना कलंक कैसे धोएगी! क्या उसकी भी अग्निपरीक्षा होगी? जो सबके कलंक धो डालती है, वह बारिश किसी को कलंकित कर देती है-सृष्टि का यह चक्र अनुपम है!

सोच रही थी कि बारिश ही होनी थी तो मटका भरने इतनी दूर आना निरर्थक रहा! लौटने को पीछे मुड़ी तो अवाक् रह गयी। थोड़ी ही दूर पर जंगली

नींबू का एक पेड़ दिखायी दे रहा था! नींबू हवा में डोल रहे थे और वैद्यराज वहीं खड़े उनका नर्तन देख रहे थे! बादलों का रास्ता काटती बिजली जोर से कौंधी तो दीखा, नदी-तट पर कुछ घोंघे असहाय पड़े थे! पेड़ों की खोह में बन्दर-भालू घुसे पड़े थे जिससे ख़ास तरह का सन्नाटा जंगल के इस हिस्से पर छा गया था! वैद्यराज का उत्तरीय दिव्य पताका की तरह उड़ रहा था, फिर भी मेरा मन नहीं हुआ कि मैं वहाँ रुकूँ! भीगती हुई ही वापस मातंगी की कुटिया तक लौटने लगी!

पगध्वनि से वैद्यराज का ध्यान टूट गया, पलटकर उधर देखा तो अवाक् रह गये! हाथ जोड़कर अभिवादन किया और पूछा-

"सब पुराने रास्ते बन्द हैं, नये रास्ते की तलाश इस घटाटोप में कैसे होगी? थोड़ा ठहर जाएँ! मौसम साफ हो जायेगा तो मैं कुटिया तक छोड़ दूँगा! इस तरफ कैसे आना हुआ? मैं तो केवटराज को देखने आया था! उनकी खाँसी छूटने का नाम नहीं ले रही और साँस फूल रही है! मुँह का स्वाद भी बिगड़ गया है। सोचा, नींबू तोड़कर आग में पका लूँ और नमक के साथ चूसने को दूँ, मगर यहाँ, यहाँ तो दृष्टि नींबुओं के नर्तन पर टिक गयी!"

कुछ देर वहीं खड़ी मैं चुप सोचती रहीं, फिर धीरे-से कहा–"आइए चलिए, केवटराज की कुटिया में ही चलते हैं! उनके पत्नी-बच्चों से भेंट हुए बहुत समय बीता! राम-लक्ष्मण के साथ आयी थी तो यहाँ कुछ दिन टिके थे हम सब!"

केवट प्रसंग : उत्तर कथा

बीमार आदमी का घर एक विशेष तरह की सांसत में होता है! हरेक चीज़ बिखरी हुई, हवा भारी, आँखें रतजगों की लालिमा से लहालोट, ओठ पपरिआये हुए! इस एकरस अनिश्चय में पुराने परिचित की मानुष-गन्ध किसी औषधि से कम चामत्कारिक नहीं होती! परिचय भी कोई ऐसा-वैसा नहीं-परीक्षा-काल का!

केवटराज की पत्नी उमड़कर गले मिली! उसके बच्चे जो तब तीन-चार बरस के ही थे, पूर्ण युवा हो गये थे! एक का विवाह हो गया था और वह हमारे स्वागत में न जाने कितनी तरह के पत्तल बिछा रही थी!

बीमार आदमी का घर एक विशेष तरह की सांसत में होता है! हरेक चीज़ बिखरी हुई, हवा भारी, आँखें रतजगों की लालिमा से लहालोट, ओठ पपरिआये हुए! इस एकरस अनिश्चय में पुराने परिचित की मानुष-गन्ध किसी औषधि से कम चामत्कारिक नहीं होती! परिचय भी कोई ऐसा-वैसा नहीं-परीक्षा-काल का!

पिछला वनवास भी परीक्षा-काल था और यह वनवास भी परीक्षा-काल ही है! उस समय राम-लखन साथ थे-दोनों तरफ़ से धनुष-बाण ताने हुए और इस समय मैं अकेली हूँ-मेरे चारों तरफ़ हैं तो बस मातृशक्तियाँ हैं–जैसे उनका आत्मबल ही दस दिशाओं में ऊर्ध्वबाहु खड़ा हो। प्रकृति क्षतिपूर्ति के सिद्धान्त पर काम करती है। जो भी प्रियजनों का ठुकराया हुआ,

दुनिया का बिसराया हुआ अकेला अपने सामने खड़ा होता है, और कुछ हो न हो- उसमें आत्मशक्ति जगती है। यह आत्मशक्ति ही मातृशक्ति है–प्रकृति, वनदेवियाँ, धरती, दसों महाविद्याएँ यानी दस महाभाव और वह माँ जिसने जन्म दिया या पाला-पोसा-सब मातृमुख आत्मशक्तियाँ ही हैं, मैंने सोचा!

पत्तल में तरह-तरह के फूलों-फलों के शहद और भुने हुए तालमखाने नववधू बना लाई तो बीमार केवटराज भी उठ बैठे! अभी-अभी बने हुए गाय के घी में छने ये नमकीन मखाने नींबू की चटनी के साथ जो परोसे गये, तो कुटिया किलक उठी! बरसात में अपनों के बीच बैठकर भुने हुए आलू, मूँगफलियाँ, शकरकन्द और तालमखाने टूँगना और जी खोलकर आपस में जो-सो बतियाना-सुख की पराकाष्ठा तो यही है जनजीवन में!

अपनों की सामूहिक उपस्थिति मुझे द्रवित किये देती थी! केवट की पत्नी, सुतपा की आँखें मेरे चेहरे से हट नहीं रही थीं और मेरी आँखें उस कनेर के वृक्ष से, जिसके नीचे राम ने अपना अँगोछा बिछाया था मेरे लिए कि ज़मीन पर यों ही कैसे बैठूँगी! हालाँकि सुतपा आसन-पिढ़िया लेकर दौड़ी थी, पर उसके पहले ही राम ने अँगोछा बिछाया था कि भोजन के पहले मैं थोड़ा विश्राम कर लूँ।

वैद्यराज

नागर जातियों को चाहिए कि जंगल की जनजातियों को या राक्षस जनजाति को अपना बुजुर्ग मानकर पहले तो उनके आगे सर झुकाएँ, फिर सार्वजनिक सम्मान के साथ उनमें जो भी सिखाने लायक है, उन तत्त्वों, उन कौशलों का रेखांकन करके उनसे भी कुछ आदिकलाएँ सीखते हुए उन्हें नागर संस्कृति का यह पक्ष सिखाएँ कि पहले साम-दाम, फिर दण्ड-भेद!

बाहर पानी थमने का नाम नहीं ले रहा था और वैद्यराज पीठ सीधी किये, उदग्र बैठे थे! सुतपा एक ओर बैठी बहू के कान में कुछ फुसफुसा रही थी। चूँकि मेरे कान खरहे के कान है, मैंने तो सुन ही लिया, क्या कहा- "जिस सुहागवती सीता को देखा था, उससे कितनी अलग है यह सीता जिसको किसी की ज़रूरत नहीं है, किसी से कुछ लेने का भाव जिसमें बचा ही नहीं है, अगर बचा है तो कुछ दे जाने का भाव, न्योछावर हो जाने का भाव! कैसे वही राम-लक्ष्मण इतने निष्ठुर हो गये जो एक क्षण सीता को आँखों से ओझल नहीं होने देते थे! आज सीता जंगल में विचर रही हैं-एक अकेले महास्वप्न-सी, परम-सन्तृप्त और सस्मित और वे अपने भवन में मगन हैं या बेचैन-यह तो वे ही जानें।"

हालाँकि बात दबे कंठ से की गयी थी, पर दुर्दिन में रोम-रोम मैं आँख-कान उग जाते हैं तो मनुष्य अकथित भी सुन लेता है, अव्यक्त भी देख लेता है!

थोड़ी देर बाद बात बदलने के विचार से सुतपा ने बहू का परिचय देते हुए मुझसे कहा-

"इसे पहचानती हैं, सीते? इसके माता-पिता वाल्मीकि के आश्रम के आस-पास ही रहते हैं। बचपन से सन्तों की चर्चा-वार्ता सुनती आयी है। फूल चुनने जाती या समिधा की लकड़ियाँ तो कुछ ज्ञान के मोती भी चुन लाती!... इसका बहुत दिल करता था आपसे बातें करने का, पर उस समय आप लव-कुश को शर-संधान सिखा रही होतीं या पेड़ के नीचे बैठी उन्हें शास्त्र समझा रही होतीं तो यह आपको दूर से देखकर अपनी आँखें सिराती!"

''देख, धनवन्ती, तेरे भाग से आज सीता मैया स्वयं यहाँ आयीं तो जितना जी करे, बतिया ले!" मुस्कुराती हुई बहू पास आ बैठी और फिर बात चल पड़ी उस पाठशाला की, जो सीता जंगल के बच्चों के लिए खोलने की सोच रही थीं! अब जब लव-कुश सामने नहीं थे, हर बच्चा मुझे लव-कुश ही दीखता-उन राक्षसों के बच्चे भी, जिनका राम की सेना समय-समय पर वध कर जाती थी! जब-जब कोई तपस्वी अयोध्या के दरबार में गुहार लगाता, कुछ सैनिक आते और दुष्ट राक्षसों के साथ अन्य राक्षसों और वनवासियों को भी मार गिराते!

कब बन्द होगा यह दुष्टचक्र, मैं अक्सर सोचती और तभी मन में यह पुराना स्वप्न फड़फड़ाता कि बचपन में ही संस्कार-मार्जन हो जाए तो कोई अपराधी बने ही क्यों, शासन-नियमन और वध की आवश्यकता ही क्यों पड़े।

बात जब इस दिशा में मुड़ी, वैद्यराज ने अपने शान्त नयन उठाकर मुझे देखा-

"इस शुभ कृत्य में यानी पाठशाला चलाने में मैं भी आपका सहयोग करना चाहूँगा।"

जैसे ही वैद्यराज ने यह बात कही, दूर कहीं कुरुलिया पक्षियों का एक दल चहचहाने लगा! यह इस बात का संकेत था कि बाहर बारिश थम गयी है! थोड़ी ही देर में तोटिपक्षी ने टेर लेनी शुरू की। तोटिपक्षी जंगल का जासूस है! कहीं किसी कोने में कुछ विचित्र घटे-कोई जाल, कोई पिंजरा दिखायी दे, कोई जानवर रास्ता भूल जाए तो वह जो शोर मचाना शुरू करता है, और तब तक नहीं थमता जब तक पूरा जंगल जान नहीं ले कि कुछ अनियमित घटा!

वैद्यराज आसन से उठे! उनकी ऊँचाई इतनी थी कि उनका सिर कुटिया की छत तक चला आता था और आमतौर पर उन्हें अपनी गर्दन झुकाकर ही चलते-फिरते, उठते-बैठते देखा गया था! दरवाज़े तक आकर उन्होंने आकाश देखा और निरुद्विग्न कण्ठ से कहा- "अभी घण्टे-भर बारिश नहीं होगी! इस घड़ी हम बाहर निकल गये तो समय से घर पहुँच जाएँगे ...!" फिर उन्होंने केवटराज की पत्नी की ओर मुड़कर परहेज़ का खाना समझाया, जड़ी-बूटियाँ कब-कब देनी हैं, यह बताया और मेरी ओर दुबारा स्थिर नेत्र से देखते हुए बोले -

"मैं जानता हूँ, आप स्वयंसमर्थ हैं: शस्त्र का ज्ञान हो या शास्त्र का, ज्योतिष का, कृषि का, योग-ध्यान का, जड़ी-बूटियों का, नीतिशास्त्र का, काव्यशास्त्र और सौन्दर्यशास्त्र का भी, चौंसठ कलाओं का, व्यावहारिक कौशलों का भी-स्वयं आप एक संस्थान हैं, स्वयं एक गुरुकुल हैं!"

"आपने दो योग्य सन्तानें जिस धैर्य से अकेले ही तराशी हैं, वही इस बात का प्रमाण है कि आप मानस-सन्ततियों की एक ऐसी टोली तैयार कर देंगी जो आगे आने वाली पीढ़ियों को हिंसा-विद्वेष-अहंकार और उपद्रव के दोषों से मुक्त करेगी! सुशिक्षा संस्कार-प्रक्षालन का सबसे सिद्ध माध्यम है-उतना ही सिद्ध माध्यम जितना प्रेम! आप जैसी देवी से राक्षस जाति के बाल-वृन्द जो सीखेंगे, उससे उत्पात की उनकी प्रवृत्ति और अकूत शारीरिक वैभव से जनमा उनका अहंकार धीरे-धीरे स्वमेव छूट जायेगा जैसे महामृत्युंजय मन्त्र के सजग पाठ से मृत्यु का भय छूट जाता है या लतिका से पका हुआ खरबूज!"

"पर देवि, आप भी जानती हैं, एक से भले दो, दो से भले चार! जंगल कई हैं। राक्षस जनजाति हिंसक और उपद्रवी महावीरों से हर जगह पटी पड़ी है! हिंसा स्वयं रक्तबीज है! एक बीज गिरता है तो सौ और रक्तबीज पैदा हो जाते हैं! जितने राम, उतने रावण! हिंसा-प्रतिहिंसा का यह सिलसिला तब तक नहीं टूटेगा जब तक व्यापक स्तर पर हर जंगल में शिक्षा-अभियान न शुरू हो!

"एक और सुझाव देना है! आज्ञा हो तो अभी दूँ वरना हम रास्ते में बात करते चल सकते हैं।"

मैं कुछ देर सिर झुकाए बैठी रही, फिर कहा -

"सुझाव आप निश्चित दें, वैद्यराज, और अभी ही दे दें! इतने दिनों पर आयी हूँ तो सुतपा और उसकी बहू के साथ थोड़ा समय बिताए बिना कैसे लौट जाऊँ? मैं थोड़ी देर और यहाँ रहूँगी! आप निश्चित लौट जाएँ पर आपके सुझाव का स्वागत है!"

वैद्यराज कुछ देर मौन रहने के उपरान्त बोले, "ऐसा है, देवि, अहंकार दो तरह के होते हैं-एक अहंकार वह जो समर्पण में बाधक होता है और दूसरा वह जो दान से पैदा होता है! राक्षसों में पहली कोटि का यानी दैहिक वैभव का अहंकार है तो नागर जातियों में दान का अहंकार! और अहंकार की कोटियाँ ऊँच-नीच नहीं मानतीं! किसी भी तरह का अहंकार हो, उतना ही बुरा है!"

''शिक्षा भी दम्भपूर्वक दी जाए, यह मानकर दी जाए कि सामने वाले के पास तो सिखाने के लिए कुछ है ही नहीं तो वह दाता और गृहीता के बीच एक नयी तरह की दीवार पैदा कर देती है! नागर जातियों को चाहिए कि जंगल की जनजातियों को या राक्षस जनजाति को अपना बुजुर्ग मानकर पहले तो उनके आगे सर झुकाएँ, फिर सार्वजनिक सम्मान के साथ उनमें जो भी सिखाने लायक है, उन तत्त्वों, उन कौशलों का रेखांकन करके उनसे भी कुछ आदिकलाएँ सीखते हुए उन्हें नागर संस्कृति का यह पक्ष सिखाएँ कि पहले साम-दाम, फिर दण्ड भेद!"

मैं आँखें झुकाए नागर और आदिवासी सभ्यताओं की उनकी समझ अकानती रही! उसके बाद धीरे-से कहा-

"इस बात पर मैं आपसे सहमत हूँ कि दण्ड-भेद अन्तिम उपाय हैं! आगे मैं यह जोड़ना चाहूँगी कि 'भेद' की भी अपनी समस्याएँ हैं- 'भेद' शीतयुद्ध पैदा करता है और शीतयुद्ध दरअसल थके हुए योद्धाओं को एक नये युद्ध की गुप्त तैयारी का मौक़ा देता है! लकड़ियाँ न जलीं, न बुझीं तो धुआँती हुई ही पड़ी रहेंगी और फिर अचानक हवा का कोई झोंका एक नयी आग पैदा करेगा-फिर से वही मार-काट मचेगी-निरीह जन, निर्दोष बूढ़े-बच्चे-स्त्रियाँ और पशु-पक्षी-वनस्पतियाँ भी ध्वस्त हो गिरेंगे!"

''भेद तात्कालिक निवारण हो सकता है, टिकाऊ निवारण नहीं है! और 'दण्ड' भी 'मृत्यु' तक खींच लेने जाने वाला तभी होना चाहिए जब अपराधी के 'मृत्युदण्ड' का निर्णय राज्य का अधिसंख्य समाज करे, राजा या कोई प्रतिशोधपीड़ित समुदाय नहीं! बन्दी बनाकर राज्य-हित में कठिन श्रम का दण्ड देना बलशाली उत्पातियों के लिए बेहतर है। बन्दीगृह में रहते हुए भी सिद्ध शिक्षकों द्वारा उन्हें आध्यात्मिक प्रशिक्षण दिया जा सकता है जिससे उनकी प्रतिशोध-वृत्ति और अन्य क्रूर वृत्तियाँ शमित हों! सेवा और संवादमुखी सद्शिक्षा : उन्नयन का और कौन उपाय है भला?"

इस बात पर वैद्यराज दुबारा बैठ गये -

"तो क्या आप राजा राम के सामने यह प्रस्ताव रखेंगी कि पहले जनजातियों और राक्षसों के मुखिया को वे बातचीत के लिए सादर आमन्त्रित करें-पहले साम-दाम आज़माएँ! उसके बाद भी वे न मानें तो उन्हें बन्दी बनाकर बन्दीगृह में उनके शिक्षण-प्रशिक्षण की व्यवस्था करें! इसकी भी व्यवस्था करें कि अपने स्वाभिमान की तुष्टि के लिए वे भी बदले में आदिवासी मूल्य और आदिवासी कलाएँ सिखा पायें उनकी नागर संस्कृति को, जो कई तरह के दूषणों से स्वयं ग्रस्त है!"

वैद्यराज की बातें मेरे कलेजे में तिरछे बाण-सी चुभीं और मैंने गर्दन झुका ली! अब इसके बाद मैं क्या कहतीं? कैसे कहतीं कि ठीक यही प्रस्ताव मैंने एक लम्बे पत्र में राम को भेजा था! छह मास बीते-दो ऋतुएँ बीत गयीं-कोई जवाब नहीं आया! पवन देवता और लोटन कबूतर-जो हमारे गुप्त पत्रवाहक थे, अब इधर की ओर मुड़ते भी है तो मुझसे कटकर निकल जाते हैं!

वैद्यराज ने मुझे मौन के आवर्त्त में डूबते-उतराते देखा तो सारी स्थिति उनके सामने स्पष्ट हो गयी! स्खलित दाम्पत्य का दारुण दुःख वे भी पहचानते थे, विशेषकर स्त्रियों के लिए यह छाती का घाव है-वे इसको जल्दी उजागर नहीं करतीं!

यह सोचकर भी शायद उन्हें अच्छा नहीं लगा कि उन्होंने अनजाने ही मेरी दुखती रग पर हाथ रख दिया! थोड़ी देर और मौन रहकर वे उसी पुरानी

निरपेक्षता में वापस लौट आये और हाथ जोड़कर बोले–"ठीक है, आप विराजिए! जड़ी-बूटियाँ मेरी प्रतीक्षा में होंगी। मैं चलता हूँ! रास्ते में मातंगी माता की कुटिया में आपके रात्रि विश्राम की सूचना देता जाऊँगा! समझता हूँ, रास्ता अभी आपके चलने लायक नहीं हुआ! अभी सारे रास्ते पिच्छल हैं। समझता हूँ, आप सहृदय हैं, इस परिवार से इतने वर्ष बाद मिली हैं-आपको यहाँ अभी कुछ देर और रहना चाहिए! देवि, मैं आपको समझता हूँ।" कहते हुए वैद्यराज जैसे विलीन हो गये और मेरे कानों में देर तलक यह उपवाक्य गूँजता रहा!

सुतपा

हाँ, लेकिन किसी ने प्रतिवाद भी किया, "घर लौटते-लौटते यह प्रभाव क्षीण हो जायेगा और फिर नन्हे-मुन्ने दुःख बच्चों की तरह घेर लेंगे हमें! इतना ज़रूर होगा कि सीता से मिल आने के बाद आज रात केवट-बस्ती की सब वधुएँ अपने पतियों से लिपटकर ही सोएँगी-राम की तुलना में उनके पति उनको कम ही कठोर जान पड़ेंगे! सब पत्नियाँ अपने-अपने मन को समझाएँगी कि सीता जैसी क़िस्मत से तो अपनी ही क़िस्मत बेहतर!"

एकान्त मिलते ही सुतपा मेरे पास आ बैठी, ऊँचे आसन पर मुझे बिठाया फिर मेरे पाँवों के पास बैठकर मेरी गोदी में सर रख लिया! उसके स्पर्श में उसकी आत्मा का ऐसा घनीभूत स्पन्दन भरा था कि मेरी आँखें भीग गयीं! उसके सर पर हाथ फेरती हुई बोली–

"मेरे लिए दुखी न होना, सुतपा! मैं भीतर से बहुत प्रसन्न और मुक्त हूँ! किसी को दुःख दिये बिना एक कर्तव्यनिष्ठ, सम्यक् जीवन जिए चलने का सबसे बड़ा सुख यही है कि कोई पछतावा नहीं रहता! तुम्हें तो पता है, स्वर्ग और नरक चित्त की स्थितियाँ हैं, तो परिताप और पछतावे से बड़ा रौरव नरक कोई और नहीं! ज़ोर-ज़बर्दस्ती करने वाले, असंगत राह चलने वाले, क्रोध-काम-लोभ के अतिरेक से पीड़ित लोग लगातार बेचैन ही रहते हैं। यही बेचैनी नरक है!"

"अभी जो मेरे-तुम्हारे बीच भावधारा-सी उमड़ी है, वही स्वर्ग है! सौन्दर्य ही स्वर्ग है! समर्पण और विश्वास, प्रेम और सन्तुलन ही स्वर्ग है!"

"प्रेम और सन्तुलन?" पीछे से केवटराज की तेजस्विनी बहू आकर बैठ गयी। वह मलिया में गुनगुना तेल लेकर आयी थी! धीरे-धीरे उसने मेरी वेणी खोली और सहसा ही बोल पड़ी-"ये केश तो देखिए, लगता है—चारों तरफ यमुना नदी की श्वेत-श्याम लहरें फैल गयीं!" बहुत दिनों से मैंने कंघी करने की भी फुर्सत नहीं पायी थी। जगह-जगह जटाएँ उभर आयी थीं। बाँस की एक कंघी लेकर उसने बालों की गाँठें निकाली-उसके पहले नरम उँगलियों से पोर-पोर में गुनगुने तेल की मालिश करनी जो शुरू की तो मारे सुख के मेरी आँखें मुँद गयीं-

"धनवन्ती बहू, तुम्हारी उँगलियों में जादू है! जीती रहो!... कमरे में आते हुए तुमने एक महत्त्वपूर्ण प्रश्न किया था: प्रेम और सन्तुलन? हाँ, बहू, प्रेम आरम्भ में आवेग है, पर अन्ततः सन्तुलन ही है! आरम्भिक उमड़न शान्त होती है निःशब्द समर्पण से; और अगर समर्पण पूरा और निःस्वार्थ हो तो शब्दातीत आनन्द के सरोवर में डुबकी लग जाती है। उसके बाद शब्दों के कोलाहल तक लौटने का मन ही नहीं करता! पहली लहर है जिज्ञासा, अन्तिम लहर एक सन्तृप्त-सा शाश्वत मौन है!"

धनवन्ती नयी बहू थी! उसके मन में मेरे खण्डित दाम्पत्य के आस-पास प्रश्न उमड़ते ही होंगे! वह मेरा दुःख थाहना चाहती थी, पर कहीं दुःख तो नज़र ही नहीं आया था! काल की देवी कालिका ने मेरा मन सुलझा दिया था। जो गाँठें थीं, केवल बालों में थीं! वे भी धीरे-धीरे निकल ही गयीं!

इसी तरह मन में कोई काँटा नहीं था। जो काँटे थे-केवल तलवों में थे! धनवन्ती बहू काँटे निकालने की कला में सिद्धहस्त थी! पाँव की बिवाइयों पर उसने भेंगरिया का रस मला और उनकी पिंडलियों में बेले का सत्त! धीरे-धीरे मेरी आँख लग गयी और एक निश्चिन्त बच्ची की नींद सो गयीं मैं!

उठी, तब तक जंगल में आग की तरह मेरे केवट-बस्ती आने का समाचार फैल गया था! सब ग्रामवधुएँ छोटी-बड़ी सौग़ातें लेकर मिलने आ गयी थीं। मुझे भर-पाँजा धकड़-पकड़कर वे रोयीं-कोई अपने दुःख से, कोई मेरे दुःख से विगलित, रोयींतो गंगा-यमुना जैसे उमड़ पड़ी!

मैंने सबको मौन सान्त्वना दी और फिर ऊंघ गयी-युगों की थकान अंग-अंग शिथिल किये देती थी। अभी आँख लगी थी कि पीछे से धनवन्ती बहू के उद्गार सुनाई पड़े-"उनका तपःपूत व्यक्तित्व ही ऐसा हो चला है कि लाख प्रश्न मन में धारे आओ, उन तक पहुँचकर सारे प्रश्न तिरोहित हो जाते हैं। थोड़ी ही देर में अनन्य सुख से आँखें चमकने लगती हैं!"

हाँ, लेकिन किसी ने प्रतिवाद भी किया,"घर लौटते-लौटते यह प्रभाव क्षीण हो जायेगा और फिर नन्हे-मुन्ने दुःख बच्चों की तरह घेर लेंगे हमें! इतना ज़रूर होगा कि सीता से मिल आने के बाद आज रात केवट-बस्ती की सब वधुएँ अपने पतियों से लिपटकर ही सोयेगी-राम की तुलना में उनके पति उनको कम ही कठोर जान पड़ेंगे! पत्नियाँ सबने अपने-अपने मन को समझाएँगी कि सीता जैसी क़िस्मत से तो अपनी ही क़िस्मत बेहतर!"

यह सुनकर मैंने और जोर-से आँखें मींचीं और कानों पर हाथ धर लिए।

वापसी : स्वयं की ओर

वैद्यराज के हाथों में, उनके पूरे व्यक्तित्व में अलग तरह का जादू है, पर ये हैं कौन, सीता? नागर जीवन के सुख, वहाँ की ख्याति-प्रतिष्ठा छोड़कर यहाँ जंगल में योगियों की तरह रहने का क्या अभिप्राय?

मेरी प्रसन्नता का ठिकाना न रहा जब वापस लौटने पर मैंने मातंगी माँ को खाट पर सीधा बैठा पाया-वह भी आलथी-पालथी लगाकर! नवों बहनों के बीच नन्ही मातंगी सामने चटाई पर बैठी थी और सामने पड़ा था-छिली मूँगफलियों का ढेर! पच्छिम दिशा में बहुत दूर कमला ब्याही है! वहाँ मूँगफलियों की खेती बहुत अच्छी होती है! सास ने ढेर सारी मूँगफलियाँ भेजवायी थीं, चलते समय उसने गठरी में बाँध लीं!

नन्हीं मातंगी ने शायद पहली बार मूँगफलियाँ खायी थीं-कुछ दाने लेकर वह मेरी तरफ दौड़ी और किसी के कुछ भी कहने के पहले एक साँस में सारे समाचार बाँच दिये–

"वैद्यराज जंगल के उस पार से इस बार ऐसी बूटी लाए कि दादी उठ बैठी! ...उन्होंने ही बताया कि आप केवट बस्ती में रुकेंगी दो दिन, वरना हमारा समय तो जंगल में आपको ढूँढ़ते हुए बीतता! दादी तो बेहद चिंतित हो गयी थी... पर फिर वैद्यराज आ ही गये! कितने अच्छे हैं न वैद्यराज! दादी कह रही थी कि उनके पूरे व्यक्तित्व में रामजी की सौम्यता है, वैसा ही ठहराव!"

मैंने मातंगी के मुँह पर हाथ रख दिया और उधर मुड़ गयीं जहाँ दसों महाविद्याएँ मुझसे तरह-तरह के सवाल पूछने का मन बना चुकी थीं!

"वैद्यराज के हाथों में, उनके पूरे व्यक्तित्व में अलग तरह का जादू है, पर ये हैं कौन, सीता? नागर जीवन के सुख, वहाँ की ख्याति-प्रतिष्ठा छोड़कर यहाँ जंगल में योगियों की तरह रहने का क्या अभिप्राय?" कमला ने कहा!

मैंने कहा कुछ नहीं, घुटनों पर शीश दिये सबकी अटकलें चुपचाप सुनती रहीं।

आक्रांता : संशय की कँटीली झाड़

मैं आपकी दुश्मन नहीं हूँ, आक्रान्ता, सहेली हूँ! किसी राजा ने मुझे नियुक्त नहीं किया, यदि मैं गुप्तचर हूँ भी तो आत्मा का ही गुप्तचर हूँ-आपके अन्तर्मन के रहस्य ख़ूब पता हैं मुझे-आपके मन में पूर्वापर अनुभवों के आधार पर जिस भय का संचार हुआ है, उसके निवारण के निमित्त ही मैं आपकी ओर मैत्री का हाथ बढ़ाती हूँ!

अगले कुछ हफ़्ते में सबके सहयोग से पाठशाला का काम शुरू कर दिया! पहली कक्षा वाल्मीकि आश्रम में ही लगी, पर तमाम बाधाओं के बीच। इस जंगल में झाड़ें तो कई तरह की देखीं, पग-पग पर इनके कांटों ने आँचल थामा, पर संशय की कंटीली झाड़ तो रास्ता रोककर ही खड़ी हो गयी: संशय राक्षस-विधवाओं का राजा राम की भार्या के प्रति कि राम ने उन्हें अपना गुप्तचर बनाकर जंगल के इन हिस्सों में फिर से छोड़ा था जहाँ वे राक्षस-पतियों की निर्द्वन्द्व हत्या का भयावह हादसा झेलने के बाद अपने बच्चों के साथ छुपकर रह रही थीं-चुपके-चुपके उन्हें घातक प्रतिशोध का पाठ घुट्टियों में पिलाती हुई!

संशय से जो अकूत घृणा फूटती है, एक तरह का वर्ग-द्रोह, उसकी सबसे सघन संवाहिका आक्रान्ता थी-ताड़ के पेड़-जितनी लम्बी एक मायावी राक्षसी जिसके सात बच्चे हमेशा उसके पीछे-पीछे कतारबद्ध चलते-ठीक ऐसे, जैसे बतख के बच्चे बतख के पीछे! एकाध बार जंगल के साझा सरोवर पर उसका सामना हुआ और तत्काल वह पेड़ों की ओट हो गयी! एकाध बार वहीं से मुझे घूरती रही। फिर तेज शर से आघात भी किया! वैसे तो रणविद्या में मैं

कुशल थी, चाहती तो जवाब दे सकती थी। जिस घड़े में पानी भर रही थी, वही चलाकर ऐसा मारती कि उसके हाथ से धनुष छूट गिरता! फिर फुर्ती से दौड़ती हुई उसके कलेजे पर सवार हो जाती और मुष्टिका प्रहार से वहीं ध्वस्त कर देती उसको, पर उसके बाद उसके बच्चों का क्या होता? किसी-किसी तरह पलते लेकिन प्रतिशोध की उसी अग्नि में धधकते हुए, जिससे इस संसार को मुक्त करने का स्वप्न देखती हुई मैं हिंसा का मार्ग त्याग चुकी थी!

उसने जो तीर चलाए,हाथ उठाकर उन्हें बीच राह ही मैंने लोक लिया और दो टुकड़े करके उनको पानी में फेंकती हुई बोली-

"मैं आपकी दुश्मन नहीं हूँ, आक्रान्ता, सहेली हूँ! किसी राजा ने मुझे नियुक्त नहीं किया, यदि मैं गुप्तचर हूँ भी तो आत्मा का ही गुप्तचर हूँ-आपके अन्तर्मन के रहस्य ख़ूब पता हैं मुझे-आपके मन में पूर्वापर अनुभवों के आधार पर जिस भय का संचार हुआ है, उसके निवारण के निमित्त ही मैं आपकी ओर मैत्री का हाथ बढ़ाती हूँ!''

"मैत्री? मैत्री कैसी? तुम मेरे वीर पति के हत्यारे की पत्नी हो जो जंगल में भी हमारा सुख-चैन छीनने और अपने क़ानून छाँटने आ गयी हो!''

"सुख-चैन छीनने नहीं, अपूर्व सुख-शान्ति का मार्ग तुम्हारे सम्मुख खोलने-तुम्हारे बच्चों के लिए शिक्षा का, मुक्ति का मार्ग।''

"तुम मुझे खाना चाहती हो, सीता-तुम लोग बहुत महीन ढंग से हम सबकी बोटी-बोटी काटकर हमें सीधा डकार जाना चाहते हो! डकारने का ढंग अलग है। प्रहार का ढंग अलग है। हथियार महीन हैं। उन पर धीमा ज़हर लगा है। तुम्हारी संस्कृति के बाण हमारी प्रकृति का क्रूर भेदन करने पर तुले हैं!...."

"मर्म-भेदन हिंसा नहीं होती-संवाद की पहली होती है! मुझे खुशी है कि तुमने मुझसे बातचीत शुरू कर दी। अब कोई-न-कोई रास्ता निकल ही आयेगा!''

"योद्धा के लिए बीच का कोई रास्ता नहीं होता!"

"क्या पगडण्डी झाड़ियों के बीच से नहीं जाती? हर रास्ता बीच का ही होता है! किनारे का रास्ता हमेशा खाई में ही ले जायेगा। प्रकृति भी सन्तुलन का सिद्धान्त मानती है!"

बात आगे बढ़ती कि चारों तरफ़ से मेरे ऊपर कच्चे बेल बरसने लगे! लहूलुहान माथा सँभालते हुए मैंने आँखें किसी तरह ऊपर उठायीं और जो दृश्य देखा, उस पर हँसी आ गयी! चारों तरफ बेल के जो पेड़ थे,उनकी ऊँची डालियों पर सवार आक्रान्ता के बच्चे ही थे जो तड़ातड़ मुझ पर बेल चलाए जा रहे थे! उन्हें मेरी भाषा समझ में न आयी थी। सिर्फ यह समझ में आया था कि मुझे देखते ही माँ उन्हें आँचल में समेटे पेड़ की ओट हो गयी थी तो मैं ही वह दुश्मन होऊँगी, जिसके ख़िलाफ़ एक सेना खड़ी करने की बात उनकी माँ हमेशा कहा करती थी!

इस समय मैं क्या करती! नाचता हुआ सर किसी तरह व्यवस्थित कर मैंने दोनों हाथों से बेल रोके, गेंद की तरह रोके और फिर वापस उछाल दिये। प्रकृति की कृपा से मेरे दोनों हाथ एक ही त्वरा में चलते थे और मेरा निशाना एकदम पक्का था-यह बात भी उनकी माँ ने लक्ष्य की कि वापस लौटा हर बेल पेड़ के पाँव पर गिरा, कोई बच्चों की ओर नहीं गया।

यह तमाशा देखने को आस-पास की कुटियों से भी राक्षस-दल उमड़ आये! कुछ मेरे समर्थक थे, कुछ विरोधी! शम्बूक बाबा को समाचार मिला तो लाठी टेकते हुए वे भी आये और मेरे माथे से अजस्र बहता लहू लक्ष्यकर तत्काल यह खेल बन्द किया। शम्बूक बाबा इतने दिनों से जंगल के इस भाग में रह रहे थे कि उन्होंने सबका विश्वास जीत लिया था! वे पत्तों को, पेड़ों को, जीव जन्तुओं को और राक्षस-शावकों को भी वेद की ऋचाएँ कुछ इस तरह सुनाते कि सब मस्ती में डोल जाते तो उनकी बात टालने का सवाल ही क्या था?

एक ही पुकार पर सब सहम गये और तभी वैद्यराज भी वहाँ आये। उनके निदेश पर सामगान गाती हुई एक डाल लचकी, मेरे सिर तक लचकी। उसके सिरे पर एक अजब फल लटका था! अपनी मुट्ठी से उसका रस निचोड़कर उन्होंने अपना उत्तरीय भिगोया और मेघनाथ-सी गम्भीर आवाज़ में आक्रान्ता से ही बोले- "आपका सही प्रायश्चित्त यही है कि आप अपने हाथों से सीता देवी की मरहम-पट्टी करें, अपने बच्चों को आदेश दें कि वे इनकी सुश्रूषा में लगें! और आपका ही दायित्व बनता है कि आप अपनी सखा शूर्पणखा से

कहें कि प्रतिशोध का यह दुष्टचक्र तोड़ने का अब समय आ गया है! आप और वे दोनों ही घर-घर जाकर राक्षस समाज को आश्वस्त करें कि सीता देवी की पाठशाला ही निवृति मार्ग है, जहाँ प्रकृति-संस्कृति भी जुड़वां बहनों के ही सौहार्द से हिली-मिली रह सकती हैं।"

उस दिन तो अत्यधिक रक्तस्राव के कारण मुझे मूर्च्छा आ गयी,पर जब मूर्च्छा टूटी तो मैंने स्वयं को राक्षस-बस्ती का एक आदरणीय अतिथि पाया! दस महाविद्याएँ तो मेरे चारों तरफ खड़ी ही थीं। नन्ही मातंगी भी इस बात के लिए आश्वस्त थी कि पाठशाला का कार्य अब निर्बाध चल जायेगा।

बाबा शम्बूक व नयी पाठशाला

एक-दूसरे से सीखते हुए जो पारस्परिकता विकसित होती है, उसी से जीवन प्रेममय और सृजनात्मक बनता है।

फिर एक दिन वह भी आया जब बाबा शम्बूक की सजग देख-रेख में पाठशाला पूरी त्वरा में चल पड़ी! जलपूरित मेघखण्डों की लय में उमड़ती-घुमड़ती राक्षस सन्ततियाँ दूर-दूर से आतीं और सघन पेड़ों की छाँव में कुश की आसनियाँ बिछाकर न सिर्फ शास्त्र पढ़तीं, बल्कि राक्षस परम्परा से प्राप्त अपने विविध कौशल भी एक-दूसरे को सिखातीं! बाबा शम्बूक का मानना था कि हर संस्कृति के पास कुछ-न-कुछ सीखने लायक होता ही है: एक नयी जीवन-दृष्टि, एक नयी ज्ञान-परम्परा, एक विशेष प्रज्ञा कोश!

एक-दूसरे से सीखते हुए जो पारस्परिकता विकसित होती है, उसी से जीवन प्रेममय और सृजनात्मक बनता है। एक-दूसरे को दूसरी परम्पराओं से प्राप्त विद्याएँ सिखाते हुए राक्षस संस्कृति के बाल-वृन्द ही नहीं, जंगल के पशु-पक्षी भी लड़ना-झगड़ना भूल गये। उतनी ही हिंसा होती जितनी भूख बुझाने या जीवन-रक्षा के लिए आवश्यक हो! जंगल अभयारण्य बन गया।

महर्षि वाल्मीकि, बाबा शम्बूक, दस महाविद्याएँ और स्वयं मैं, ऋषि-पत्नियाँ और राक्षस माताएँ सन्तोष से कभी एक-दूसरे की आँखों में देखते, कभी बच्चों की आँखों में!

मेरा सपना तो पूरा होने पर आ ही गया था, पता नहीं, राजा राम कैसे थे? लव-कुश के पत्र नियमित आते। उनसे ही पता चलता कि उन्हें राजनीति सिखाते हुए वे लगातार राज-काज में ही निमग्न रहते हैं और किसी से कुछ नहीं बोलते। यह मौन पूर्ण मधुच्छत्र का मौन था कि एक बड़ी आँधी का पूर्वाभास, कौन जाने!

अश्वमेध के घोड़े

एकल अभिभावक के लिए यह आवश्यक है कि वह बच्चों को मित्रवत पाले, समय से उनका साक्षात्कार जितनी जल्दी हो, उतना अच्छा। किसी प्रयोजन की सिद्धि समय की गहरी समझ के बिना तो नहीं ही होती!

उसी कदम्ब के वृक्ष के नीचे अकेली बैठी सोच रही थी उस शुभ घड़ी के बारे में, जब पहली बार लव-कुश से राम का साक्षात्कार हुआ था। अनजाने ही अश्वमेध के घोड़े की लगाम पकड़कर उन्होंने जो युद्ध आमन्त्रित किया था, उसमें उनका रण कौशल ऐसा दमका कि राम भी उन्हें गले से लगाए बिना न रह सके। बच्चों ने कुछ कहा नहीं, पर गला रुँध गया। राम भले ही साफ पहचान नहीं पाये हों, पर बच्चों से तो मैंने कुछ छुपाया नहीं था। एकल अभिभावक के लिए यह आवश्यक है कि वह बच्चों को मित्रवत पाले, समय से उनका साक्षात्कार जितनी जल्दी हो, उतना अच्छा। किसी प्रयोजन की सिद्धि समय की गहरी समझ के बिना तो नहीं ही होती!

घोड़ा तो उन्होंने अजाने ही, खेल-खेल में पकड़ा था, पर जब पता चला कि घोड़ा अश्वमेध का है, अयोध्या से आया है, वे गहरे असमंजस में पड़े! अजाने ही पिता को चुनौती देनी पड़ी! वे तो वाल्मीकि नाना रचित रामकथा के गायन के बहाने दरबार जाकर चुपचाप राजा राम के दर्शन कर लेना चाहते थे कि यह अघट गया। होनी किसके टाले टली है?

दूर खड़ी-खड़ी मैं सारा दृश्य देख रही थी। सामने प्रकट होने का यह समय नहीं था, पर उल्टे पाँव लौटा भी नहीं जा रहा था तो फूलदार झाड़ियों की

ओट में खड़ी सारा वार्तालाप सुनती रही। उमड़कर राजा राम ने पूछा- "यह युद्ध-कौशल कहाँ सीखा? वेशभूषा से तो तुम ऋषिकुमार दीखते हो!"

"अपनी माँ से-वे योद्धा वंश की थीं!"

"थीं तो क्या अब वे नहीं रहीं?"

"शुभ-शुभ बोलें, मान्यवर! माँ तो हैं, माँ हमेशा रहती हैं-सन्तति के रक्त में, कौशल में, संस्कार में, आचार-व्यवहार में, ज्ञान में। माँ किसी को कभी भी अकेला नहीं छोड़ती!............माँ हैं, पर वे योद्धा कुल की नहीं रहीं!"

"ऋषि-पत्नी तो ऋषिकुल की ही हो गयी!"

"हमारी माता कुल-गोत्र आदि किसी भी परिसीमन से ऊपर हैं, एक विराट् महाभाव, निस्सीम, अगाध अपरा शक्ति! वे ऋषि-पत्नी नहीं।"

"आपकी भाषा में भी आपकी माँ विद्यमान हैं। इस महान माँ को मैं प्रणाम करता हूँ जिसके आप-जैसे प्रतिभाशाली बालक हैं। युद्ध-कौशल के इतर आपने क्या विद्याएँ ग्रहण की हैं?"

"काव्यकला और संगीतकला भी हमने साथ-साथ साधी है। हमारे नाना महान कवि हैं, उन्होंने आपको नायक बनाकर महाकाव्य लिखा है।"

"क्या नाम है उनका?"

"नाम बताने के लिए उनकी आज्ञा लेनी होगी!"

"आज्ञा? आप रामकथा सुनाने अयोध्या चलेंगे?"

"आज्ञा तो उसके लिए भी लेनी होगी, माँ से ओर नाना से! आप राजा हैं, पालनकर्ता आप भी हैं, पर जिन्होंने शैशव में उँगली थामी, पहला अधिकार तो उनका ही बनता है!"

"हम युद्ध स्थगित करके आपसे बराबर की सन्धि करते हैं और आपको सादर अयोध्या आने का न्योता देते हैं!"

यहाँ यह बताना आवश्यक है कि राम से मेरा पत्राचार यदा-कदा चल भी जाता, पर उन्हें मैं कभी यह नहीं बताती कि वाल्मीकि ने अपना आश्रम कहाँ बना रखा है! पर बच्चों की उम्र, उनकी आकृति-प्रकृति देखने और उनकी बतचीत सुनने के बाद राम के लिए यह समझना कठिन नहीं था कि उनके सामने खड़े ये दो लड़के उनके ही हैं!

शम्बूक-वध

मर्यादा ने मुझसे हरदम सौतेला व्यहार किया है, बाबा,
अपने ही वरिष्ठों की बनायी नियमावलियों का बन्दी
मैं-मर्यादा पुरुषोत्तम-वेदों के परमज्ञाता विद्धद्वर
शम्बूक के आगे पहले तो नतमस्तक होता हूँ, फिर
समाज की नियमावलियों पर स्वयं भी बलि चढ़ता
हुआ आपसे अनुमति माँगता हूँ आपके शिरच्छेद का!

बाद में वाल्मीकि उन्हें लेकर अयोध्या गये, पर मैं धरती की बेटी, यहीं मगन रही! वाल्मीकि मेरे पिता सदृश थे। फिर मुझे राक्षस-जाति के बच्चों के लिए एक नये ढंग की पाठशाला भी चलानी थी कि युद्ध के सिलसिले बन्द हो सकें!

बैठे-बैठे जाने कितनी देर हो गयी! मैं तो अपने विचारों में लीन ही रहती यदि पीछे की बस्ती में अचानक ही शोर का भभका नहीं उठता, चारों तरफ धूल नहीं जगती रथ केपहियों की!

धूल का और शोर का भभका संकेत था कि राजपुरुष फिर से इधर आ रहे हैं! राजा चाहे करुणावान या न्यायवीर ही क्यों न हो, उसकी असवारी अज्ञात भय का जनक होती है-आपदा का सूचक! सब साँस रोककर बैठ जाते हैं जैसे साँप सूँघ गया हो, फिर एक उसाँस-सी भरते हुए हाथ के काम छोड़कर उठते हैं अगवानी में! तेज़ क़दमों से मैं भी भीड़ की तरफ बढ़ गयी और सामने जो दृश्य दिखायी दिया, उससे मेरी साँस टँगी की टँगी रह गयी! साक्षात् श्री राम सामने खड़े थे-वह भी बाबा शम्बूक की कुटिया के आगे। उनके हाथों में तलवार थी, पर नयन अश्रुपूरित थे। स्वर में गहरा सन्ताप था औंर जो वे बोल

रहे थे, वे शब्द आजीवन करावास की सज़ा सुन चुके बन्दी के ज़ंजीर-जकड़े पाँवों की तरह श्लथ थे-

"मर्यादा ने मुझसे हरदम सौतेला व्यहार किया है, बाबा, अपने ही वरिष्ठों की बनायी नियमावलियों का बन्दी मैं-मर्यादा पुरुषोत्तम-वेदों के परमज्ञाता विद्धद्धवर शम्बूक के आगे पहले तो नतमस्तक होता हूँ, फिर समाज की नियमावलियों पर स्वयं भी बलि चढ़ता हुआ आपसे अनुमति माँगता हूँ आपके शिरच्छेद का!"

"जिस विवशता में भगवती सीता को गर्भ के अन्तिम महीनों में बाघ-भालुओं से भरे जंगल में अकेली छोड़ आया था, उसी विवशता में आपको अध्ययन-मनन से अर्जित आपके परम तेज के लिए प्राणदण्ड देने आया हूँ।"

"एक ब्राह्मण ने रामराज्य की न्यायव्यवस्था को चुनौती दी है। कहा है कि मेरे राज्य में कहीं-न-कहीं किसी मर्यादा का हनन हुआ। बिना राज्याज्ञा के आपने वर्णसिद्ध दायित्वों के परे जाकर अन्य तरह के दायित्व सर-माथे ले लिए है: पढ़ने-लिखने, अध्ययन-मनन के दायित्व। यह व्यतिक्रम हालाँकि लोकमंगल-प्रेरित है, पर कुछ अतिवादी व्याख्याकार इसे मर्यादा की तकनीकी सीमा का हनन बता रहे हैं क्योंकि दूसरे दायित्व उठाते हुए आपके अपने दायित्वों की उपेक्षा हुई और चूँकि अपने राज्याज्ञा भी न ली थी तो त्रेता की धर्मशास्त्रनिर्दिष्ट नियमावलियों में आपने अराजक परिवर्तन किये, जिससे वातावरण विषाक्त हुआ। शोकदग्ध पिता को दी गयी प्रतिश्रुति के अनुसार आपसे प्राणों का उत्सर्ग माँगता है यह मार्यादाविवश राजा!"

"क्या अयोध्या का राजा आश्वस्त है कि यह जो वह उत्सर्ग माँग रहा है,शास्त्रोक्त है?" पीछे कहीं से धीर-गम्भीर मेघ गरजा और वैद्यराज्य सामने आये।

राजा राम ने भृकुटि चढ़ाकर ग़ौर से उधर देखा और देखते रह गये- "अच्छा तो ये आप हैं, लंकापति। यह नया रूप धरा है आपने?कोई और पहचाने या नहीं, मैं अपने प्रतिपक्षी की रग-रग पहचानता हूँ, विशेषकर यह मेघ-गम्भीर मंद्रसप्तक वाला स्वर! आप कब से रूप बदलकर इन जंगलों में आ बसे हैं? अब आपसे मुझे यह समझना होगा कि क्या शात्रोक्त है,

क्या नहीं! शास्त्र का सार तो परदुखकातरता रेखांकित करना ही है, किसी को किसी पर हावी होने से रोकना और अधिकार क्षेत्र कर्त्तव्यों के बाड़े से परिसीमित करना।"

"इस परिसीमन का एक नाम मर्यादा है,हर युग में जिसकी परिभाषा बदलती रहती है। देश-काल-व्यक्ति-सापेक्ष इसकी व्याख्या धर्मशास्त्र करते हैं, राजा नहीं करता। राजा का दायित्व उस व्याख्या के अनुकूल आचरण लोक में प्रसारित कराना है। अच्छा राजा वही है जो स्वयं अपने मर्यादायुक्त आचरण से युगसम्मत मर्यादा का लोक में प्रसारण करें। कथनी-करनी में कोई अन्तर न हो जहाँ, वह राज्य ही एक आदर्श राज्य है। अपने लिए कोई और नियम, प्रजा के लिए कोई और, कम-से-कम यह आरोप तो कोई भी मुझ पर नहीं लगा सकता।"

"लोकमर्यादा के तर्क पर मैंने अपना दाम्पत्य सुख होम कर दिया। एकनिष्ठ व्यक्ति के प्राण उसकी पत्नी में ही बसे होते हैं जैसे आपके प्राण आपके नाभिकुण्ड में थे। इस तर्क से लोकहित में प्राणोत्सर्ग मैंने भी किया था। लोकहित में प्राणोत्सर्ग करते हुए विद्वद्वर शम्बूक की यशःकाया और भी सम्पुष्ट होगी। मैं विवादों से भले ही घिर जाऊँ, आने वाली पीढ़ियाँ पुण्यपगी सीता ओर तपःपूत शम्बूक के गुण गाते थकेंगी नहीं-इसके प्रति तो मैं आश्वस्त हूँ, लंकापति!"

लंकापति? तो वैद्यराज के रूप में इतने दिन जो मेरे आगे-पीछे करता रहा, महाप्रतापी रावण ही था? यह रहस्योद्घाटन मार्तण्ड की एकतिरछी किरण की तरह मेरे ब्रह्माण्ड में प्रवेश कर गया! लगा कि वहाँ कोई विस्फोट हुआ और मुझे हल्की-सी मूर्च्छा आ गयी! किसी तरह मैंने एक विशाल बरगद की टेक ली और वहीं बैठ गयी। अच्छा है, भीड़ से दूर खड़ी थी मैं! सुतपा और बाल मातंगी के सिवा किसी ने मुझे देखा नहीं!

राम के नाम अन्तिम पाती

बहुत कुछ देखा सुना, भगवन! समाजिकता बहुत निबाही। तो अब घर लौट रही हूँ-अपने अनिकेत, वह घर जो सबका है और किसी का नहीं-धरती आकाश-अग्नि-पवन और पानी का घर!

मूर्च्छा टूटी तो दस महाविद्याओं का ध्यान कर मैंने अपने जीवन का अन्तिम संकल्प लिया और सुतपा से एक भूर्जपत्र माँगकर एक चिट्ठी राम को लिखी, एक लव-कुश को और एक शूर्पणखा को! ये चिट्ठियाँ आने वाली पीढ़ियों के नाम जलखई के रूप में बँधा एक छोटा-सा पाथेय हैं जो मिथिला में घर से निकलते समय मातएँ बच्चों को चुपके-से पकड़ा देती थीं!

"राज राम को उनकी प्रजा सीता का शत्-शत् प्रणाम पहुँचे। जब तक आपको यह पत्र मिलेगा, मैं माँ धरती के गर्भ में समा चुकी होऊँगी। जिस प्राणोत्सर्ग की उस दिन आप इतनी महिमा गा रहे थे, उसी से अनुप्राणित मेरा यह संकल्प है कि अब बहुत हुआ, घर लौटने की घड़ी आ गयी। जीवन का प्रयोजन पूरा हुआ। आत्मा जो पाठ पढ़ने इस धरती पर आयी थी, अच्छी तरह आत्मसात् कर चुकी।

अब कोई बात मुझे चकित नहीं करती, पर यह बात निश्चित ही चकित कर गयी कि रावण-जैसा व्यक्ति भी इतना बदल सकता है। वह हठ, वह अहंकार उसने चोले-सा उतार दिया-इस बार उसका कायाकल्प भौतिक नहीं, आत्मिक था! शम्बूक वध अशोभन और सर्वथा अनुचित तो था ही! सन्त वाल्मीकि एक लम्बे समय तक वधिक के व्यवसाय में बन्दी रहे, लेकिन उन्होंने भी यह बन्धन काटा और ऐसे सिद्ध हो गये कि उनका आश्रम मुझ

जैसी निराश्रय स्त्रियों और बच्चों का बन्धु-परिवार बन गया-एक ऐसा परिवार, जिसका नियामक यौन सम्बन्ध नहीं होते, आत्मा के रिश्ते होते हैं! जिन्हें वर्ण-व्यवस्था में कोई स्थान न मिला, उनकी उच्चाशयता अक्सर सामान्य धीरोदात्त नायकों से कहीं अधिक होती है, क्योंकि उनके संघर्षसिद्ध जीवन की कुल जमा पूंजी सहकारिता, त्याग, धीरज होते हैं। आपको तो उनका विशेष ऋणी होना चाहिए कि आपके परित्यक्त पत्नी-बच्चे उनकी छाया में पले।

शम्बूक का पक्ष लेकर रावण की आत्मा और भास्वर हो गयी, पर पहचान खुलने की कसमसाहट उसे असहज भी कर गयी होगी! उसके अगले दिन लम्बी मूर्च्छा के बाद प्रकृतस्थ होने को मैं रुद्रवीणा लेकर पेड़ की छाँव में बैठी थी तो रावण मुझसे मिलने आया, और जो भी हम दोनों के बीच संवाद हुआ-वह एक कविता में बाँधकर आपके सामने रख रही हूँ! आपसे मैं कुछ भी छुपाना नहीं चाहती, क्योंकि जीवन की अन्तिम साँसों तक मेरे जीवन की धुरी आप ही हैं। मेरे नकार को भी रावण ने जिस धीरोदात्त विनय से स्वीकार किया, वह आने वाले जगत् में एकपक्षीय प्रेम के मारों के लिए एक आदर्श ही कहा जायेगा! चुपचाप उसने मेरी निदेशना सुनी, ध्यान से मेरा चेहरा देखा और उदास मुस्कान के साथ सिर नवाकर लम्बे डग भरता हुआ सदा के लिए झाड़ियों में खो गया। देर तक जंगली गुलाबों की वे झाड़ियाँ काँपती रहीं!

बहुत कुछ देखा सुना, भगवन! समाजिकता बहुत निबाही। तो अब घर लौट रही हूँ-अपने अनिकेत, वह घर जो सबका है ओर किसी का नहीं-धरती आकाश-अग्नि-पवन और पानी का घर!

आप भी कभी-न-कभी वहीं आकर मुझसे मिलेंगे। राम-राज्य का पिण्ड भी जीवन की मूलभूत विडम्बनाएँ नहीं छोड़तीं-यह देखकर मेरी माँ, धरती की छाती फटी जाती है-मैं इसी रास्ते अनन्त की ओर चली। आप चाहें तो जलमार्ग से मेरे पीछे चले आइएगा-जब आपके बचे-खुचे दायित्व पूरे हो जायें।

प्रतीक्षा करूँगी। यह एक काम मैंने ठीक तरह से साधा है। कल-छल बहते आ जाइएगा तो इस विस्तृत धारा का विदीर्ण हृदय एकदम से जुड़ा जायेगा।

बच्चों को अशेष आशीष!

सादर,
सिया

पुनश्च: रावण से मेरी अन्तिम मुलाकात के विवरण:

रावण: नमस्कार देवि,

राम की अब तो दुनिया अलग है, लव-कुश की भी पूरी हो ही हुई ज़िम्मेदारी!

अब तो हम दोनों ही
उम्र के उस मोड़ पर आ गये हैं
जहाँ प्रेम देह की कछार छोड़कर
हो जाता है एक मीठी आपसदारी!
बहुत भटककर फिर से आया हूँ
द्वार तुम्हारे!
क्या तुम मुझे रुद्रवीणा सिखाओगी?"
मैं- "कोई किसी और की रुद्रवीणा
कैसे बजाये भला?
जितना भटककर
तुम आये हो मुझ तक,
उससे भी ज़्यादा भटककर
मैं आयी हूँ वापस अपनी खुदी तक!
यह रुद्रवीणा ही है अब तो मेरा वजूद!
खुद अपनी लकड़ियाँ काटो,
खुद रुद्रवीणा गढ़ो
जो भी लय-ताल सिखानी होगी,
प्रकृति खुद ही सिखा देगी!
जाओ हे भिक्षुप्रवर,
इस बार लौटा रही हूँ पहचानकर मर्म जीवन का!
आघात ही मुक्ति का मार्ग है, बन्धु,
इससे ही जगते हैं वीणा में राग!
ख़ुद अपनी रागिनी सुनो और लौटो
अपनी ख़ुदी तक!

तुम विराग के और रागों के भी सर्वथा योग्य हो-
गायक हो महाशून्य का,
शून्य से शून्य घटा, शून्य बचा!"

नन्ही मातंगी के ज़िम्मे यह पत्र लगाया। वह रोती-रोती बदहाल हो रही थी। उसके आँसू पोंछे। दो चिठ्ठियाँ और लिखीं-एक शूर्पणखा को, दूसरी लव-कुश के बहाने आने वाली सारी सन्ततियों को।

शूर्पणखा को चिट्ठी

सच कहती हूँ शूर्पणखा, तुम्हारे साथ जो घटा-उससे मेरा भी कलेजा मुँह को आ गया था। एक किशोरी ही तो थी तुम। तुम्हारा प्रणय-निवेदन कोई इतना बड़ा पाप नहीं था कि तुम्हें क्षत-विक्षत कर छोड़ देते यों लक्ष्मण।

प्रिय शूर्पणखा, सीता का अन्तिम प्रणाम!

जब तक तुम्हें यह पत्र मिलेगा, मैं सृष्टि के गर्भगृह में, अपनी माँ की कोख में समा चुकी होऊँगी। कोई भी औरत जब बेहद थक जाती है, धूप-हवा-नक्षत्र, वनस्पतियाँ और पेड़-पक्षी ही उसे अपना नैहर जान पड़ने लगते हैं। सब सुना-अनसुना करके अन्त में वह पाँच भाइयों, क्षिति-जल-पावक-गगन-समीर में से किसी-न-किसी की उँगली पकड़कर चल देती है उधर ही। उसके पहले हाथ जोड़कर संसार से छुट्टी लेने का विधान भी है ही इस मर्यादा-शासित संसार में। वही निभा रही हूँ-जीवन की अन्तिम रीति-नीति!

तुम मुझे अपना जानो-न-जाना, पर हम एक ही सूत्र से बँधी नियतियाँ हैं। तुम माया का, तृष्णा का एक सिरा हो, मैं दूसरा। बस, एक ही अन्तर है कि तुम्हारी रसोई कुछ छोटी रह गयी और तुम जो पकाती गयी, बस अपने लिए। मैं निष्कासिता, मेरा घर अनन्त तो रसोई भी अगाध, पूरी रसोई मेरी प्रयोगशाला, सब जीव-ज़न्तु मेरे अतिथि। घरवाला स्वयं ही अनन्त: आकाशवर्णी अनन्त।

तुम्हारा या तुम्हारे विद्वान भाई का अनादर या किसी का अपमान मेरा अभीष्ट नहीं था। अस्वीकर अपमान नहीं होता। अस्वीकार पूरी तरह अस्वीकार भी नहीं होता। एक प्रस्ताव का निषेध किसी की समूची अस्मिता का निषेध नहीं है।

कोई किसी का हर प्रस्ताव स्वीकार ही ले, यह कैसे सम्भव है? आप कुछ कहने को स्वाधीन हैं तो दूसरा भी विनम्र असहमति के लिए स्वतन्त्र है। दो स्वाधीनों का परस्पर सामंजस्य ही प्रकृति की प्रयोगशाला का, मेरी रसोई का मुख्य सरोकार है। इस रसोई में सबकी पिढ़िया, सबका आसन सजा है, सबकी जगह निश्चित है। यह द्वार सबके लिए खुला है-तुम्हारे लिए, तुम्हारे भाई के लिए भी।

सच कहती हूँ शूर्पणखा, तुम्हारे साथ जो घटा-उससे मेरा भी कलेजा मुँह को आ गया था। एक किशोरी ही तो थी तुम। तुम्हारा प्रणय-निवेदन कोई इतना बड़ा पाप नहीं था कि तुम्हें क्षत-विक्षत कर छोड़ देते यों लक्ष्मण। नाक-कान काट लेना-वह भी किसी अबोध बाला का, कहीं से भी युक्तिसंगत नहीं। तुम्हें समझा-बुझाकर एक किनारे कर देने लायक भाषा तो थी उनके पास, वह तर्कबुद्धि क्या ताख पर रख दी थी? तुम्हारे जाने के बाद मैंने राम-लक्ष्मण-दोनों को बरजा और वे शर्मिन्दा भी हुए।

पश्चात्ताप की गरिमा तो तुम्हारे भाई ने भी दिखायी। पश्चात्ताप की अग्नि तो उसका कायाकल्प ही कर गयी। कुछ ही दिन पहले मुझे पता चला कि लक्ष्मण जिस दिन मुझे वन में अकेली छोड़ गये, उस दिन से रावण की आत्मा मेरे आस-पास ही मंडराती रही है। तरह-तरह के रूप उसने धारण किये। अन्त में हिमालय से आये एक वैद्यराज के रूप में जंगल से लगे इस ग्राम-प्रान्तर में ही आ बसा और मौन भाव से मेरी ही नहीं, मेरे सब परिजन-पुरजनों की सेवा-सुश्रूषा-संरक्षा में दत्तचित्त भाव से लगा ही रहा।

शम्बूक बाबा को कभी-कभी शक होता था कि यह अज्ञातकुलशील व्यक्ति कहीं रावण ही तो नहीं पर उनके पास कोई प्रमाण नहीं था। प्रमाण इसलिए भी नहीं था की रावण ने तो अपनी मूल वृत्ति ही छोड़ दी थी। मोहान्धता, अहंकार, हावी हो जाने का कुटिल भाव केंचुल की तरह उतार फेंका था।... पर राम की दृष्टि अचूक थी। वैसे भी प्रतिद्वन्द्वी की गह-गह याद रहती है किसी को भी। शम्बूक-वध के समय जो गहन प्रतिरोध रावण ने मेघमन्द्र स्वर में किया, तत्काल राम समझ गये कि यह रावण ही है जो आज तक उनकी पत्नी के आसपास ही बना हुआ है, कुछ ऐसे जैसे आत्मा का अन्तिम संस्कार मुक्ति के पहले तक उसके आप-पास ही घुमड़ता रहता है!

मेरे लिए तो यह आश्चर्यविह्वल कर देने वाली घटना थी- एक अजब-सा रहस्योद्घाटन। अगले दिन जब मैं घने जंगल में अपना गहन एकान्त रुद्रवीणा-सी बजाती हुई बैठी थी, रहस्योद्घाटन से लजाए हुए वैद्यराज मेरे पास आये और धीरे-से कहा-"क्या आप मुझे रुद्रवीणा सिखाएँगी?"

आगे क्या हुआ, इसका विवरण मैं अपने पति को दे चुकी हूँ। तुम्हें देना आवश्यक नहीं समझती, पर यह बताना ज़रूरी समझती हूँ कि जैसे तुम्हारा भाई आमूल-चूल बदला, उतना तुम नहीं भी बदल पाओ, फिर भी राक्षस जन-जाति की स्त्रियों और बच्चों को अनावश्यक हिंसा, प्रतिशोधमूलक हिंसा की ओर प्रवृत्त करने का अभ्यास छोड़ दो। जीने के क्रम में, जीवन की रक्षा कर पाने के संकल्प से वशीभूत थोड़ी-सी हिंसा तो किसी को भी करनी पड़ती है, पर जिस तरह तुम राक्षस-समुदाय की अहंकारपोषक हिंसा की अग्नि सुलगाती फिरती हो-उससे बाज़ जाओ।

एक बार परमार्थ का स्वाद तो चखो-स्वार्थान्धता स्वयं झड़ जाएगी-पूँछ की तरह। राक्षसी कबीले में काम करते हुए मैंने अक्सर देखा है-हर व्यक्ति सबसे अच्छा शिकार अपने लिए ही छुपा लेता है। धूप जहाँ सबसे अच्छी आ रही हो-धम्म-से वहाँ स्वयं जम जाता है। सर्वश्रेष्ठ दूसरों को अर्पित किया जाए-इसकी सुध ही नहीं आती। क्षणिक सुखों की तुलना में त्याग का आनन्द कितना बड़ा है-यह तो त्याग से ही समझ आयेगा।

जिनका षड्यन्त्र-कौशल उत्तम होता है, उनका नियोजन-कौशल भी उतना ही अच्छा हो सकता है। तुम्हारे षड्यन्त्र-कौशल का उन्नयन सहज ही नियोजन-कौशल में हो जायेगा। एक संकल्प ले लो कि मेरे बाद पाठशाला तुम्हीं चलाओगी! यह इसलिए कि त्याग की वृत्ति सब में पनपे! कोई समाज सुखी तभी हो सकता है जब त्याग एकतरफ़ा और एकांगी न हो। यह सहकारिता वृत्ति ही जीवन का मूलमन्त्र है, स्वार्थपीड़ित घुड़दौड़ नहीं। भाई से भी राय कर लो। उन्होंने भी सहयोग का आश्वासन दिया है।

तुम्हारी दीदी,
सीता

अन्तिम पाती लव-कुश के नाम

मैंने शुरू से तुम्हें एक ही बात समझायी कि दुनिया के सारे मनोभाव जुड़वा ही पैदा होते हैं-ठीक तुम्हारी तरह, और सत्य उन अतिरेकधर्मी ध्रुवान्तों के बीच का रास्ता टटोलते हुए किसी झुटपुटे में अचानक ही कौंध जाता है। मेरे जीवन में यह अचानक कौंधा, लम्बी प्रतीक्षा के बाद कौंधा और तब जब इसकी प्रतीक्षा ही मिट गयी।

यह विदाई सबसे विकट थी! यह पत्र लिखती हुई मैं स्वयं ही रुआँसी हो गयी।

किसी तरह स्वयं को सँभाला और लिखा-

प्रिय लव-कुश,

"जिए हमर बउवा लाख बरीस!' मेरी माँ मुझे तेल लगाती हुई यही आशीष दिया करती थी जो तुमको मैं देती थी-घुघुआ-मन्ना खेलते या वैसे भी सोते-जगते ।

यह दुनिया हर स्तर पर इतनी विकट असुरक्षाओं से भरी हुई है कि माँ का कलेजा हमेशा हहरा हुआ ही रहता है-देव पुकारता हुआ।

पर कोई माँ कितना भी गहन आशीष क्यों न दे, किसी सन्तान की यश : काया ही लाख बरस जी सकती है, हाड़-माँस की काया तो नहीं। मेरी भी काया विश्राम चाहती है, मेरे चुनमुन।

तुम्हें जिन आदर्शों पर पाला, वैसे ही आदर्श कुछ और बच्चों में जगाकर आज मैं एक अनन्त यात्रा पर निकल रही हूँ, पर तुमसे यह प्रतिज्ञा है मेरी,

जब-जब तुम याद करोगे, मैं आऊँगी। मुझे ध्यान से सुनना-चिड़ियों की बोली में, पत्तों के मरमर में, नदियों की कलकल में तो विशेष ध्यान से। बादलों की शक्ल में मुझको देख भी सको शायद।

मैंने शुरू से तुम्हें एक ही बात समझायी कि दुनिया के सारे मनोभाव जुड़वा ही पैदा होते हैं-ठीक तुम्हारी तरह, और सत्य उन अतिरेकधर्मी ध्रुवान्तों के बीच का रास्ता टटोलते हुए किसी झुटपुटे में अचानक ही कौंध जाता है। मेरे जीवन में यह अचानक कौंधा, लम्बी प्रतीक्षा के बाद कौंधा और तब जब इसकी प्रतीक्षा ही मिट गयी।

यह कौंधा जब तुम्हारे वाल्मीकि नाना मुझे अद्वैत समझा रहे थे: सिर्फ ब्रह्म और माया एक-दूसरे में परावर्तित नहीं, रात और दिन, जीवन और मृत्यु, शुभ और अशुभ भी उसी गहरायी के साथ एक-दूसरे में परावर्तित हैं। अहिंसा हिंसा की सम्भावना है, प्रकृति संस्कृति की, सुख दुख की। एक स्थिति से दूसरे के बीच की आवाजाही कभी थमेगी नहीं, पर अगर कोई दोनों के परे चले जाने की कला साध गया तो उसको अद्वैत का वह झुटपुटा ही बीच में दृष्टिगोचर हो जायेगा जहाँ से आत्मा का नया विहान खिलता है, स्त्री के भीतर का लक्ष्मी-भाव महालक्ष्मी भाव में परिणत हो जाता है और पुरुष के भीतर भी निस्सीमता के, अगाधता के दस द्वार खुल जाते हैं।

तुम्हारे साथ यह बुरा हुआ कि तुमने अपने माता-पिता को कभी साथ नहीं देखा, उनका आत्मसंघर्ष या आपसी संघर्ष, आपसी राग-विराग भी वैसे नहीं देखा जैसा सामान्यत: बच्चे देख लेते हैं। हर शुभेतर का एक प्रच्छन्न शुभ पक्ष भी होता है। यहाँ भी दोनों में अद्वैत का नाता है। दोनों में कोई पराया नहीं, न आपस में, न हमारे लिए। तुम स्वयं कभी आपस में बिछड़े नहीं पर माता-पिता के एकान्त परीक्षण का समय तुम्हें भरपूर मिला और दोनों की चारित्रिक विशेषताएँ आत्मसात् करने का भी। दोनों की ऐकान्तिक साधना के तुम साक्षी रहे ही हो। इस साक्ष्य ने तुम्हारे भीतर जो अन्तर्दृष्टि विकसित की-उसी को अपनी अभिभावक शक्ति मानकर आगे का जीवन तुम्हें जीते चला जाना है। माता-पिता किसी के भी हमेशा नहीं रहते पर उनकी स्मृतियाँ रहती हैं, जो आसन्न संकट की घड़ी लालटेन उठाकर सामने खड़ी भी हो जाती है।

तुम्हारा ब्याह नहीं देख पाई, पर प्रकृति की आद्या शक्ति से छन्द कैसे बिठाना है, यह समझाए बिना चली गयी तो मातृधर्म पूरा करने से वंचित रह जाऊँगी। स्त्री कमला रूप में, लक्ष्मी रूप में, श्रीविद्याकुल की श्रीदेवियों के रूप में प्रकट होती है तो समर्पित सुपात्र के सामने ही होती हैं। आरम्भिक साधक के सामने तो वह कालीकुल महाशक्ति के रूप में ही प्रकट होती है ताकि विपरीतताओं से जूझने का यथेष्ट धैर्य और पराक्रम साधक में विकसित कर सके। हालाँकि काली और श्रीविद्या कुल मूलतः एक हैं, पर जीवन में परिष्कार का चरण शुरू होता है भयावहता और मृत्युभय के गहन बोध से ही। आत्मा के परिष्कार की शुरुआत अँधियारे के सघन बोध से होती है। तभी काली आद्या है! दुनिया का सबसे बड़ा गूढ़ग्रन्थ स्त्री-चेहरे में रूपायित प्रकृति का चेहरा है। जब तक उसका एक-एक गूढ़ाक्षर पढ़ लेने की पात्रता अर्जित न करो, विद्यार्थी का विनय बनाये रखो। किसी के पीछे न पड़ो। योग्य बनकर प्रतीक्षा करो कि वरण का कोई सूक्ष्म संकेत स्त्री की ओर से ही आये।

वरण न हुआ तो फिर क्षरण ही होगा-ध्रुवान्त एक-दूसरे को खा जायेंगे, क्योंकि सृष्टि की आदिम भूख विलय की है-ऋत् के, शून्य के गर्भ में चले जाकर शान्त और निवृत्त हो जाने की। मुक्तिमुखी मृत्यु आदिम भूख है। कितना भी ऐश्वर्यशाली भवन हो या मन हो-घास उसे अपने आँचल में ढँक लेती है-घास जो उसकी ही क्रमशः क्षरित होती मिट्टी की स्वामिनी है और प्रकृति की सबसे छोटी, पेटपोंछुआ बेटी। उस आँचल के भीतर-भीतर कोई कब पंच तत्त्वों में विलीन हो ऋत् की ओर प्रस्थान कर जायेगा, कोई नहीं जानता।

यह मेरे प्रस्थान की वेला है, पर जैसा पहले कहा, मैं फिर लौटूँगी तुम्हारी हर पुकार पर, स्वप्न में, जागरण में। माँ कहीं जाती नहीं, जाकर आती है। पिता स्वयं में स्थित होता है, वह कहीं नहीं जाता, इसलिए लौटता भी नहीं-उस तक ही जाना होता है-अक्सर माँ की उंगली पकड़कर, जो कभी स्मृति, कभी धृति, कभी निद्रा, कभी श्रद्धा, कभी प्रज्ञा है! कितने तो नाम हैं माँ के-सर्वरूपेण संस्थिता, सृष्टि के जितने आयाम, उतने नाम। किसी भी नाम से पुकार लो, बस एक बार प्राणपण से पुकार लो-वह दौड़ती चली आयेगी।

जहाँ कहीं किसी को उदास देखना, वहीं ठहर जाना। उसके दुःख दूर करने में लग जाना, तुम्हारे सब दुःख स्वयं दूर हो जायेंगे। दुनिया को माँ की ही आँख से देखना हमेशा। धरती की माँ बनकर जीना। सब उसके संसाधनों के दोहन में लगे हैं। इस ओर सजग रहना कि कोई किसी पर हावी न हो-सबको अपनी सम्भावनाएँ मुकुलित करने के अवसर मिलें, संसाधनों का वितरण सम्यक् हो और धरती के कोष से जितना लिया जाये, उससे दूना लौटाया जाये।

तुम्हारे हर प्रश्न, हर पुकार के उत्तर में तुम्हारा आत्मन् जो भावधारा विकिरित करेगा, वह भावधारा मैं ही होऊँगी-जीवन का मातृपक्ष बनकर हर बार मैं इस धरा पर उसके निविड़तम क्रोड़ से जनम लूँगी, और रास्ते में चाहे जितने सन्ताप मिलें-मैं तुम तक तुमको पहुँचाने आऊँगी जरूर।

तुम धरती के दौहित्र हो। पूरी धरती ननिहाल है तुम्हारी। इसी धरती के किसी कोने में गुड़ी-मुड़ी होकर मैं सो रही हूँ तो सोने देना। नैहर पहुँचकर ही माँएँ चैन की नींद सो पाती हैं-माँ की छाती से लगी नहीं कि बड़े पलंग पर निंदिया गयीं-सब अधूरी कहानियाँ मुँह में फँसी रह गयीं जैसे अवाक् हिरण के मुँह में तिनका। कभी-कभी नींद के झोंक में कौर भी अधखाया ही रह गया। अच्छा तो अभी विलग होती हूँ-आँसू की किसी बूँद की तरह, अहैतुक स्मिति की तरह शीघ्र ही दुबारा लौटूँगी।

—तुम्हारी अनन्य,
माँ

□□

तेरा तुझको सौंपता

–अनामिका

आज मैं आपसे अपने जीवन का एक ऐसा रहस्य साझा करने की हिम्मत जुटा रही हूँ जो मुझे कई तरह के आरोपों-प्रत्यारोपों से ऐसे ही ढंक सकता है जैसे (ग्लोबल वार्मिंग के ताण्डव की एक ट्रेलर के रूप में) अमरीका को स्नो-बॉम्बिंग, वज्रपाती हिमपात ढंक रहा है।

यह पुस्तक मैंने स्वयं नहीं लिखी, मेरे दिवंगत पिता ने मुझसे लिखवायी है— हाथ पकड़कर लिखवाई है, वह भी जीवन की विकटतम घड़ी में जब माँ मृत्युशय्या पर थी और मेरा मन पिताजी के ही गीत वाला 'शीशम का पात' हो गया था-

'आशाओं-अभिलाषाओं का, चंचल-झलमल वात रे,
मन क्यों मेरा डोल रहा है, ज्यों शीशम का पात रे।...

प्राणों के पाहुन तन की
वंशी पर सरगम साध रहे हैं,
साँसों के दो निठुर पहरुये
जीवन को कस बाँध रहे हैं!

क्यों उद्विग्न रहा करता मन, हाय समझ यह बात भी-
विरह-पंक में खिलता महमह मधुर मिलन-जलजात रे!'

मेरे लिए तो यह सारी आशाओं-अभिलाषाओं के निर्वात का समय था, फिर भी मन डोल रहा था, इस तरह डोल रहा था कि मैं कुछ लिखने की स्थिति में ही नहीं थी! मैं दंग देखती रही जब उस कष्ट में भी मेरी तपःपूत माँ ने मुझे स्नेहादेश दिया-

"पिताजी ने जो 'सीता' महाकाव्य शुरू किया था, उसे पूरा करने की घड़ी आ गई है! समझती हूँ, उपन्यास ही आधुनिक जीवन का महाकाव्य है, जैसे भी पूरा करो, चाहे उपन्यास-रूप में ही पूरा करो- पर मेरे रहते-रहते ही इसे पूरा करके पाण्डुलिपि मेरे हाथ में दे दो!"

वैसे तो मेरे माता-पिता-दोनों की ख्याति अपने समाज में दो करुणा-प्रवण लोगों के रूप में थी, पर वे उसी अर्थ में एक टास्कमास्टर भी थे जिस अर्थ में रिल्के ने प्रेम को 'टास्क' कहा है! खासकर मुझसे दोनों ने आत्मा का कठिन श्रम कराया! पिताजी मृत्युशय्या पर आदेश दे गये कि नियत तिथि पर यानी उनके महाप्रयाण के छब्बीस दिन बाद मैं विवाह कर लूँ, वह भी उनके चुने एक ऐसे व्यक्ति से जिसे मैंने देखा भी नहीं था, 'विवाह टालने का कोई मतलब नहीं क्योंकि मृत्यु तो स्वयं एक महामिलन है!' हँसकर कहा उन्होंने!

आस्तिकों की भाषा कुछ अलग तरह की होती है, यह तो मैं बचपन से जानती थी, पर माँ तक आते-आते यह भाषा सधुक्कड़ी ठाठ से कुछ ज्यादा ही अनुस्यूत हो गई। पर किया मैंने वही जो हमेशा करती आयी थी- आत्म समर्पण। माँ में कुछ बात ही ऐसी थी कि मन उसके आगे सहज झुक जाता था।

उसके बाद क्या हुआ, मुझे कुछ नहीं पता! रोज सुबह माँ को चाय देकर उसके ही चरणों में बैठकर जो लिखा, सो लिखा। लिखा क्या, एक माध्यम बनी–माता-पिता से सुनी हुई बातें ही मेरा पाथेय रहीं। ये उन्हीं की सिखाई-पढ़ाई, लगाई-सुझाई बातें है जो मेरी चेतना के गर्भ-जल में जाने कब से बीज रूप में तैर रही थीं।

कितनी कठिन और गझिन यात्रा मेरी रही होगी- इसका प्रमाण हैं ये दो पन्ने जो साथ लगा रही हूँ। 1985 में इक्यावनवर्षीय पिताजी अचानक गये! जिस डायरी में उन्होंने 'सीता' महाकाव्य शुरू किया था, एक पन्ना वहाँ से उठाया है! 2021 में माँ गयी- दूसरा पन्ना उसकी चिट्ठियों के पुलिन्दे से उठाया है जो इन बीच के वर्षों में उसने प्रायः रोज ही मुझे लिखीं! इन दो पन्नों के बीच एक अदृश्य डोर है, मेरे जीवन की डोर, जिस पर मैं बूढ़ी नटी की तरह कांपते कदमों से लगातार दौड़ रही हूँ!

माता-पिता के प्रज्ञापक्ष पर अकूत विश्वास था। उन्होंने जो जब कहा, सो किया और कभी कुछ छुपाया नहीं उनसे, इसका ही सन्तोष है! गुरुता क्या होती है, यह मैं जानती हूँ तो इन्हीं अपने दो सच्चे गुरुओं के आश्रय जो सौभाग्य से मेरे माता-पिता भी थे! और उनसे क्या कहूँ इसके सिवा कि 'त्वदीयं वस्तु गोविन्द, तुभ्यमेव समर्पयामि।'

सीता के अन्तिम पत्र माँ के प्रयाण के बाद लिखे और मुझे ऐसा लगता है, ये मैंने नहीं लिखे, उसने ही लिखवाए, जैसे धुर बचपन में हाथ पकड़कर कर्सिव राइटिंग का अभ्यास कराती थी! यह पूरा जीवन दर्शन उसका ही तो था- तेरा तुझको सौंपता, का लागे है मोय!

जानकी! तुम्हारी मिथिला का
मैं एक विदग्ध निवासी हूँ!
दुख-कथा तुम्हारी सुनने का
मैं जन्मों का अभ्यासी हूँ!

धरती की छाती फटी विकल,
निरुपम आह बन तुम निकलीं!
पदतल काँटों की भाग्य-रेख
ले आयीं पूरी केतकी-कली!

मैं वाल्मीकि का वंशज हूँ,
भवभूति कविवर के साखी!
जीवन का छोटा एक पत्र
यदि आंजनेय का पद-बन्दी!

डा० आशा किशोर
डी० लिट्०
विश्वविद्यालय आचार्य एवं अध्यक्ष

हिन्दी विभाग
बिहार विश्वविद्यालय
मुजफ्फरपुर

दूरभाष : ४३६६३ (निवास)

६ सितम्बर [illegible]

सौभाग्यवती [illegible] रानी, चि० उत्कर्ष बेटे,
शुभाशीर्वाद!

कल राजन ने फोन पर बताया कि घर पर फोन लगा है। तभी मैंने सोचा कि आज [illegible] का जन्म-दिन है, अतः तुम अवश्य आओगी। सुबह बहू को आशीर्वाद दिया और अन्दाज से ११½ बजे फोन किया कि अबतक तुम आ गयी होगी, कि फोन तुम्हीं ने उठाया। फोनपर तुम्हारी आवाज सुनकर मन [illegible] हो गया। इतना कठोर परिश्रम करने के बाद भी तुम चहकती रहती हो। मैं ही नहीं, सभी यही कहते हैं। चरम दुख के बाद चरम उत्कर्ष और इतनी-इतनी [illegible] ... हृदय दुखा रहता है। कैसे यातनाओं के जाल में घिरा तुम्हारा जीवन - सोचकर ही [illegible] कि सम्भावना से लिखते-पढ़ते तुमने इनके बीच से रास्ता बनाया कि [illegible] सबके आस्वाद दाम्पत्य-वात्सल्य का संतुलन बनाते, [illegible], बाहर के [illegible] जीवन की आँधी के [illegible] विजय बनी रही। अपने पापा की नन्ही 'गौरैया', कैसे जीवन की आँधी के [illegible] अपनी 'गौरैया' के चंचु में अपने डैनों का संतुलन बनाये रह सकी! अभी तो इस [illegible] छूना भी उसने नहीं सीखा था! चारों ओर [illegible] रहे थे, अभी तो नीड़ के [illegible] विपरीत-विकराल परिस्थितियों से जूझने की शक्ति कहाँ से आयी उसमें! निश्चित रूप से तुम्हारी कोमलता ही तुम्हारी शक्ति बनी। तुम्हारी करुणा, तुम्हारी सहनशीलता, तुम्हारी क्षमाशीलता, तुम्हारी लगनशीलता, तुम्हारी पावनता ही तुम्हारा आत्मबल है। जबतक किसी लेखक में ये गुण नहीं हों, जबतक जीवन की कठिन परीक्षाओं का सामना उसे नहीं करना पड़े, तबतक कोई बड़ा लेखक नहीं हो सकता। पहले मनुष्य बनना पड़ता है, तभी साहित्य सृजन भी हो सकता है। तुम्हें परिस्थितियों ने तपाकर खरा सोना बना दिया है और [illegible] ने ही बहुत तरह के अनुभव की स्थिति ने तुम्हें [illegible]। बेटी, तुम्हारा जीवन [illegible]। सरस्वती ने भाषा पर अधिकार भी दिया ही है। परमात्मा किसी को सबकुछ नहीं दे देता। जीवन ने तुमको जो [illegible] लेखन के लिए ही है। जो कुछ तुम्हें प्राप्त नहीं हो सका है, वही तुम्हारे साहित्य को दिया है अथवा [illegible] जीवन की सारी दुविधाओं के बीच पाथेय है। इसलिए तुम निरन्तर लिखती चलो। [illegible] निश्चिन्त होकर लिखना सबके भाग्य में नहीं होता। इन्हीं उथल-पुथल स्थितियों में लिखना होता है, क्योंकि जीवन ही ऐसा है!

उत्कर्ष बेटे, बहुत समझदार बच्चे हो तुम! मनुष्य को अपने-अपने निजी कार्य करने पड़ते हैं। अपने प्रियजन के पास बैठा नहीं रहा जा सकता। बहादुर बच्चे खूब मन लगाकर पढ़ते हैं, ममा की सहायता करते हैं, खूब खाते हैं और खेलते भी हैं। माँ के पास भी आते हैं, माँ भी आती है। [illegible] तुम सारे काम छोड़कर माँ की गोद में बैठे रहोगे अथवा सारे काम छोड़कर माँ तुम्हें गोद में लिए रहेगी तो कैसा लगेगा? सभी बच्चे बड़े होकर [illegible] बनाते हैं, बड़े होकर नाम करते हैं, पिता-माता की सहायता करते हैं, माँ को भी यह सब देखकर खुशी होती है - मेरा बेटा भी एक दिन बड़ा बनेगा! हाँ गुस्सा तो करना ही नहीं चाहिए, रोना भी नहीं चाहिए। फोनपर माँ से प्यार से बातें करनी चाहिए। माँ बेचारी काम करती है, तुम ममा के पास रहते हो, टीवी देखते हो, पढ़ते हो - यह तो बड़ी अच्छी बात है। हमेशा खुश रहना चाहिए। छोटे भैया को प्यार करो, उनके साथ खेलो। पापा को पत्र लिखो। खुश रहोगे तो माँ भी खुश रहेगी। बाहर खेलने मत जाना, स्कूल में तो खेलते ही हो, घर में रहोगे तो बउआ को भी देखोगे, पढ़ोगे भी।

[illegible] को अशेष प्यार! मेरी ओर से [illegible] को लेना!

तुम्हारी -
माँ

[illegible] कहाँ [illegible] निकल रहे हैं? यहाँ तो [illegible] होने पर 'प्रेस' होते हैं।